W0015819

Das Erbe der Lady Marian

Rebecca Michéle

Das Erbe der Lady Marian

Diese Autorin ist Mitglied bei DeLiA, Vereinigung
Deutschsprachiger Liebesroman AutorInnen
http://www.delia-online.de

Besuchen Sie auch die Homepage von Rebecca Michéle
http://www.rebecca-michele.de

Rebecca Michéle: Das Erbe der Lady Marian

Einbandgestaltung: agilmedien, Köln
Einbandabbildungen: AKG/Berlin
Satz & Layout: Andreas Paqué, Ramstein
Druck und Bindung: Bercker, Kevelaer
Printed in Germany 2003
ISBN 3-89996-035-1

Für meine Freunde Merry
und John Lovelock, Cornwall

Inhalt

Das Schloss

Als Kind habe ich immer davon geträumt, wie es wohl wäre, im Schloss zu leben. Stundenlang konnte ich in unserem alten Apfelbaum sitzen und mir die hohen Räume, die weiten Flure und die eleganten Feste in den schillerndsten Farben ausmalen. Am meisten aber interessierten mich die Menschen im Schloss. Meine Mutter hatte für meine Träume kein Verständnis. Zwar ließ sie mir meine Stunden, in denen ich in eine der auf dem Schloss lebenden Personen schlüpfte, doch konnte ich mit meinen Fragen nicht zu ihr kommen.

»Cellie, du fragst zuviel. Lebe dein Leben und lass anderen ihres«, lautete ihre Standardantwort, wenn ich sie bat, mir doch etwas über die Bewohner von Landhydrock Hall, so der tatsächliche Name des Schlosses, zu erzählen.

»Mama, du lebst doch schon lange hier, hast du denn noch niemanden vom Schloss im Dorf gesehen?«

»Nein.«

»Aber über den alten Lord Elkham hört man viele Gerüchte! Er soll …«

»Cellie, Schluss jetzt. Da, nimm den Korb und bring mir frische Eier. Wenn Papa aus der Schmiede kommt, möchte er warme Pfannkuchen auf seinem Teller haben.«

Ja, so einfach beendete Mutter unser Gespräch, wenn man es überhaupt als solches bezeichnen konnte; eine schlüssige Antwort erhielt ich jedenfalls nie.

Also ging ich in den Hühnerstall, und während ich die Eier zusammensuchte, schweiften meine Gedanken erneut zu Landhydrock Hall ab.

Jeder bei uns im Dorf nannte das herrschaftliche Anwesen oben auf dem Hügel ›das Schloss‹. Aus grauen Quadersteinen erbaut, stammte es aus der Tudorzeit, wie ich in der Schule erfahren hatte. Sein Grundriss hatte die Form eines großen E. Die älteren Bewohner unseres Dorfes behaupteten jedoch, die Grundmauern des Schlosses seien auf den Ruinen eines alten Klosters erbaut worden, das einmal abgebrannt war. Früher, vor meiner Geburt, hatte es regelmäßig rauschende Feste gegeben, und es hieß, Lord Abraham Elkham sei kein Kind von Traurigkeit gewesen. Nachdem er aber Lady Marian geheiratet hatte, war Ruhe auf Landhydrock Hall eingekehrt. Lady Marian soll eine gütige, junge und gut aussehende Frau sein, die sich rührend um die Belange der Dorfbewohner kümmert, doch sie selbst tritt nie in Erscheinung. Miss Sarah May, eine Angestellte, kommt jede Woche einmal ins Dorf, bringt alten und kranken Menschen im Namen von Lady Marian Essen, Wein und Decken. Auf die Frage, warum sich die Lady nicht einmal selbst zeige, lächelt sie nur still und gibt keine Antwort.

Lord Elkham fuhr in seiner geschlossenen Kutsche früher öfter durchs Dorf. Er musste diesen Weg wählen, wenn er nach Camelford wollte, wo er angeblich irgendwelchen Geschäften nachging.

Er hielt jedoch nie an und zeigte sich nie am Fenster

seiner Kutsche. Eines Tages passierte dann das Unglück. Ich war damals gerade zwölf Jahre alt geworden und sehr interessiert an allem, was mit dem Schloss zusammenhing, also sperrte ich Augen und Ohren auf, damit mir ja nichts vom Tratsch und Klatsch entging. Wie ich erfuhr, hatte Lord Elkham Camelford gegen Abend verlassen, als plötzlich, aus nie geklärter Ursache, die Pferde zu scheuen begannen. Die Kutsche rutschte von der Straße, überschlug sich mehrmals, und der Lord wurde so unglücklich eingeklemmt, dass er nach wenigen Tagen seinen schweren inneren Verletzungen erlag.

»Die arme Lady Marian!«

Jeder im Dorf war voller Mitgefühl für die junge Frau.

»Jetzt wird wohl Lord Simon die Herrschaft auf Landhydrock Hall übernehmen.«

»Lord Simon? Der ist ja noch ein Kind – nicht einmal vierzehn Jahre alt!«

Natürlich versuchte ich, mit meiner Mutter über den Vorfall zu sprechen, und fragte sie auch nach Lord Simon.

»Er ist der Sohn und rechtmäßige Erbe.«

Knapp war ihre Antwort, und ihr Blick zeigte mir, dass sie Klatschgeschichten über die Lordschaften nicht hören wollte.

So standen die Dinge in jenen Tagen, als Kate zum ersten Mal zu uns in die Schule kam. Ich war mächtig stolz darauf und meinen Eltern dafür dankbar, dass ich regelmäßig in unsere Dorfschule gehen durfte.

In den sechziger Jahren des 19. Jahrhunderts war es in England keineswegs üblich, Kindern die Möglichkeit eines Schulbesuchs zu geben. Viele meiner Altersgenossen mussten in London unter schrecklichen Umständen in

Fabriken arbeiten und starben jung. So dankte ich Gott jeden Abend beim Gebet für meine glückliche Kindheit.

In die Schule nach Helland kamen auch Kinder aus den umliegenden Dörfern, aus St. Mabyn und Blisland. Wir waren so zwischen zwanzig und fünfzig; genau konnte man es nie sagen, da viele nur ab und zu kommen konnten, weil sie zu Hause, im Haushalt oder auf dem Feld, gebraucht wurden. Im Winter waren es immer mehr, besonders auch Jungen, da dann die häusliche Arbeit sie nicht den ganzen Tag in Anspruch nahm.

Mein Vater war der Dorfschmied. Ihm konnte ich in der Schmiede nicht viel helfen, auch wenn ich gerne bei ihm saß und zusah, wie sich das Eisen unter seinen geschickten Händen verformte. Meiner Mutter half ich im Haushalt. Mit meinen zwölf Jahren konnte ich schon leidlich kochen, nähen und verstand eine ganze Menge von der Gartenarbeit. Ich besaß sogar ein eigenes Beet, und jedes Mal, wenn Gemüse davon auf den Tisch kam, lobten mich meine Eltern ganz besonders. Aber es war ihnen wichtig, dass ich eine ordentliche Schulbildung bekam.

»Auch die Tochter eines Schmieds muss Lesen, Schreiben und Rechnen beherrschen, und wenn sie sonst noch etwas weiß, schadet es nicht«, meinten meine Eltern, und mir machte die Schule wirklich Spaß, denn ich lernte leicht.

Der Tag, als ich Kate kennen lernte, war ein grauer, nebliger Novembermorgen. Die Luft war kalt und es regnete den ganzen Tag in Strömen. Als ich morgens in der Schule eintraf, saß genau neben meinem Platz ein Mädchen, das ich hier noch nie gesehen hatte.

»Guten Morgen«, begrüßte ich sie freundlich. »Ich bin Cellie.«

Sie sah mich kurz an.

»Kate, mein Name ist Kate Spored«, erwiderte sie und blickte sofort wieder in das Buch, das vor ihr auf dem Pult lag. Zu weiterem Gespräch kam es nicht mehr, weil der Unterricht begann.

Ich musste zugeben, obwohl mich gerade die Geschichtsstunden besonders interessierten, war ich an diesem Morgen nicht bei der Sache. Immer wieder sah ich verstohlen zu Kate Spored hinüber, die offensichtlich aufmerksam dem Unterricht folgte. Ich schätzte sie auf ungefähr vierzehn Jahre, also zwei Jahre älter als ich. Sie war groß und kräftig gebaut, hatte strohblonde Haare, ebensolche Augenbrauen und Wimpern. Das einzig wirklich Hübsche an ihrer Erscheinung waren ihre Augen, die in einem strahlenden Blau leuchteten. Sonst schien Kate ein eher plumpes und unscheinbares Mädchen zu sein.

Sogleich schämte ich mich für meine Gedanken, denn die Worte meiner Mutter fielen mir ein:

»Ein guter, ehrbarer und frommer Charakter ist viel mehr wert als ein nettes Äußeres. Denk stets daran, Cellie, dass du deine Eitelkeit nie über deine Seele siegen lässt, denn sonst wird dich eines Tages deine Seele besiegen.«

Ganz verstand ich die Worte nicht, aber mir war schon bewusst, dass mein Äußeres recht annehmbar war. Meine Haut schimmerte in einem leicht olivfarbenen Ton, meine Nase war zwar ein wenig gebogen, aber nur so weit, dass es schon wieder interessant aussah. Mein Mund war voll und gut geschwungen, und meine Augen, eigentlich rehbraun, spielten je nach Stimmungslage entweder ins Schwarze, wenn ich sehr wütend war, oder gar ins Grünliche, wenn mich etwas berührte, ich traurig oder glücklich war. Mein ganzer Stolz aber waren meine blauschwarzen Haare, die mir lockig über die Schultern fielen. Natürlich durfte ich sie in der Schule niemals offen tragen. Meine Mutter kämmte mich jeden Morgen und steckte mir die Haare zu einem ordentlichen Knoten im Nacken.

Das Ende des Unterrichts riss mich aus meinen Gedanken, und ich war froh, dass ich mich, von der Lehrerin unbemerkt, durch den Vormittag geschmuggelt hatte. Kate und ich verließen zufällig nebeneinander das Schulhaus.

»Du bist neu hier?«

Gleich nachdem ich diese Frage gestellt hatte, wurde mir klar, wie dumm sie war. Natürlich war Kate neu, sonst würde ich sie wohl kennen. Mit einem ›Was-du-nicht-sagst!-Blick‹ sah Kate dann auch auf mich herunter, ließ mich stehen und ging mit schnellen, festen Schritten davon.

Warum ich mich ärgerte, war mir selbst nicht klar. Was wollte ich denn von dem älteren, reiferen und noch dazu unscheinbaren Mädchen? Freundinnen hatte ich wirklich genug! Da waren Anne und Nina, die Zwillingstöchter des Pfarrers. Auch mit der jüngsten Tochter des Arztes, Mary Penaddle, spielte und unterhielt ich mich gerne. Und außerdem gab es ja noch das Schloss. Warum also wünschte ich, dass Kate sich mit mir unterhielt?

In den nächsten Tagen beobachtete ich, dass Kate scheinbar vor nichts und niemandem Angst hatte. Natürlich versuchten die älteren Dorfjungen sie zu schikanieren, und da Kate wirklich keine Schönheit war, fielen dabei manchmal recht gemeine Worte. Doch sie schienen an Kate abzuprallen wie an einer Wand. In den Pausen gesellte sie sich nie zu den anderen Mädchen. Man sah sie stets mit einem Buch in der Hand in einer Ecke sitzen und lesen. Auch sonst gab sie sich, sehr zur Freude unserer Lehrerin, viel Mühe, obwohl sie wirklich keine große Intelligenz zu besitzen schien. Aber sie versuchte immer, alles begierig aufzunehmen und sich so viel wie möglich zu merken.

Mit Anne und Nina unterhielt ich mich des Öfteren über ›die Neue‹, denn das war Kate auch noch nach vier Wochen.

»Sie ist einfach strohdumm«, war Annes abwertender Kommentar, und damit war Kate für sie erledigt. Nina zeigte sich ein wenig einfühlsamer. Sie dachte wie ich.

»Ich glaube, Kate will einfach mal etwas Besseres werden, als sie jetzt ist. Und es ist ganz klar, dass eine gute Bildung das A und O des Lebens ist.«

»Ja, doch wer ist Kate eigentlich? Wer sind ihre Eltern? Hier in Helland wohnt sie sicher nicht, aber wo dann?«

Anne hatte den Nagel auf den Kopf getroffen. Wir wussten weder, wo unsere neue Schulkameradin wohnte, noch wie sie lebte. Anne hatte dann auch sogleich eine verwegene Idee.

»Wisst ihr was, Kinder?« Immer wenn Anne eine Idee hatte, waren die anderen ›Kinder‹, denn wir waren ja nicht auf den Gedanken gekommen. »Wir folgen Kate ganz einfach heute nach der Schule.«

Natürlich waren Nina und ich davon begeistert, denn neugierig waren wir beide schon immer gewesen.

Kaum konnten wir drei das Ende des Unterrichts abwarten. Zweimal wurde ich aufgerufen und prompt getadelt, da ich die Antwort nicht wusste und zugeben musste, dass ich nicht aufgepasst hatte. So versuchte ich mich zusammenzureißen, aber meine Blicke irrten immer wieder ab zu dem blonden Mädchen neben mir, das wir nachher ›bespitzeln‹ wollten.

Leichter als erwartet konnten wir unser Vorhaben ausführen. Kate hatte ihren Blick nach vorne gerichtet und lief, ohne sich einmal umzusehen, schnellen, sicheren Schrittes die Dorfstraße entlang. So konnten Anne, Nina und ich ihr ungehindert folgen. Als Kate dann jedoch den Weg zum Schloss hinauf einschlug, blieben wir stehen und starrten uns sprachlos an.

»Das kann nur bedeuten, dass Kate im Schloss wohnt!«, brach ich endlich das Schweigen. »Denn der Weg führt ja nicht weiter.«

»Ja, sicher als Tochter eines Hausmädchens.«

Aber das war schließlich gleichgültig! Jeder, der irgendwie mit dem Schloss in Verbindung stand, und sei es als niedrigstes Küchenmädchen, genoss in Helland und auch in Blisland besonderes Ansehen.

Auf dem Heimweg sprachen meine beiden Freundinnen nicht mehr viel, und auch ich hing meinen Gedanken nach. Kate lebte im Schloss! Hatte ich mich deswegen von Anfang an zu ihr hingezogen gefühlt? Auf jeden Fall war Kate ab diesem Tag nicht mehr das Hauptgesprächsthema zwischen Anne, Nina und mir, auch wenn es uns brennend interessierte, in welcher Funktion sie sich dort befand. Wir bemühten uns ab sofort, freundlicher zu ihr zu sein, doch ernteten wir meistens nur einen verächtlichen Blick.

Simon

Nach einem friedvollen Weihnachtsfest brach ein kalter Januar mit hartem Frost über Cornwall herein. In dieser Zeit fand kein Unterricht statt, weil es den Kindern aus St. Mabyn und Blisland nicht zuzumuten war, täglich den Weg nach Helland zurückzulegen. Meine Eltern meinten, sie hätten noch nie einen solch schlimmen Winter erlebt.

An einem besonders ungemütlichen Tag saß ich mit meiner Mutter in der Stube und half ihr, die Wäsche auszubessern. Während ich Stich für Stich die Nadel durch den Stoff gleiten ließ, schweiften meine Gedanken wieder einmal zum Schloss, und als ich aus dem Fenster schaute, sah ich Kate, in einen dicken Wollmantel gehüllt, an unserem Haus vorübergehen. In beiden Händen trug sie schwere Körbe und musste gegen den stürmischen Wind ankämpfen.

»Schau, Mama, eine Schulfreundin von mir. Ich gehe ihr helfen.«

»Nimm aber deinen warmen Umhang mit!«, rief mir Mutter nach.

Ich tat wie geheißen, verließ das Haus und hatte Kate bald eingeholt. Ohne etwas zu sagen, ergriff ich den Henkel von einem der schweren Körbe. Kate blieb stehen und sah mich überrascht an.

»Hallo, Cellie. Was willst du?«

»Dir helfen. Komm, lass uns die Körbe zusammen tragen. Sie sind viel zu schwer für dich, zumal bei diesem Wetter, bei dem man sich sowieso kaum auf den Beinen halten kann.«

Kate nahm mir den Korb aus der Hand und wandte sich brüsk um.

»Danke, aber ich komme ganz gut allein zurecht.«

Ich schwankte einen Moment, ob ich sie einfach stehen lassen sollte, aber dann siegte mein Interesse an dem sonderbaren Mädchen. Wortlos nahm ich ihr den Korb wieder ab. Sie sah mich nur kurz an, dann gingen wir schweigend ein Stück nebeneinander. Schließlich sagte sie so freundlich, wie ich sie noch nie hatte sprechen hören:

»Du bist nicht so wie die anderen, Cellie! Cellie – ist das eigentlich eine Abkürzung oder bist du so getauft?«

»Nun, eigentlich heiße ich Celeste. Aber ich glaube, so hat mich noch nie jemand genannt. Nicht einmal der Pfarrer in der Kirche.«

Kate überlegte.

»Celeste«, wiederholte sie. »Ein eigenartiger Name für ein Mädchen wie dich.«

Nun war es an mir, erstaunt aufzusehen.

»Was ist denn an meinem Namen so eigenartig?«

»Nun, Celeste ist nicht gerade ein Name für ein Mädchen aus dem Volk. Die heißen Anne, Mary, Rose oder … Kate. Celeste – so heißen da, wo ich herkomme, eigentlich nur die besseren Leute.«

»Wo du herkommst?«

»Ja, aus London«, war Kates kurze Antwort.

»London!«

Kate machte eine kurze Pause, sah mich an und erzählte dann:

»Ich bin in London geboren, ganz in der Nähe des Towers, in einer der übelsten Gegenden der ganzen Stadt. Mein Vater war ein notorischer Säufer, dauernd schlug er meine Mutter und mich. Ich wollte aus diesem Dreck heraus und begann deshalb schon früh, mir Lesen und Schreiben selbst anzueignen. Auch in der schlechtesten Gesellschaft gibt es ein paar Menschen, die, als es ihnen noch besser ging, eine gewisse Bildung besaßen.«

Nina hatte also Recht gehabt! Kate stammte aus ärmsten Verhältnissen, aber sie hatte erkannt, dass Wissen zu einem besseren Leben verhelfen konnte.

»Und wie bist du hierher nach Cornwall gekommen?«, wandte ich ein.

»Vor sieben Monaten starb mein Vater. Niemand trauerte sehr um ihn. Nun, meine Mutter hatte Glück. Sie fand in einem Haus am Eton Place eine Stellung als Hausmädchen, aber da sie schon immer gerne und gut gekocht hatte – wenn auch selten, denn wann war bei uns einmal genügend Geld für ein gutes Essen vorhanden –, half sie schon bald der dortigen Köchin. Eines Tages war Lord Elkham – Gott hab ihn selig – bei unserer Herrschaft zu Besuch, und meine Mutter erfuhr, dass der Lord eine neue Köchin suchte. Sie nahm ihren ganzen Mut zusammen und fragte nach der Stellung. Lord Elkham war zu gütig! Ohne zu zögern stellte er meine Mutter ein, und auch ich konnte bei ihr bleiben. Er sorgte sogar dafür, dass ich hier die Schule besuchen kann, und ich muss nur gelegentlich ein wenig in der Küche aushelfen. Heute hat sich das Mädchen, das normalerweise für den Einkauf zuständig ist, den Knöchel verstaucht, und so bin ich eben gegangen.«

Kate war also die Tochter der Köchin von Landhydrock Hall! Meine Gedanken wirbelten im Kreis. Als ich aufsah, bemerkte ich, dass wir vor dem Schloss angekommen waren. Noch nie war ich so nah an dem alten Gemäuer gewesen. Ich stellte den Korb auf den Weg.

»So Kate, weiter schaffst du es jetzt bestimmt allein.«

Kate nahm fest meinen Arm.

»Cellie, du glaubst doch nicht etwa, dass du mir tragen hilfst, und dann lade ich dich bei diesem Wetter nicht einmal zu einem heißen Tee ein! Komm herein, meine Mutter hat bestimmt frischen gemacht.«

Mein Herz begann schneller zu schlagen. Nie hätte ich zu hoffen gewagt, das Gebäude meiner Träume betreten zu dürfen.

Wir gingen zuerst durch das große, steinerne Torhaus, das aussah wie ein kleines Schloss, denn es besaß links und rechts zwei Türme mit Zinnen und war aus dem gleichen grauen, massiven Granit gebaut wie Landhydrock Hall selbst. Dann schritten wir langsam auf das gewaltige Gebäude zu. Der Nordflügel, der älteste Teil des Hauses, war fast vollständig mit Efeu bewachsen. Jetzt sah es ein wenig trostlos aus, aber ich konnte es mir gut vorstellen, wie hier im Frühjahr alles grünen und blühen würde. In Gedanken versunken strebte ich auf das Hauptportal zu, das mit einem zweiflügeligen Eisentor verschlossen war.

»Bist du verrückt? Wir können doch nicht durch das Portal gehen!«

Kates Stimme rief mich in die Wirklichkeit zurück. Ja, sie hatte Recht, wir mussten den Dienstboteneingang nehmen.

Also umrundeten wir den Ostflügel und gelangten zur Rückseite des Schlosses. Dort betraten wir den Küchentrakt durch eine kleine, niedrige Tür. Kate durchquerte die Spülküche, in der ein junges Mädchen eifrig bemüht war, den Boden blitzblank zu schrubben, öffnete die Tür an der anderen Seite des Raumes und rief:

»Mama, ich habe ein Mädchen aus dem Dorf zum Tee mitgebracht. Sie war so freundlich und hat mir geholfen, die Einkäufe heraufzutragen.«

In diesem Moment trat ich in die eigentliche Küche und blieb staunend stehen. Noch nie hatte ich einen solch gewaltigen Raum gesehen! Er war mindestens doppelt so groß wie die Hütte, in der wir lebten. Die Küche war so hoch wie ein Ballsaal und in dem oben spitz zulaufenden Dach waren an beiden Seiten kleine Klappfenster eingefügt. Die weiß getünchten Wände hingen voll mit Messinggeschirr in allen Größen und Formen. Den Mittelpunkt des Raumes bildete ein rechteckiger, großer Tisch, an dem auf jeder Seite Schubladen angebracht waren, die wohl das Besteck enthielten. An der gegenüberliegenden Seite nahm ein offener Holzschrank, in dem zahlreiche Teller, Platten, Krüge und Tassen aus blauweißem Porzellan aufgereiht waren, die gesamte Wand ein.

Doch das gewaltigste war an der Stirnseite ein Grill aus Eisen, der bis unter das Dach reichte. Ich sah zahllose Bratspieße, die jetzt natürlich nicht in Betrieb waren.

»Nun, mein Kind, mach deinen Mund wieder zu und setz dich hierher zu mir.«

Vor lauter Staunen hatte ich die gutmütig lächelnde Frau an dem großen Tisch gar nicht bemerkt. Erschrocken sah ich sie an und machte einen Knicks.

»Verzeihen Sie bitte, ich wollte nicht unhöflich sein, aber das hier …«, ich machte eine umfassende Handbewegung, »das hier ist so … so überwältigend!«

»Mama, das ist Cellie. Ich kenne sie aus der Schule. Du hast für sie bestimmt eine heiße Tasse Tee, bevor sie bei dem Wetter wieder ins Dorf hinunter muss.«

Bald saß ich mit den beiden an dem großen Tisch, trank den herrlich warmen Tee und plauderte mit Kate und ihrer Mutter. Sie erklärten mir, wie der Grill, der aber nur benutzt wurde, wenn es Festlichkeiten im Schloss gab, funktionierte. Sieben verschiedene Fleischsorten konnten gleichzeitig gegrillt werden. Die Lämmer, Rinder und Schweine kamen auf die Bratspieße, derweil brutzelten die Täubchen und die Hühner weiter oben, wo sie aufgehängt wurden. Der Grill lief praktisch von selbst. Denn wenn er in Betrieb war, wurde eine große, eiserne Abschirmung vor das Feuer gestellt, so dass der Rauch und die warme Luft nicht in die Küche, sondern nach oben in den Kamin stiegen. Ein dort angebrachtes Windrad wurde von der nach oben steigenden Hitze in Bewegung gesetzt und trieb so die Bratspieße an. Kates Mutter erklärte auch die Belüftung der Küche.

»Die Fenster dort oben können mit Tauen hier an der Wand geöffnet werden. Durch den kuppelartigen Bau des Daches sammeln sich alle Gerüche dort und können so gut abziehen.«

Plötzlich hörte man aus dem Nebenraum der Spülküche Geschrei.

»Nein, hat er nicht! Er liebt mich, damit du es weißt!«

»Ha, ha, und gleichzeitig eines der Milchmädchen!«

»Dir werde ich es zeigen, du Schlampe …«

Lautes Poltern ertönte und ein schriller Schrei.

Die Köchin war aufgesprungen und lief mit Kate in die Spülküche.

»Ihr sollt arbeiten, na wartet, ich werde es euch austreiben, immer nur an Männer zu denken …«

Von meiner Neugierde getrieben hatte ich mich inzwischen zu der Tür auf der anderen Seite der Küche begeben und spähte vorsichtig auf einen Korridor hinaus. Links schien er in weitere Wirtschaftsräume zu führen. Instinktiv wandte ich mich nach rechts. Ich wusste, es war nicht richtig, aber es war, als zöge mich eine unbekannte Macht. Ich wollte dieses Haus sehen! Nach wenigen Metern stand ich in einem hohen, langen Korridor. Er war mit einem roten, dicken Läufer belegt, die Wände waren holzgetäfelt und mit Portraits von Menschen in den herrlichsten Bekleidungen geschmückt. Langsam ging ich weiter. Ich durchquerte einen kleinen Raum, in dem ein großer, eiserner Schrank stand. Hier, so sollte ich später einmal erfahren, wurden die Teller und Schüsseln für die Herrschaften warmgehalten, indem man den Schrank mit heißem Wasser heizte. Ich öffnete vorsichtig eine Tür und blieb staunend stehen: So etwas Herrliches hatte ich noch nie in meinem Leben gesehen! Es musste sich hier wohl um das Speisezimmer handeln. In dem langen, ebenfalls holzgetäfelten Raum mit einer kunstvoll verzierten Stuckdecke brannte ein heimeliges Feuer und tauchte das Zimmer, da langsam die Dämmerung hereinbrach, in ein geheimnisvolles Licht. Der Tisch, mit weich gepolsterten Stühlen umgeben, schien schon zum Abendessen gedeckt, nur die Kerzen in den Leuchtern waren noch nicht angezündet worden.

Ich war so sehr in Betrachtung versunken, dass ich die sich mir nähernden Schritte überhört haben musste. Um so mehr erschrak ich, als eine Stimme plötzlich hinter mir brüllte:

»Hab ich dich, du kleine Diebin!«

Ich machte eine Bewegung, als ob ich flüchten wollte, aber da wurde ich schon an meinen langen Haaren festgehalten. Ich konnte einen Schmerzlaut nicht unterdrücken.

»Ja, schrei nur! Hast du schon etwas gestohlen oder kam ich dir zuvor?«

»Ich wollte nichts stehlen«, schluchzte ich.

»Das kann jeder sagen, du dreckiges kleines Biest«, schrie er und zog erneut an meinen Haaren.

Ich hatte keinen Zweifel, wem ich hier ausgeliefert war. Es war Lord Simon. Hatte ich ihn auch noch nie gesehen, so gab es doch etliche Beschreibungen von ihm. Obwohl er nur wenig älter war als ich selbst, überragte er mich um mindestens einen Kopf. Er war keineswegs wie ein Kind gekleidet, nein, er sah aus wie ein junger Herr. Seine Gesichtszüge waren hart, kalt und grausam. Soeben hob er seine Hand, und ich wusste, nun würde er mich schlagen. Instinktiv versuchte ich mich zu ducken und schloss die Augen.

»Was ist denn hier für ein Tumult?«, hörte ich plötzlich eine Frauenstimme, nicht laut, aber bestimmend. »Simon, lass sofort das Kind los!«

Ich spürte, wie der Zug an meinen Haaren sich lockerte und der Schmerz langsam verebbte. Ich versuchte, meine Tränen hinunterzuschlucken und sah auf.

»Mutter, dieses Mädchen wollte unser Silber stehlen.«

Lady Marian Elkham nahm meinen Arm. Sie sah mir in die Augen, ihr Blick war undurchdringlich.

»Nein, Mylady, ich wollte gewiss nichts stehlen.«

»Aber was wollte sie dann hier in unserem Speisezimmer?« rief Lord Simon laut dazwischen.

»Ja, das frage ich dich auch.«

Lady Marian hatte mich nicht losgelassen. Ich spürte, wie mir die Tränen wieder in die Augen stiegen.

»Ich habe Kate, die Tochter der Köchin, besucht. Dann wollte ich nur mal sehen, wie die reichen Leute so leben. Ich wollte nichts stehlen! Mylady, bitte glauben Sie mir! Ich finde das alles hier so ... Ich kann mich nicht richtig ausdrücken, aber ich wollte nichts Böses tun.«

Nun weinte ich wirklich. Ich konnte nichts dagegen tun, die Tränen liefen mir über das Gesicht. Und wieder hörte ich Lord Simons spöttische Stimme:

»Eine Heulsuse ist sie auch noch. Mutter, wirf sie ganz einfach hinaus, aber schau vorher in ihre Taschen, ob sie wirklich nichts eingesteckt hat.« Er wandte sich ab und wollte den Raum verlassen, doch dann drehte er sich noch einmal um und sah mich voller Verachtung an. »Ich werde Anweisung geben, diesen Raum vor dem Dinner gründlich zu reinigen. Man weiß ja nie, was für Krankheiten so ein Pack wie die da uns ins Haus schleppt.« Danach verließ er das Zimmer.

Lady Marian nahm mich in die Arme und versuchte, mich zu beruhigen.

»Ja, ja, mein Sohn ist äußerst heftig. Aber, mein Kind, du musst zugeben, es war nicht ganz richtig, dass du die Küche so einfach verlassen hast und in unsere Räume eingedrungen bist. Doch jetzt beruhige dich, ich glaube dir, dass du keine unehrenhaften Absichten hattest. Komm, ich bring dich in die Küche zurück.«

Dort waren Kate und ihre Mutter noch immer mit den beiden streitenden Küchenmädchen beschäftigt und hatten meine Abwesenheit gar nicht bemerkt. Um so mehr erschrak die Köchin, als sie mich an der Seite Lady Elkhams die Küche betreten sah.

»Mrs. Spored, bitte passen Sie in Zukunft besser auf Ihren Besuch auf. Ich möchte nicht, dass irgendwelche fremden Personen in unseren Räumen anzutreffen sind. Und jetzt sehen Sie zu, dass die Kleine nach Hause kommt, bevor es dunkel wird.«

Die Köchin wie auch Kate wurden purpurrot. Sie knicksten eilig und warfen mir erstaunte Blicke zu. Nachdem Lady Marian die Küche verlassen hatte, bestürmten sie mich natürlich mit Fragen, und ich, immer noch unter Tränen, erzählte, was geschehen war. Mrs. Spored schlug mehrmals die Hände über dem Kopf zusammen, aber wenigstens schimpfte sie mich nicht auch noch aus.

»Ich schäme mich ja so, Mrs. Spored«, sagte ich zerknirscht. »Sie laden mich zum Tee ein, und ich bereite Ihnen nur Ärger.«

»Nun lass mal, Kind. Mylady ist eine gute Herrin. Es war zwar nicht richtig, aber es ist ja auch nichts weiter passiert. Mylady wird mir bestimmt nichts nachtragen. Nur Lord Simon ...!« Sie brach ab und schüttelte bedeutsam den Kopf. Ich konnte mir denken, was sie meinte. Lord Simon schien kein Herr zu sein, mit dem gut auszukommen war.

Bevor die Nacht hereinbrach, war ich wieder zu Hause in der Schmiede. Natürlich wollte meine Mutter wissen, wo ich so lange gewesen war.

»Ich habe mir Sorgen gemacht, Cellie«, sagte sie mit leisem Vorwurf in der Stimme.

Ich errötete und senkte den Kopf.

»Es tut mir Leid, Mama. Es war so gemütlich in der Küche, und darum haben wir uns beim Tee verschwatzt. Kate und ihre Mutter kommen aus London, sie haben dort …«, versuchte ich schnell das Thema zu wechseln.

Meine Mutter unterbrach mich jedoch:

»Das interessiert mich nicht. Cellie, es ist mir nicht recht, wenn du dich im Schloss aufhältst. Jetzt deck bitte den Tisch zum Abendbrot, wir wollten schon vor einer Stunde essen!«

In dieser Nacht konnte ich lange nicht einschlafen. Wenn ich die Augen schloss, sah ich die Pracht des Korridors und des Speisezimmers und stellte mir vor, wie die anderen Räumlichkeiten wohl ausschauen würden. Die Gestalt Lady Marian Elkhams tauchte auf, ihre gütigen Augen, ihre freundliche Stimme. Wie jung sie war! Und ihr schlichtes schwarzes Kleid betonte ihre Schönheit noch. Ich schätzte sie auf Anfang dreißig.

Als ich endlich doch einschlief, träumte ich von Lord Simon Elkham. Ich hörte seine spöttische Stimme, er sah mich mit riesengroßen Augen voller Verachtung an und beschimpfte mich. Verstört wachte ich auf und musste erneut weinen. Nach meinem heutigen Erlebnis, so war ich sicher, würde ich niemals wieder von Kate oder ihrer Mutter nach Landhydrock Hall eingeladen werden. Ich hatte es mir selbst verdorben.

Zu meinem Glück hatte ich mich getäuscht. Kate lud mich erneut nach Landhydrock Hall ein, doch musste ich versprechen, nie mehr fortzulaufen und immer in ihrer oder der Nähe ihrer Mutter zu bleiben.

»Ich sehe ein, Kate, dass ich mich dumm benommen habe«, gab ich zu. »Ich werde ganz bestimmt keine Erkundungen mehr allein vornehmen.«

Ich durfte Mrs. Spored also wieder in ihrer großen Küche besuchen. Sie sah mich nur einmal mit hochgezogenen Augenbrauen an, dann schenkte sie mir einen Becher warme Milch ein, und von da an war die Geschichte vergessen.

Oh, es war aufregend, im Schloss zu sein, wenn auch nur im Dienstbotenbereich. Doch selbst hier gab es viel Interessantes für mich zu entdecken. Bald lernte ich auch ein paar der anderen Bediensteten kennen. Da war neben Mrs. Spored, die hier in der Küche natürlich das Sagen hatte, noch der Bäcker Hingsen, ein Däne. Über sein gebrochenes Englisch mussten Kate und ich oft lachen, doch er nahm es uns nie übel und lachte mit. Außerdem buk er das beste Brot der Welt. Ja, Landhydrock Hall besaß eine eigene Bäckerei, und wir Mädchen saßen oft in der Backstube, besonders an kalten, stürmischen Tagen.

Mr. Hingsen erzählte uns bereitwillig:

»Den Backofen erbaute Clement Laekes & Co., der Hoflieferant der Königin.«

Der Stolz in seiner Stimme war deutlich zu hören. Der Ofen strahlte eine so große Hitze aus, dass wir immer ganz glühende Wangen bekamen.

In den Sommermonaten dagegen war es in der Molkerei herrlich kühl. Auf einem großen Marmorstein, der mitten im Raum stand und mit stets frischem, zirkulierendem Wasser gekühlt wurde, standen die besten Puddings und sonstigen Milchspeisen. Überhaupt wurden in diesem Haus alle Milchprodukte selbst hergestellt. In einem weiteren Raum mit Extraeingang befand sich ein Butterfass. Nach und nach lernte ich den ganzen Küchentrakt kennen, die Fisch- und die Fleischkammer, in der die saftigsten Schinken hingen, und den Raum, wo die verschiedensten Gewürze aus aller Welt aufbewahrt wurden. Es roch immer sehr fremdartig, und wenn ich die Augen schloss, glaubte ich an irgendeinem Gewürzstand in fernen Ländern zu stehen.

Am liebsten hielt ich mich jedoch bei Mrs. Spored auf. Immer wieder aufs Neue betrachtete ich das blankpolierte Kupfergeschirr über dem großen Herd, wenn dort die leckersten Speisen brutzelten.

»Ja, ja, hier wird viel zu wenig gekocht. Mylady hat kaum Gäste. Die Küche ist viel zu groß«, klagte Mrs. Spored oft. Ich wusste, es gab für sie nichts Schöneres, als ein Festmenü mit mehreren Gängen zusammenzustellen.

Insgesamt waren fast fünfzig Personen auf Landhydrock Hall beschäftigt, in der Küche allein dreiundzwanzig.

Auch Sarah May konnte ich eines Abends im Garten beobachten. Sie war eine große, schlanke Frau. Ihr aschblondes Haar trug sie in der Mitte streng gescheitelt und zu einem Knoten gesteckt.

»Vor der musst du dich in Acht nehmen«, warnte mich Kate. »Ich glaube, diese Frau lacht nie.«

»Aber sie soll das Vertrauen von Lady Elkham besitzen? Und kümmert sie sich nicht aufopfernd um die Armen?«

»Ja, das stimmt schon. Aber ich sah sie noch nie mit einem freundlichen Gesicht. Gott sei Dank kommt sie selten in die Küche, das ist unter ihrer Würde. Aber man sagt, dass Miss May neben der Lady die Einzige im Haus ist, der es gelingt, mit dem jungen Lord auszukommen.«

Lord Simon! Wie immer, wenn ich diesen Namen hörte, zuckte ich zusammen. Kate hatte mir erklärt, dass Simon Elkham zurzeit nur die Ferien im Schloss verbrachte. Den Rest des Jahres war er in einem Internat und sollte dort bis zu seinem achtzehnten Lebensjahr entsprechend erzogen werden.

»Natürlich ist er in Eton. Etwas anderes kam für Lord Elkham gar nicht in Frage.«

Ich war beruhigt. Wenn ich an diesen Jungen dachte, bekam ich Herzklopfen und feuchte Hände vor Angst. Nein, ich wollte ihm niemals wieder im Leben begegnen.

Im Frühjahr unternahmen Kate und ich lange Spaziergänge um das Schloss. Sehr zum Ärger der beiden Pfarrerstöchter waren wir über den Winter richtige Freundinnen geworden.

»Cellie fühlt sich jetzt als etwas Besonderes«, höhnte Nina einmal. »Nur weil sie die Küche vom Schloss betreten darf. Pass mal auf, Anne, sie wird später bestimmt einmal Küchenmädchen dort!«

Nein, an dieser Freundschaft hatte ich nichts verloren. In den letzten Monaten hatte ich Kate wirklich lieb gewonnen, sie war mir als Mensch wichtig geworden. Zugegeben, anfangs hatte ich ihre Freundschaft nur gesucht, weil sie im Schloss lebte. Doch inzwischen bedeutete sie mir alles.

Eines Nachts konnte ich nicht einschlafen. Ich verspürte großen Durst und wollte mir aus der Küche ein Glas Milch holen. Schon als ich die steile Treppe hinunterging, bemerkte ich, dass meine Eltern auch noch wach waren. Ich wollte bestimmt nicht lauschen, aber als ich meinen Namen hörte, war die Neugier größer als die gute Erziehung.

»Sam, ich bitte dich, verbiete Cellie diese Besuche im Schloss!«, hörte ich meine Mutter eindringlich sagen.

»Janet, wir können sie hier nicht anbinden. Sie hat

sich doch nur mit einem Küchenmädchen angefreundet und kommt allenfalls in den Dienstbotentrakt. Sie hat keinen Kontakt zu den Bewohnern vom Schloss.«

»Aber es kann nicht gut gehen! Was ist, wenn Lady Marian sie sieht?«

»Na und, sie wird Cellie für irgendein Dorfmädchen halten, mehr nicht. Verstehst du, Janet, je mehr wir Cellie verbieten würden, zum Schloss zu gehen, umso mehr wird es sie dorthin ziehen.«

Mutter seufzte.

»Vielleicht hast du Recht. Aber ich bin täglich in großer Sorge, wenn ich weiß, dass sie dort oben ist.«

Leise schlich ich wieder in mein Zimmer. Mein Durst war vergangen. Mit klopfendem Herzen lag ich im Bett und überdachte das eben Gehörte. Warum wollte Mutter meine Freundschaft mit Kate nicht? Was störte sie daran, dass ich ein- bis zweimal die Woche im Schloss war? Vater hatte Recht, ich hielt mich nach meinem damaligen Erlebnis ausschließlich in dem Teil des Schlosses auf, der den Dienstboten vorbehalten war, und Lady Marian hatte ich seit der Begegnung im Esszimmer nicht mehr gesehen.

Fragen über Fragen. Sollte ich mit Mutter darüber sprechen? Nein, diesen Gedanken verwarf ich sofort wieder. Sie hatte es seit jeher abgelehnt, sich mit mir über Landhydrock Hall zu unterhalten, sie würde auch jetzt ausweichende Antworten geben. Je länger ich grübelte, umso weniger gab es eine Antwort für mich. Schließlich siegte der Schlaf, und ich glitt in eine Traumwelt, in der natürlich das Schloss eine Rolle spielte.

Schon seit einigen Tagen war mir aufgefallen, dass Kate seltsam betrübt und still war. Sie schien auch in der

Schule unkonzentriert zu sein, und manchmal lag ein leicht melancholischer Ausdruck in ihren Augen.

Es war inzwischen Sommer geworden. Die Sonne stach heiß vom wolkenlosen Himmel. Auf Landhydrock Hall stand alles in voller Blüte. Kate und ich saßen im Park unter einem Apfelbaum, dessen Äste uns willkommenen Schatten spendeten. Wir schwiegen. Schläfrig blickte ich auf das Pförtnerhaus und stellte mir erneut vor, wie aufregend es sein musste, in dem alten Gemäuer zu leben.

»Cellie, ich muss dir etwas sagen«, riss mich Kate aus meinen Gedanken. »Mutter und ich werden das Schloss nächsten Monat verlassen.«

»Wie?« Ich glaubte, nicht richtig zu hören.

»Meine Tante, die Schwester meiner Mutter, hatte einen schweren Unfall. Nun kann sie nicht mehr laufen, und meine Mutter wird zu ihr ziehen und sie pflegen. Ich soll in einem großen Haus dort in der Nähe als Küchenmädchen arbeiten.«

»Wo lebt deine Tante?«

»Irgendwo in Kent, ich war noch nie dort. Sie hat vor fünf Jahren ihren Mann verloren, Kinder sind keine da. So ist meine Mutter die einzige Verwandte, die sie pflegen kann.«

Ich war wie betäubt. Schlagartig wurde mir klar, dass ich nicht nur meine liebste Freundin verlieren, sondern auch meine Besuche im Schloss damit beendet sein würden. Ich sah zu Landhydrock Hall hinüber, und eine große Traurigkeit befiel mich.

Kate und Mrs. Spored hatten sich alle Mühe gegeben. Es war ein großes Abschiedsfest, und alle Kinder aus dem Dorf waren in die Küche des Schlosses eingeladen worden.

»Miss May hat es erlaubt«, erklärte mir Mrs. Spored mit Augenzwinkern. »Begeistert war sie zwar nicht, aber ich glaube, sie ist froh, dass sie mich los ist, so dass es jetzt auf dieses Fest auch nicht mehr ankommt.«

Ich lachte. Des Öfteren hatte ich in den letzten Wochen Gelegenheit gehabt, die Streitgespräche dieser zwei ungleichen Frauen zu verfolgen. Nun aber waren fast alle Kinder gekommen, auch Anne und Nina, und unsere Lehrerin. Es gab Kuchen, Saft und kalt gestellte Limonade. Schon morgen würden Kate und ihre Mutter sich auf den Weg nach Kent machen.

Irgendjemand hatte gerade eine lustige Geschichte erzählt, und die Küche war erfüllt vom Gelächter der Kinder, als eine Stimme rief:

»Ja zum Teufel, was ist denn hier los?«

In der Tür stand Simon Elkham! Er musste gerade aus Eton angekommen sein, denn er trug noch seinen Reiseumhang. Seine blauen Augen blickten grimmig und seine Haltung war drohend.

»Lord Simon, verzeihen Sie bitte«, beeilte sich Mrs. Spored zu antworten. »Meine Tochter und ich verlassen morgen Ihren Haushalt, und so haben wir heute hier ein kleines Abschiedsfest gefeiert. Miss May hat natürlich ihre Zustimmung dazu gegeben«, fügte sie rasch dazu.

»So, nun denn, das möchte ich Ihnen nicht verderben. Recht viel Spaß noch.«

Simon Elkham hatte sich schon zum Gehen gewandt, als sein Blick auf mich fiel.

»Na, sieh mal an, wen haben wir denn da?«, fragte er und kam auf mich zu. »Na, Kleine, was willst du heute stehlen? Fleisch, Gemüse oder was?«

Ich spürte, wie mir das Blut in den Kopf schoss und

Tränen in die Augen stiegen. Wie ich diesen Menschen hasste!

»Ich habe noch niemals etwas gestohlen!«, schrie ich ihn an.

Simon Elkham sah von oben auf mich herab.

»Na ja, hier schauen dir auch zu viele Menschen auf die Finger. Mrs. Spored, achten Sie bitte auf diese kleine Schlampe hier, damit sie nicht versucht, lange Finger zu machen.« Er wandte sich endgültig um.

Oh, wie war ich wütend! Was bildete sich dieser Flegel eigentlich ein? Denn genau das war Lord Simon Elkham, nichts weiter als ein dummer Junge, nur wenig älter als ich selbst. Nur weil er zufällig in einem großen herrschaftlichen Haus geboren war, behandelte er alle anderen Menschen wie den letzten Dreck! Meine Finger hatten sich um ein Stück Sahnetorte geschlossen, das genau neben mir auf dem Tisch stand. Gerade als Simon die Küche verlassen wollte, warf ich das Kuchenstück nach ihm. Volltreffer! Der Kuchen klebte an seiner rechten Gesichtshälfte und die Sahne tropfte in seinen Kragen. Einen Moment herrschte atemloses Schweigen. Auch ich stand wie gebannt, war mir doch jetzt erst klar, was ich getan hatte. Doch dann brachen alle meine Freundinnen in lautes Gelächter aus, am meisten Kate. Ihr liefen vor Lachen die Tränen über die Wangen.

Einzig Mrs. Spored erkannte den Ernst der Situation, sie nahm ein Handtuch und wollte Lord Simon säubern. Dieser stieß sie jedoch beiseite und kam drohend auf mich zu. Noch nie in meinem Leben hatte ich so viel Hass in den Augen eines Menschen gesehen. Ich konnte nicht mehr weiter zurückweichen und starrte ihn angstvoll an. Schon hob Simon die Hand, als eine Stimme rief:

»Was ist denn hier schon wieder los?« Lady Marian!

Erneut schien sie wie ein rettender Engel genau im richtigen Moment aufzutauchen. »Simon, oh, was ist geschehen?«, fragte sie erstaunt, nachdem sie ihren Sohn entdeckt hatte. »Ich hörte die Kutsche vorfahren und wollte dir entgegengehen. Nun finde ich dich hier in der Küche, beschmutzt wie ein Straßenjunge!«

»Verzeih, Mutter, das war nicht meine Schuld! Dieser Göre hier habe ich es zu verdanken! Das kommt davon, wenn man fremde Leute in sein Haus lässt!«

Lady Marians Blick fiel auf mich.

»Kennen wir uns nicht?«, fragte sie mich freundlich.

Ich nickte, doch bevor ich antworten konnte, bemerkte Simon:

»Mutter, das ist das Mädchen, das ich schon einmal in unserem Esszimmer beim Stehlen erwischt habe.«

Lady Marian sah mich genauer an.

»Ja, ich erinnere mich. Doch, Simon, wir wollen von niemandem behaupten, er wollte einen Diebstahl begehen, wenn wir es nicht beweisen können. Nun zu dir, Kleine, du scheinst eine Begabung zu haben, hier in Schwierigkeiten zu geraten. Wie heißt du und woher kommst du?«

Sie blickte mich so freundlich an, dass sich meine Angst legte und ich mit freier Stimme antworten konnte:

»Mylady, mein Name ist Celeste Hawk und ich lebe in Helland. Mein Vater ist dort der Schmied.«

Urplötzlich ging eine seltsame Veränderung mit Lady Marian vor. Sie zuckte einen Schritt zurück und ihre eben noch freundlichen Augen verschleierten sich. Sie blickte mich noch einmal an, dann verließ sie fast fluchtartig die Küche. Ich hörte nur noch, wie sie rief: »Simon, säubere dich bitte. Wir essen gleich zu Abend.«

Das Fest in der Küche ging zwar weiter, doch wollte keine richtige Stimmung mehr aufkommen. Verwirrt war ich in einer Ecke sitzen geblieben und dachte an Lady Elkhams seltsames Verhalten. Doch noch mehr beschäftigte meine Gedanken ein stahlharter Blick aus blauen Augen. Noch nie war mir so viel Verachtung entgegengebracht worden wie von Simon Elkham.

Immer hatte ich mir gewünscht, in das Leben der Menschen vom Schloss Einblick zu bekommen. Jetzt, nachdem dies geschehen war und ich zwei Personen kennen gelernt hatte, flößten diese beiden mir Angst ein. Es war mir nicht unrecht, als sich unsere kleine Gesellschaft bald darauf auflöste.

Der Abschied von Kate und Mrs. Spored fiel mir schwer. Irgendwie aber war ich froh, das Schloss nun zu verlassen und es nie wieder betreten zu müssen, so sehr ich es erst letzte Woche bedauert hatte. In dieser Nacht verfolgte mich noch lange der Blick des jungen Lords in meinen Träumen.

Veränderungen

Mein dunkles Haar fiel mir lockig über die Schultern. Ich bürstete es sorgfältig und betrachtete mich ausgiebig im Spiegel. Ich wusste, dass ich hübsch war, und ich fühlte mich auch so. Das neue, zartgrüne Kleid stand mir ausgezeichnet, und nun nahm ich mein Haar mit einem gleichfarbigen Band zusammen. Mein Zimmerfenster war weit geöffnet und ich hörte das Zwitschern der Vögel. Heute war mein sechzehnter Geburtstag! Der Wettergott schien ein besonderes Einsehen mit mir zu haben, denn für April schien die Sonne schon richtig warm. Deshalb hatte Mutter auch im Garten gedeckt. Sie hatte köstlichen Kuchen gebacken, und wir warteten nur noch auf den Pfarrer und seine Familie, die wir zum Tee eingeladen hatten. Ich freute mich darauf, Nina und Anne wieder zu sehen. Seit Beendigung der Schule im letzten Jahr hatten wir uns aus den Augen verloren, weil die beiden Pfarrerstöchter ein Mädchenpensionat in Devon besuchten. Einen Moment lang dachte ich wehmütig an Kate Spored. Als sie damals fortging, hatten wir uns geschworen, einander jede Woche zu schreiben. Ungefähr ein halbes Jahr ging es so, dann wurden ihre Briefe immer spärlicher und schließlich blieben sie ganz aus.

Auf dem Schloss war es ruhig geworden. Simon Elkham verbrachte die meiste Zeit des Jahres in Eton und Lady Marian ließ sich nach wie vor nie im Dorf sehen. Meine Mutter schien damals, als meine Besuche im Schloss ein so überraschendes Ende gefunden hatten, sehr erleichtert darüber zu sein. Verstärkt benötigte sie mich im Haushalt, doch ich hatte immer das Gefühl, mein Leben sei nicht genügend ausgefüllt.

Heute an meinem Geburtstag dachte ich über meine Zukunft nach. Irgendwann würde ich wohl heiraten und eine eigene Familie gründen. Aber vorläufig war ich noch viel zu jung dazu. Und außerdem, ich kannte keinen jungen Mann, in dem ich mir meinen Zukünftigen vorstellen konnte. Helland war ein kleines Dorf, wie sollte ich hier jemals jemanden kennen lernen? Ich trat ans Fenster und blickte zum Schloss hinauf. Noch immer konnte ich meine Phantasie, wenn es um Landhydrock Hall ging, nicht zügeln. Ich träumte von einem strahlenden Helden, der mich in sein Schloss entführte. Sein Schloss! Bei diesem Gedanken fröstelte es mich trotz der Sonne. Schnell zwang ich meine Gedanken in eine andere Richtung. In diesem Moment betraten meine Eltern den Garten, ich hörte sie von meinem Fenster aus.

»Janet, ist es wirklich wahr? Du bist dir ganz sicher und es gibt keinen Zweifel?« In der Stimme meines Vaters schwang Freude.

»Ja, Sam, ich war gestern beim Arzt. Vermutet habe ich es schon seit einigen Wochen, aber der Arzt hat es mir bestätigt.«

Ich konnte sehen, wie sich meine Eltern umarmten. So liebevoll im Umgang miteinander hatte ich sie noch nie gesehen!

»Du musst dich jetzt sehr schonen, Janet. Cellie muss

dir die Hausarbeit abnehmen, auf keinen Fall darfst du schwer tragen.«

»Aber Sam, ich bin doch nicht die erste Frau, die ein Kind bekommt! Ich weiß schon, was ich zu tun und lassen habe!«

Mutter war schwanger! Wie erstarrt blieb ich hinter der Gardine stehen. Ich war sechzehn Jahre als Einzelkind aufgewachsen, nie hatte ich die Möglichkeit in Betracht gezogen, Geschwister zu bekommen. So hörte ich dann auch, wie Vater leise sagte:

»Wir danken dir, lieber Gott – nach so vielen Jahren, wir hatten das Hoffen schon aufgegeben. Endlich werden wir ein Kind haben!«

Ich war betroffen. Und ich? Hatten sie mich denn vergessen, ausgerechnet heute – an meinem Geburtstag? Ich musste zuerst mit dieser neuen Situation fertig werden. Als unsere Gäste eintrafen, ließ ich mir nicht anmerken, dass ich Mutters ›süßes Geheimnis‹ schon wusste. Ich konnte jedoch kaum auf das Geplapper der Pfarrerstöchter, die im letzten Jahr noch oberflächlicher geworden zu sein schienen, achten.

»… und ich sage dir, Cellie, das war ein Gelächter im ganzen Pensionat, als wir der Köchin das hart gekochte Ei unter die rohen legten.«

Ich lachte gezwungen mit, dachte aber bei mir: Will denn dieser Nachmittag gar nicht enden? Ich sehnte mich danach, mich mit Mutter auszusprechen und ihr zu sagen, dass ich mich auf dieses Kind freuen würde.

Es war wohl verständlich, dass sie, wenn sie nach über sechzehn Jahren erneut ein Kind erwartete, eben andere Dinge vergaß.

Mutter brauchte während der Schwangerschaft wirklich viel Ruhe und Schonung. Ich versorgte den Haushalt allein, und es machte mir Spaß. In meiner freien Zeit saß ich bei ihr am Bett und wir unterhielten uns über das Baby.

»Weißt du, Cellie, nach so langer Zeit haben Vater und ich nicht mehr daran geglaubt, noch einmal ein Kind zu bekommen. Wir hatten uns immer eine große Familie gewünscht, ein Dutzend Kinder hätten es schon sein können. Aber Gottes Wege sind meistens anders, als wir Menschen sie planen.«

Mutter erzählte mir, dass ihre Mutter, meine Großmama, Hebamme in einem kleinen Dorf im Norden gewesen sei. Leider hatte ich sie nie kennen gelernt, denn sie war gestorben, als ich noch ein kleines Kind war.

In dieser Zeit fühlte ich eine tiefe Verbundenheit zu meiner Mutter. Das kam wohl daher, dass sie mich zum ersten Mal nicht wie ein Kind, sondern wie eine gleichwertige Erwachsene behandelte. In jenen Tagen war ich richtig glücklich.

Ich erwachte durch lautes Poltern im Haus. In dem Zimmer meiner Eltern, das unter meiner Dachkammer lag, polterte es erneut. Kurz darauf hörte ich die Stimme meines Vaters, der nach mir rief. Schnell sprang ich aus dem Bett und lief auf den Flur, als mir Vater auch schon entgegenkam.

Trotz des schwachen Kerzenlichts erkannte ich, dass er schneeweiß im Gesicht war.

»Janet ... das Kind ...« stammelte er.

»Was ist?«

»Das Kind, ich glaube es kommt!«

Ich erschrak. Es waren noch rund zwei Monate bis zur Zeit! Ich lief zu meiner Mutter, die sich im Bett krümmte.

»Mama, kann ich dir irgendwie helfen?«

Ihre Stimme war leise und schmerzerfüllt, ich hatte Mühe, sie zu verstehen.

»Cellie, das Fruchtwasser ist schon abgegangen. Ich habe solche Schmerzen, irgendwas stimmt nicht. Hol den Arzt, schnell!«

Ohne zu überlegen warf ich mir Mutters Umhang über und rief meinem Vater zu:

»Kümmer dich um sie, ich hole Doktor Penaddle!«

Eine halbe Stunde später war der Arzt bei meiner Mutter. Er machte ein besorgtes Gesicht und schickte Vater und mich hinaus. Untätig, unfähig, irgendetwas anderes zu tun, als zu warten, saßen wir in der Küche.

Irgendwann in dieser Nacht bereitete ich einen Tee. Wir tranken ihn automatisch, ohne den Geschmack überhaupt zu spüren. Es erschütterte mich, meinen starken Vater plötzlich völlig gebrochen zu sehen.

»Janet, du darfst nicht sterben, hörst du! Ich brauche dich!« Vater betete still vor sich hin, dann wurde er wie von Krämpfen geschüttelt.

Einmal versuchte ich, das Schlafzimmer der Eltern zu betreten, doch Dr. Penaddle schickte mich hinaus. Er hatte in der Zwischenzeit nach der Hebamme des Ortes geschickt, und diese bemühte sich nun gleichfalls um Mutter.

Der Morgen begann schon zu dämmern, als Dr. Penaddle die Küche betrat. Es war nicht nötig, dass er etwas sprach, ich konnte es von seinem Gesicht ablesen.

»Das Kind auch?«, konnte ich nur leise fragen. Der Arzt nickte.

»Es tut mir Leid. Wir haben alles versucht, aber deine Mutter war viel zu schwach, und das Kind kam zu früh. Es hatte keine Chance.«

Ich schlug die Hände vors Gesicht und weinte.

Vater nahm die Nachricht wortlos zur Kenntnis. Er war kalkweiß im Gesicht geworden. Einen Moment lang befürchtete ich, auch er würde sterben, so stumpf und ausdruckslos war sein Blick.

Wir saßen an Mutters Bett, um noch einmal ihr liebevolles Gesicht zu betrachten. Zögernd strich ich über ihre noch warme Wange. Sie sah aus, als würde sie nur schlafen und jeden Moment aufwachen und mich wie gewohnt anlächeln. Vater kniete vor ihrem Bett. Ich hörte, wie er murmelte:

»O Gott! Ist dies nun deine Strafe? Warum sie? Warum nimmst du nicht mich, der ich genauso viel Schuld daran trage? Warum, mein Gott, warum?«

»Strafe? Von welcher Strafe sprichst du?«, fragte ich Vater.

Doch er sah mich nur mit kummervollem Gesicht an, und dann kamen auch ihm die Tränen.

Schon als ich den kleinen Krämerladen verließ, bemerkte ich die Kutsche vor unserem Haus. Kein Zweifel, es handelte sich um dieselbe, die vor drei Tagen am Friedhof gestanden hatte. An Mutters Beerdigung hatte ganz Helland teilgenommen, auch viele aus den umliegenden Dörfern. Vater war in der Umgebung als Schmied sehr bekannt, und meine Eltern wurden allseits geschätzt wegen ihrer Freundlichkeit und Liebenswürdigkeit.

Der Pfarrer hatte passende und tröstende Worte für die Trauerfeier gewählt, und doch konnte nichts meinen und meines Vaters Schmerz mildern. Nur einmal wurde ich während der Zeremonie abgelenkt. Abseits von allen anderen, dicht bei der Friedhofsmauer, sah ich eine zierliche Gestalt stehen. Sie war ganz in Schwarz gehüllt und ihr Gesicht verbarg ein Schleier. Immer wieder führte sie ihre Hand mit einem Taschentuch an die Augen, es war deutlich, dass diese Frau dort ebenfalls um meine Mutter trauerte.

Als der Sarg gesenkt wurde, rief mein Vater:

»Janet, Janet, warte! Ich folge dir!«

Es brauchte drei starke Männer, um meinen Vater davon abzuhalten, sich in das Grab hinabzustürzen. Nur mit Mühe konnten wir ihn dazu bringen, den Friedhof zu verlassen. Da sah ich die Frau erneut wieder. Sie stieg gerade in eine große, elegante Kutsche, die vor der Kirche gewartet hatte. Und diese Kutsche trug das Wappen von Landhydrock Hall!

Ich hatte diese Begebenheit schon wieder vergessen, so sehr nahm mein Kummer um den Tod meiner Mutter mich gefangen. Nur mechanisch erledigte ich die täglichen Pflichten, wie heute den notwendigen Einkauf. Als ich nun jedoch die Kutsche wieder sah, noch dazu vor der Schmiede, erinnerte ich mich sofort an die Frau auf dem Friedhof. Hatte Mutter Bekannte oder gar Freunde auf dem Schloss gehabt? Ich beeilte mich, ins Haus zu kommen. Schon an der Tür fing mich Mrs. Penaddle ab. Seit Mutters Tod kam sie ein- bis zweimal am Tag, um nach Vater und mir zu sehen.

»Gut, dass du endlich da bist, Cellie«, rief sie mir zu. »Ich habe deine Sachen schon gepackt.«

»Meine Sachen?« Was hatte dies zu bedeuten?

»Ja, du kommst aufs Schloss! Dahin wolltest du doch immer, nicht wahr, Cellie? Miss May wartet im Wohnzimmer schon eine Weile auf dich. Am besten gehst du gleich zu ihr. Ich kümmere mich schon darum, dass du alles hast, was du brauchst.«

Vollkommen verwirrt betrat ich das Wohnzimmer.

Dort saß Vater in seinem Sessel, in der Hand einen Brief. Sarah May hatte auf dem Sofa Platz genommen und nippte an einer Tasse Tee. Als sie mich erblickte, kam sie mir entgegen. Keine Miene regte sich in ihrem Gesicht. Sie reichte mir eine kalte Hand und sagte:

»Mein aufrichtiges Beileid, Miss Celeste. Ich kannte zwar Ihre Mutter nicht, aber sie muss eine liebenswerte Frau gewesen sein.«

»Ja, das war sie«, murmelte ich. »Vater, was hat das zu bedeuten? Mrs. Penaddle sagte, ich solle ins Schloss. Warum? Ich lasse dich doch hier nicht allein!«

Ohne dass ich es wollte, kamen mir die Tränen, und ich flüchtete mich in Vaters Arme. Dies alles hier verwirrte mich zutiefst.

»Beruhige dich, Cellie, Kind. Es hat alles seine Richtigkeit. Lady Marian Elkham hat mir diesen Brief geschrieben. Sie möchte, dass du von nun an auf Landhydrock Hall wohnst und dort deine Erziehung fortsetzt. Glaub mir, sie hat nur dein Bestes im Sinn.«

»Aber Vater, was wird aus dir? Wer soll sich dann um dich kümmern, für dich kochen und waschen?«

»Ich werde Helland verlassen, mein Kind. Es ist mir seit der Beerdigung klar geworden, dass ich unmöglich weiter hier leben kann. Hier, wo ich so lange Jahre mit deiner Mutter glücklich war und mich alles an sie erinnert.« Seine Stimme war leiser geworden und er brauchte einen Moment, sich zu sammeln, bevor er weitersprach: »Wie du weißt, stamme ich aus Bath in Avon. Dort habe ich noch Verwandte, einen Bruder, und meine Mutter lebt auch noch. Ich werde zu ihnen zurückkehren.«

»Wann?«

»Schon nächste Woche. Lady Marian regelt alles mit

dem Haus und sie lässt nach einem neuen Schmied für das Dorf suchen.«

Ein leises Räuspern erinnerte mich wieder daran, dass wir nicht alleine waren.

»Nichts liegt mir ferner, als zur Eile zu drängen«, wandte Miss May ein, »doch Lady Marian erwartet uns zum Tee. Ich glaube, es wird Zeit zu gehen.«

Ich war zu verwirrt, um Fragen zu stellen. Auch, glaube ich, hätte mir weder Vater noch die kühle Miss May eine Antwort geben können. Nachdem Vater mir versprochen hatte, mich vor seiner Abreise im Schloss aufzusuchen, um sich zu verabschieden, nahm ich in der Kutsche neben Miss May Platz und wir rollten nach Landhydrock Hall.

Wenn ich heute an diese Minuten zurückdenke, dann liegt alles immer noch wie in einem Nebel. Die elegante Kutsche, das reglose Gesicht von Miss May, die lange, gewundene Auffahrt zum Schloss und schließlich durch das Pförtnerhaus, die kiesbestreute Einfahrt entlang, bis wir vor dem Hauptportal hielten. Das erste Mal betrat ich Landhydrock Hall nicht durch die Küche. Einem Diener, der uns entgegenkam, gab Miss May die Anweisung, das Gepäck in mein Zimmer zu bringen. Sie selbst streifte ihre Handschuhe ab und ging zu einem Tischchen, auf dem eine Karaffe und Gläser bereitstanden.

»Die Fahrt war staubig an so einem heißen Tag«, meinte sie, schenkte uns beiden ein Glas Limonade ein und reichte es mir. Ich nippte artig daran, obwohl ich weder Durst noch Hunger verspürte. Ja, von mir aus hätte es während der Fahrt genauso gut regnen können, ich hätte es nicht registriert. Vielmehr interessierte mich der Raum, in dem wir uns befanden. Es war eine große Eingangshalle mit einem marmorierten Fußboden und einer wuchtigen Balkendecke. An den Wänden hingen ringsherum Gemälde von würdig aussehenden Männern und lieblichen, eleganten Frauen. Miss May hatte mein Interesse bemerkt.

»Sie werden noch genügend Gelegenheit haben, die Ahnen der Elkhams zu bewundern. Doch nun darf ich Ihnen Ihr Zimmer zeigen, Miss Celeste, damit Sie sich ein wenig frisch machen können. Lady Marian erwartet uns dann im Salon.«

Wir verließen den Raum durch eine der drei Türen und gelangten durch eine weitere, kleinere Halle und über eine breite Treppe, deren Geländer aus echtem Teakholz bestand, wie ich später erfahren sollte, in den ersten Stock. Gleich neben dem Treppenabsatz öffnete Miss May eine Tür und ließ mich in einen mittelgroßen, zauberhaften Raum treten.

»Ihr Zimmer, Miss Celeste. Und hier ...«, sie durchquerte den Raum und öffnete an der Gegenseite eine weitere Tür, »ist Ihr Badezimmer. Es gibt in diesem Haus nur zwei Räume, die ein eigenes Bad haben. Das andere Zimmer ist das von Lady Marian.« Schien es nur so, oder sah mich die Frau bei diesen Worten eigentümlich an? »Ich werde Sie in dreißig Minuten zu Lady Marian führen. Diese Zeit müsste Ihnen reichen, sich etwas frisch zu machen.«

Ich atmete auf, als Sarah May mich allein ließ. Schnell wusch ich den Staub der Fahrt vom Gesicht und versuchte, allerdings ziemlich zwecklos, meine Locken in einer vernünftigen Frisur zu bändigen. Zu meinem Bedauern war mein Koffer noch nicht in das Zimmer gebracht worden, denn ich hätte mich gerne umgezogen, bevor ich vor Lady Marians Augen treten sollte. Nun, mein Kleid war zwar einfach und an einigen Stellen schon geflickt, aber es war sauber und faltenfrei. Gewiss würde Lady Marian ein weitaus schöneres, eleganteres und auch teureres Kleid tragen, doch kam ich nicht aus einer völlig anderen Welt als sie?

Über meinen Gedanken war die halbe Stunde wie im Flug vergangen, Sarah May erwartete mich bereits. Sie führte mich wieder durch das holzgetäfelte Treppenhaus einen Gang entlang, dessen eine Wand erneut zahlreiche Bilder wohl längst verblichener Elkhams zierten. Doch der Ausblick zu meiner Rechten entlockte mir einen Ruf des Entzückens. Miss May wandte sich unwillig nach mir um. Doch als sie sah, was mich so faszinierte, huschte ein Lächeln über ihr strenges Gesicht.

Die Fenster des Korridors waren an diesem warmen Nachmittag weit geöffnet und ließen mich auf einen entzückenden Innenhof schauen. Dieser war nicht groß, und doch hatte ich noch nie zuvor so etwas Schönes gesehen: In der Mitte des Hofes befand sich ein Springbrunnen, dessen sanftes Plätschern bis zu uns ins Haus drang. Der ganze Innenhof war über und über mit den herrlichsten Hortensien bepflanzt. Sie wuchsen in allen Farben, rot, weiß, lila und auch in einem strahlenden Blau. Blauer hätte der Himmel an einem Sommertag nicht sein können. Wie sehr ich diese Blumen liebte! Zu Hause, in unserem Garten, hatte Mutter sie auch gehegt und gepflegt, und die blauen Blüten hatten mir schon als Kind ganz besonders gut gefallen.

›Nur bei uns in Cornwall wachsen diese Blumen so üppig und farbenprächtig, besonders die blauen wirst du in ganz England kein zweites Mal finden, Cellie.‹

Die Erinnerung an meine Mutter machte mich einen Moment lang wehmütig.

»Verzeihen Sie, Miss May, aber ich habe noch nie so etwas Herrliches gesehen wie diesen Hof hier.«

»Schon gut, Miss Celeste. Wir nennen ihn ›Pantray's Court‹, weil der Zugang im Dienstbotentrakt liegt, neben dem Raum des Butlers. Ja, Sie haben Recht, es ist ein zauberhaftes Fleckchen, doch nun kommen Sie, Lady Marian erwartet Sie bestimmt schon ungeduldig zum Tee.«

Ich warf einen letzten Blick aus dem Fenster, dann folgte ich Sarah May, die eine große Flügeltür am Ende des Korridors öffnete.

Das Wohnzimmer war ein großer Raum, dessen eine Schmalseite vollkommen von einer Fensterfront eingenommen wurde, durch die man einen herrlichen Blick auf die Parkanlagen hatte. Vor diesem Fenster stand ein weißer Flügel, an dem eine Frau saß und eine kleine, einfache Melodie spielte. Sie brach jedoch sogleich ab, als Miss May mit mir eintrat, und kam auf uns zu. Ich erkannte sie sofort wieder. Obwohl Jahre vergangen waren, hatte Lady Marian sich nicht verändert.

»Ah, Miss Sarah, da bringen Sie mir ja meinen Schützling! Kommen Sie, schenken Sie den Tee ein!«

Lady Marian sah mich freundlich an und führte mich zu der Sitzgruppe vor dem einen Kamin. Ja, vor dem einen Kamin, denn beim schnellen Umschauen hatte ich festgestellt, dass dieses Zimmer zwei Kamine mit völlig identischen Sitzgruppen davor besaß. Ein Spleen von einem Ahn der Elkhams, wie ich später erfahren sollte.

»Du brauchst keine Angst zu haben, Celeste«, richtete nun Lady Marian das Wort an mich. »Ich werde dir sofort alles erklären. Doch lass uns zuvor Tee trinken, was wäre die blaue Stunde ohne dieses Getränk.«

Unsicher saß ich auf der Sesselkante und nippte an meiner Tasse.

Gott sei Dank hatte mir meine Mutter beigebracht, wie man sich in der ›feinen Gesellschaft‹ benimmt.

»Man weiß ja nie, in welche Situation man kommt!«, war ihre Meinung gewesen. Hatte sie Vorahnungen gehabt? Nach einer Weile begann Lady Marian zu sprechen:

»Es hat mich sehr getroffen, als ich hörte, dass deine Mutter gestorben ist. Du wirst es nicht wissen, Celeste, doch deine Mutter stand lange Zeit als Zofe in meinen Diensten.«

»Meine Mutter war Ihre Zofe, Mylady?«, rief ich erstaunt aus.

»Ja, das war, bevor ich Lord Elkham geheiratet habe. Ich war dabei, als Janet, deine Mutter, ihren Sam, deinen Vater, geheiratet hat, und dich, Celeste, habe ich schon als Baby gekannt.«

Ich war sprachlos. Mutter hatte Lady Marian gekannt, jahrelang!

»Aber warum hat sie mir nie davon erzählt? Sie sprach kaum über die Vergangenheit.«

Lady Marian zuckte bedauernd mit den Schultern.

»Das kann ich dir leider nicht sagen. Der Kontakt zwischen uns brach natürlicherweise ab, als ich meinen Mann heiratete und hier auf Landhydrock Hall einzog. Doch als ich von Janets tragischem und viel zu frühem Tod hörte, beschloss ich, dich zu mir zu nehmen, Celeste. Du bist zu jung, um schon alleine leben zu können. Wir werden hier deine Ausbildung vervollständigen, und außerdem handle ich nicht ganz uneigennützig. Miss Sarah May, seit Jahren meine Hausdame und Gesellschafterin, wird mich Ende des Monats verlassen, was ich sehr bedauere.«

»Ja, das stimmt«, warf Miss May ein, »meine Mutter, sie lebt in Penzance, ist leider pflegebedürftig geworden und ich werde mich in Zukunft um sie kümmern.«

Lady Marian wandte sich wieder an mich.

»Du siehst, Celeste, ich brauche also jemanden, der mir aus der Zeitung vorliest, mir hilft, meine Post zu erledigen, mit mir spazieren geht oder mit dem ich mich einfach nur unterhalten kann. Du sollst so etwas wie eine Gesellschafterin für mich sein. Was meinst du dazu?«

Obwohl mich diese Neuigkeiten sehr verwirrten, musste ich lächeln.

»Sie verzeihen, Mylady, aber unter einer Gesellschafterin habe ich mir immer eine alte Jung…, äh, ich meine, eine ältere Dame vorgestellt, die einer ebenfalls nicht mehr jungen Dame zur Hand geht. Doch Mylady sehen wirklich nicht so aus, als hätten Sie es nötig, aus der Zeitung vorgelesen zu bekommen oder als bräuchten Sie Hilfe bei Ihrer Korrespondenz.« Erschrocken hielt ich mir die Hand vor den Mund. »Oh, verzeihen Sie, Mylady. Ich habe zu vorlaut gesprochen!«

»Es ist schon gut, Celeste. Du hast ganz Recht. Nein, so alt, dass ich eine Gesellschafterin als Hilfe bräuchte, bin ich wirklich noch nicht. Vielleicht wünsche ich mir nur ein wenig Unterhaltung. Und wenn du dabei etwas lernst und wir deine Ausbildung vervollständigen können, so ist uns beiden gedient, nicht wahr? Ich jedenfalls würde mich sehr freuen, wenn du dich entschließen könntest, hier zu bleiben.«

So seltsam mir dies alles erschien, bedurfte es bei mir keiner langen Überlegung, schließlich war es schon immer mein Traum gewesen, im Schloss zu leben.

Können Träume eines Tages, wenn man ganz fest daran glaubt, Wirklichkeit werden? Ja, sie können es! So stand meine Antwort bereits unumstößlich fest:

»Lady Marian, nichts würde mich glücklicher machen, als hier bei Ihnen auf Landhydrock Hall zu sein.«

Die folgenden Tage erlebte ich wie in einem Rausch. Zuerst wurde ich völlig neu eingekleidet. Kleider aus Stoffen, von denen ich gar nicht wusste, dass es so etwas Zartes und Feines überhaupt gab, wurden von einer Schneiderin aus Bodmin, die eigens für mich für zwei Wochen angereist war, genäht. Ich bezweifelte zwar, die meisten der neuen Kleidungsstücke jemals tragen zu können, doch Einwände meinerseits beantwortete Lady Marian nur mit einem Lächeln.

»Es macht mir Spaß, dir eine Freude zu bereiten, Celeste. Ich finde, dieses lachsfarbene Kleid steht dir besonders gut.«

Nun, ich war jung und eitel. Natürlich gefielen mir meine neuen Sachen, und so machte ich mir keine weiteren Gedanken.

Lady Marians Freundlichkeit und Herzlichkeit, dies pompöse alte Haus, die zahlreichen Zimmer mit ihren kostbaren Möbeln und Gemälden, das alles erschien mir wie ein Traum. Für alle war ich ›Miss Celeste‹ und das Personal behandelte mich, die Tochter des Dorfschmiedes, mit demselben Respekt, den sie Lady Marian zollten.

Bald verließ uns Sarah May und ich merkte, dass ich die Trennung ehrlich bedauerte. Hatte ich als Kind immer ein wenig Angst vor ihr gehabt, so hatte ich sie in den letzten Tagen als stillen, intelligenten und freundlichen Menschen schätzen gelernt.

Lady Marian hatte mit mir einen Lehrplan erstellt. Ich

sollte Französisch sprechen und schreiben lernen. Über meine Geschichtskenntnisse war sie sichtlich entzückt.

»Du musst wissen, die Elkhams blicken auf eine lange Ahnengalerie zurück. Gerüchte besagen, unsere Stammvorfahrin soll eine der zahlreichen Mätressen von König Heinrich dem Achten gewesen sein. Als er jedoch ihrer überdrüssig war, verheiratete er sie mit einem jungen Mann vom Hof und machte diesen zum ersten Lord Elkham. Es war nur eine Bedingung an diese Hochzeit gebunden: Der junge Mann und die ehemalige Geliebte mussten den Hof verlassen und weit fortgehen. So kamen sie hierher nach Cornwall, und Sir Richard, der Name des jungen Mannes, baute Landhydrock Hall. Niemand weiß heute, ob diese Geschichte stimmt, denn viele wichtige Papiere sind während des Bürgerkrieges zerstört worden, doch es ist schön, daran zu glauben.«

Ich stimmte Lady Marian zu. Wenn ich die Augen schloss, sah ich die junge Frau, die vom Hof aus London verbannt worden war, an der Seite ihres Mannes. Ob sie wohl glücklich geworden war? Oder ob sie den König auch dann noch geliebt hat?

Wochen später – ich hatte mich inzwischen gut eingelebt – kam Vater, um sich von mir zu verabschieden.

»Es ist das Beste für uns zwei, Cellie. Ich kann hier nicht länger bleiben. Lady Marian bietet dir ein Leben, wie du es dir immer gewünscht hast.« Er schwieg einen Moment, dann fügte er hinzu: »Und wie du es wohl auch verdient hast.«

Wir versuchten beide, beim Abschied unsere Tränen zurückzuhalten, und ich sah Vater nicht nach, als er mir den Rücken zuwandte und die lange Auffahrt von dannen ging.

Schwierigkeiten

Oft ging ich, wenn ich alleine sein wollte, in den Innenhof mit den herrlich blühenden Hortensien. Lady Marian wusste bald, dass dies mein Lieblingsplatz geworden war, und sie ließ mich nie rufen, wenn ich dort meine Zeit verbrachte. Häufig machte ich mir Gedanken über meine Zukunft, schließlich konnte ich ja nicht immer im Haushalt Lady Marians bleiben.

Was hatte sie mit mir vor? Würde sie mir einen passenden Ehemann besorgen? Jetzt war ich sechzehn, in zwei oder drei Jahren war ich alt genug, um zu heiraten. Ich sprach Lady Marian jedoch nie darauf an, wahrscheinlich fürchtete ich mich vor ihrer Antwort.

So vergingen die Wochen in vollkommener Harmonie zwischen Lady Marian und mir, bis erneut jemand in mein Leben trat, dessen Existenz ich längere Zeit ignoriert hatte.

Es war ein herrlicher Septembernachmittag. Die Abende wurden schon kühl und ließen den herannahenden Herbst ahnen. Nach meiner täglichen Reitstunde hatte ich mich umgezogen, war in den Blumengarten gegangen und gerade damit beschäftigt, für Lady Marians Arbeitszimmer einen Strauß Astern zu schneiden.

Lady Marian selbst hatte sich mit einem Pächter zurückgezogen, um wichtige Dinge durchzusprechen. Aus der Ferne hörte ich eine Kutsche vor das Haus fahren. Es kümmerte mich jedoch nicht weiter, sondern ich summte eine kleine Ballade vor mich hin, die Lady Marian und ich am gestrigen Abend zusammen gesungen hatten. Erst als ein Schatten auf mich fiel, blickte ich hoch.

»Sieh mal einer an, eine fremde Blume zwischen all den Astern! Was willst du hier in unserem Garten? Woher hast du die Erlaubnis, unsere Blumen zu schneiden?«

Simon Elkham! Wie hatte ich ihn nur vergessen können! Er war schließlich der Sohn Lady Marians und trotz seiner Jugend Herr von Landhydrock Hall!

»Lady Marian selbst wünschte, dass ich ihr Blumen schneide und sie in ihr Arbeitszimmer stelle.« Ich hatte mich aufgerichtet und schaute Lord Elkham fest in die Augen. »Sie liebt Astern«, fügte ich fast trotzig hinzu.

»Was meine Mutter liebt, brauchst du mir nicht zu sagen!«, fuhr er mich barsch an. Seine Hand griff plötzlich an mein Kinn und hielt mein Gesicht in die Sonne. »Kennen wir uns nicht? Ja, ich weiß! Du bist das freche Gör aus dem Dorf, das schon vor Jahren unser Tafelsilber stehlen wollte! Ich wundere mich, du bist genügsam geworden, heute sind es nur Blumen, auf die du es abgesehen hast!«

Sein Ton war genauso zynisch geblieben, wie ich ihn in Erinnerung hatte. Wütend entgegnete ich:

»Ich lebe hier. Lady Marian hat mich als ihre Gesellschafterin angestellt, und ich habe und hatte es noch nie nötig, irgendetwas zu stehlen!«

»Ach nein, seit wann haben Dienstboten mitten am Tag Zeit, im Garten umherzuspazieren? Und das Kleid, das du trägst, sieht nicht gerade wie das eines Dienstmädchens aus.«

»Wenn Sie etwas an mir auszusetzen haben, dann besprechen Sie es bitte mit Ihrer Mutter, Lord Elkham. In deren Diensten stehe ich.«

Mit letzter Selbstbeherrschung ergriff ich die Blumen und kehrte Simon Elkham den Rücken, konnte jedoch nicht verhindern, dass Tränen in meinen Augen standen. Warum musste dieser Mann mich immer nur demütigen?

Ich ordnete gerade die Astern in eine Vase auf Lady Marians Schreibtisch unter dem Fenster, als sie beschwingt den Raum betrat.

»Celeste, mein Sohn ist gerade angekommen«, rief sie fröhlich und ihre Augen strahlten. Ich nickte.

»Ja, ich habe ihn im Garten gesehen.«

»Na wunderbar! Ich glaube, ihr werdet euch gut verstehen! Kleide dich zum Dinner heute Abend in dein bestes Kleid, wir haben Anlass zu feiern. Wenn auch der Grund für Simons Anwesenheit keinesfalls erfreulich ist. Das Eton College musste wegen einer starken Grippeepidemie bis auf weiteres schließen, man stelle sich mal vor – Grippe, jetzt im Sommer! Nun, deshalb ist Simon mitten im Semester nach Hause gekommen. Ich hatte ihn eigentlich frühestens zu Weihnachten erwartet.«

Wäre mir auch lieber gewesen, dachte ich bei mir, und einen Moment schoss es mir sogar durch den Kopf, warum eigentlich Simon nicht an der Grippe erkrankt war. Dann wäre er wenigstens nicht hier! Sofort schämte ich mich meiner Gedanken und dachte an die Worte meiner Mutter, niemand anderem etwas Schlechtes oder Böses zu wünschen.

»Verzeih mir, Mutter!«, murmelte ich und zu Lady Marian gewandt: »Ich werde pünktlich zum Abendessen erscheinen. Ich freue mich, Ihren Sohn näher kennen zu lernen.«

Das malvenfarbige Kleid stand mir besonders gut. Es harmonierte mit meinen dunklen Augen. Mein lockiges Haar trug ich zu einem Knoten aufgesteckt, doch hatte ich es einigen vorwitzigen Strähnen erlaubt, in die Stirn zu fallen. In dem Bewusstsein, älter und reifer auszusehen, schritt ich die Treppe hinunter, durchquerte die Halle und wollte gerade das Speisezimmer betreten, als Lord Simons erregte Stimme mich innehalten ließ. ›Der Lauscher an der Wand hört seine eigene Schand!‹ Die Worte meiner Mutter kamen mir ins Gedächtnis, aber da ich Simon Elkham meinen Namen sagen hörte, konnte ich nicht anders. Ich verbarg mich hinter der Tür.

»Mutter, ich bitte dich! Du kannst mir unmöglich zumuten, mit dem Personal zu speisen!«

»Celeste ist meine Gesellschafterin und Vertraute. Ja, fast so etwas wie meine Freundin. Du kannst sie nicht zum Personal rechnen. Und außerdem – Sarah May hat immer mit uns gegessen!«, entgegnete Lady Marian heftig.

»Sarah May war auch eine erwachsene und würdige Frau. Doch dieses Gör ...!« Simon machte eine verächtliche Pause. »Hast du vergessen, wie sie vor Jahren, schmutzig und verkommen, hier im Speisezimmer unser Silber stehlen wollte?«

»Das ist nicht erwiesen, Simon, nur du hast behauptet, Celeste sei zum Stehlen gekommen. Ich vielmehr glaube, sie war nur ein kleines, neugieriges Kind.«

»Nun, auf jeden Fall weigere ich mich, mit dieser Person an einem Tisch zu sitzen. Schlimm genug, dass sie mit uns unter einem Dach lebt. Wenn Vater noch leben würde ...«

»Ja, Simon, was wäre dann?«

»Vater pflegte nie einen solch ... freundschaftlichen Umgang mit dem Personal. Wir dürfen nicht vergessen, wer wir sind. Das Geschlecht der Elkhams hat seit Jahrhunderten das Sagen hier in Cornwall.«

»Und das meiste Geld, wolltest du doch sagen, oder?«, ergänzte Lady Marian mit einem bitteren Unterton in der Stimme. Simon Elkham ging darauf nicht ein.

»Auf jeden Fall, Mutter, wenn du mir wirklich zumuten willst, mit dieser Person zu speisen oder womöglich noch mehr Zeit mit ihr zu verbringen, sehe ich mich leider gezwungen, abzureisen.«

»Abzureisen? Wohin?«

»Ich habe mich mit Richard Thynne in Eton angefreundet, dem Sohn des Marquis von Bath. Sie leben in der Nähe von Warminster in Longleat House. Richard hat mir schon mehrfach angeboten, die Ferien dort zu verbringen.«

Ich hatte genug gehört. Tränenblind stolperte ich die Treppe hinauf und warf mich in meinem Zimmer aufs Bett. Wütend hämmerte ich auf das Kopfkissen ein. Warum hatte ich jetzt nicht stolz und selbstbewusst den Raum betreten und so getan, als hätte ich kein Wort gehört? Warum konnte ich diesem Simon Elkham nicht beweisen, dass auch Menschen aus dem einfachen Volk ihren Stolz haben und sich benehmen können wie solche, die zufällig adlig geboren wurden? Warum nahm ich mir seine Worte nur so zu Herzen?

Es war klar, was Lady Marian tun würde. Simon war ihr Sohn. Lieber würde sie auf meine Anwesenheit verzichten, als zu riskieren, dass ihr eigener Sohn das Haus verließ. Doch ich wollte ihr die Peinlichkeit ersparen, mir mitteilen zu müssen, ich sei nicht zum Dinner erwünscht. Ich brachte mein Gesicht in Ordnung und klingelte nach einem Mädchen.

»Claire, bitte richte Lady Marian aus, dass ich mich nicht wohl fühle. Wahrscheinlich war ich heute nachmittag zu lange in der Sonne. Mylady möge mich beim Dinner entschuldigen, ich werde eine Kleinigkeit in meinem Zimmer zu mir nehmen.«

Die Speisen, die mir Claire später brachte, ließ ich unberührt. In dieser Nacht weinte ich mich in den Schlaf.

Das Frühstück am nächsten Morgen nahm ich ebenfalls in meinem Zimmer zu mir; ich trank nur eine Tasse Tee und aß eine Scheibe Toast. Als ich Hufgeklapper hörte, eilte ich zum Fenster. Simon Elkham war im Begriff auszureiten.

Erleichtert atmete ich auf. Allein der Gedanke, ihn außer Haus zu wissen, beruhigte mich ungemein.

Wenig später suchte mich Lady Marian auf.

»Celeste, Kind, das Mädchen sagte mir, dass du dich nicht wohl fühlst. Hoffentlich hast du dir nicht diesen schrecklichen Grippevirus eingefangen?«

Sie schien ehrlich besorgt. Mit keinem Wort erwähnte sie den gestrigen Abend, geschweige denn den Streit mit ihrem Sohn. Warum sollte sie auch?

»Ich fühle mich wirklich schwach, Mylady«, erwiderte ich, vermied es aber, Lady Marian dabei anzusehen. »Vielleicht sollte ich mich wieder hinlegen. Oder benötigen Sie mich heute?«

»Nein, Celeste, nicht unbedingt. Ich möchte heute mit Simon über die Ländereien reiten. Es wäre schön gewesen, wenn du dich uns angeschlossen hättest. Aber es ist besser, du schonst dich, vielleicht bricht die Krankheit dann gar nicht erst aus.«

»Ja, Mylady. Ich werde sogleich wieder zu Bett gehen.« Lady Marian erhob sich.

»Ich schicke dir Claire. Sie steht heute zu deiner Verfügung, wenn du etwas brauchst.«

Kurze Zeit später hörte ich auch Lady Marian fortreiten und eine tiefe Traurigkeit ergriff mich.

In den folgenden Tagen begegnete ich Simon Elkham nicht. Ich schützte Schwäche und Kopfschmerzen vor und verließ mein Zimmer nur, wenn ich sicher sein konnte, dass Simon das Haus verlassen hatte. Tag für Tag betete ich, dass Eton College möge mitteilen, dass die Epidemie vorüber sei und das Semester fortgesetzt werden könne.

In dieser Zeit fielen meine Unterrichtsstunden aus, aber ich hätte auch kaum die Nerven gehabt, mich zu konzentrieren.

An einem schönen Herbsttag suchte ich schon morgens meinen Lieblingsplatz, den Innenhof, auf in der Meinung, Simon sei ausgeritten. Ich hielt die Augen geschlossen und wandte mein Gesicht der Morgensonne zu, um die noch warmen Strahlen auf meiner Haut zu spüren.

»Ach nein, tagelang die Todkranke spielen, aber dann dem Herrgott die Zeit stehlen und ein Sonnenbad nehmen. Werden meine Angestellten etwa dafür bezahlt?« Lord Simons scharfe Stimme ließ mich auffahren. Groß und breitschultrig stand er vor mir, die Hände, in der einen hielt er noch die Reitpeitsche, lässig auf die Hüften gestützt.

Hastig stand ich auf.

»Verzeihen Sie, Mylord. Ich wähnte Sie außer Haus.«

»Und wenn die Katze aus dem Haus ist, tanzen die Mäuse, wie? Nun, meine Mutter will dich sprechen. Claire sagte ihr, du seiest nicht in deinem Zimmer. Da wollte ich doch mal schauen, wo sich krankes Personal denn so rumtreibt.«

Sein Ton war so voller Hohn, dass es mir die Röte in die Wangen trieb. Schnell senkte ich den Kopf.

»Ich werde Ihre Mutter sofort aufsuchen, Mylord. Verzeihen Sie.«

Um die Tür zu erreichen, musste ich an ihm vorbei. Er wich keinen Zentimeter zur Seite, im Gegenteil. Fest umschlossen seine Finger meinen Arm und zogen mich zu ihm hin. Mit der anderen Hand, er hielt immer noch die Peitsche, fasste er mein Kinn und hob meinen Kopf so, dass ich ihm in die Augen sehen musste. Sein Griff war brutal und schmerzte, er schien mir den Kiefer zusammenzudrücken. Sekundenlang schauten wir uns an. Es war kaum zu glauben, dass Simon Elkham nur wenig älter als ich selbst war. Sein Gesicht mit den dunklen Bartstoppeln wirkte ausgesprochen männlich. Anscheinend hatte er sich heute Morgen noch nicht rasiert. Seine Augen bohrten sich in die meinigen, doch ich hielt dem Blick stand.

»Ich weiß zwar nicht, was du hier willst und was deine Anwesenheit im Schloss bezwecken soll, Mädchen, aber eines sage ich dir: Solltest du ein böses Spiel mit Lady Marian spielen, dann bekommst du es mit mir zu tun. Und nun geh und sieh zu, dass du mir während meiner restlichen Anwesenheit auf Landhydrock so wenig wie möglich unter die Augen kommst.«

Mit einem Ruck ließ er mich los, so dass ich taumelte. Schnell verließ ich den Innenhof. Mein Lieblingsplatz in diesem Haus war für mich zu einem Ort des Schreckens geworden!

Lady Marian bemerkte mein Eintreten nicht. Sie saß, den Rücken zur Tür gewandt, über den Schreibtisch gebeugt und starrte auf mehrere Skizzen, die wahllos auf der Platte verteilt waren. Erst als ich sie sacht an der Schulter berührte, zuckte sie zusammen.

»Ach, Celeste, du hast mich erschreckt! Ich war einen Moment lang in Gedanken versunken.«

Vorsichtig nahm ich eine der Skizzen in die Hand und betrachtete sie lange. Es handelte sich um eine feine Tuschezeichnung. Abgebildet war ein dreigeschossiges Haus mit zahlreichen Fenstern. Es war nur einflügelig gebaut und schien nicht einmal halb so groß zu sein wie Landhydrock Hall, und doch ging etwas Heimeliges von ihm aus. Lag es daran, dass das Haus in die es umgebende Hügellandschaft eingebettet schien? Hatte der Zeichner mit dieser Skizze nicht ein ganz besonderes Flair eingefangen?

»Was ist das für ein Haus, Mylady?«, fragte ich.

»Das ist mein Zuhause, der Ort, wo ich geboren wurde: Durkham Manor in Wiltshire.«

»Es ist eigentümlich«, bemerkte ich, »aber es ist wunderschön!«

»Ja, es ist der wundervollste Platz auf dieser Welt.«

»Schöner als Landhydrock Hall?«, fragte ich verwundert.

Lady Marians Blick schien in diesem Moment meilenweit entfernt zu sein.

»Kind, es mag dir unverständlich klingen, da du Landhydrock Hall so sehr liebst, doch dort, in Durkham Manor ist meine Seele, mein Herz.« Sie schwieg und begann die Skizzen zusammenzulegen.

Auf jeder war das Haus abgebildet: von vorne, von der Seite und von der Rückseite. Auf einer Zeichnung konnte ich eine weitausladende Terrasse erkennen. Gerne hätte ich mehr über Durkham Manor erfahren, doch ich merkte, dass ich Lady Marian in einer schwachen Minute gestört hatte und sie nicht bereit war, mehr preiszugeben.

»Du musst Simons ungebührliches Verhalten verzeihen«, wechselte Lady Marian abrupt das Thema. Die Skizzen hatte sie inzwischen in einer Schublade des Schreibtisches verschlossen. »Sein Vater war ein sehr stolzer Mann, der seinen Sohn stets in dem Glauben erzogen hat, dass Adel und Geld die Welt regieren. Leider benimmt sich Simon entsprechend. Ich hatte noch nie großen Einfluss auf ihn.«

»Es ist schon gut, Mylady. Ich verstehe es. Und außerdem gehöre ich wirklich nur zu den Dienstboten.«

Lady Marian stand auf und nahm meine Hand.

»Nein, bitte sprich nicht so, Celeste! Du bist viel, viel mehr! Du bist mir eine Freundin geworden. Ich kann mir ein Leben auf Landhydrock ohne dich nicht mehr vorstellen.« Peinlich berührt sah ich zu Boden. Lady Marian sprach jedoch weiter. »Ich wünsche, dass du heute zum Dinner erscheinst. Du wirst es mit uns einnehmen, ob es meinem feinen Sohn gefällt oder nicht. Ich habe nämlich sehr wohl bemerkt, Celeste, warum du gerade in den letzten Tagen krank geworden bist.«

Beschämt ließ ich meinen Blick gesenkt.

»Verzeihen Sie, Mylady. Aber Lord Simon ist schließlich der Herr und Besitzer von Landhydrock Hall.«

Lady Marian sah mich erstaunt an.

»Es ist richtig, dass er als einziger Sohn und Erbe den Titel seines Vaters bei dessen Tod erhalten hat. Simon ist der rechtmäßige Lord Elkham. Landhydrock Hall jedoch wurde laut Testamentsbeschluss nur zu fünfzig Prozent ihm übertragen. Die andere Hälfte hat mein Mann *mir* vermacht. Außerdem habe ich über Simons Anteil bis zu seiner Volljährigkeit die alleinige Verfügungsgewalt. Du siehst also, Celeste, noch bin *ich* die Herrin auf Landhydrock Hall, und ich gedenke, es noch einige Zeit zu bleiben. Und ich wünsche, dich zum Abendessen im Speisezimmer zu sehen.« Den letzten Satz hatte sie mit einem Zwinkern in den Augen gesagt, so dass ich wusste, es war kein Befehl, sondern eine Bitte.

Noch nie hatte ich eine solch qualvolle Mahlzeit erleben müssen. Es lag jedoch nicht am Essen, nein, das war gewiss vorzüglich, wenn ich nur etwas davon geschmeckt hätte, was mir auf den Teller gelegt wurde. Nur Lady Marians scharfe Worte hatten Simon daran gehindert, das Speisezimmer bei meinem Betreten sofort zu verlassen. Einen gewissen Respekt vor seiner Mutter hat er sich also bewahrt, dachte ich. Das Mahl verlief unter eisigem Schweigen. Anfangs war Lady Marian um leichte Konversation bemüht, doch weder Simon noch ich gingen darauf ein. Er bedachte mich mit kalten Blicken und ich war froh, dass ich meinen Mund wenigstens so weit aufbrachte, die Speisen zu mir zu nehmen.

Sobald das Dessert serviert worden war, warf Simon seine Serviette auf den Teller, schob den Stuhl geräuschvoll zurück und erhob sich. Beim Verlassen des Raumes wandte er sich an der Tür noch einmal um und meinte nur:

»Ich reise morgen bei Tagesanbruch, Mutter. Du

brauchst dich nicht extra bemühen, mir adieu zu sagen. Einen schönen Abend wünsche ich noch.«

Lady Marian saß stolz und aufrecht auf ihrem Stuhl. Kein Muskel regte sich in ihrem Gesicht, doch ich spürte, wie aufgewühlt sie war, wie sehr sie diese Zurückweisung ihres einzigen Sohnes traf.

Zum ersten Mal bereute ich den Tag, an dem ich nach Landhydrock Hall gekommen war.

Richard

Die nächsten Wochen und Monate gingen ihren gewohnten Gang. Ich hatte meine Unterrichtsstunden wieder aufgenommen: Reiten, Französisch, Geschichte und Literatur. Zu letzteren kam dreimal wöchentlich ein Professor aus Truro ins Schloss. Reiten lehrte mich der Oberstallmeister, ein noch junger, rothaariger Ire mit Namen Christopher, aber jeder nannte ihn nur Chris. Ich machte beachtliche Fortschritte auf dem Pferderücken und schon Anfang November konnte ich größere Ausritte in Lady Marians Begleitung unternehmen. Ich ritt immer die gleiche Stute, ein lammfrommes Tier namens Rosanna. Lady Marian freute sich über meine Fortschritte auf jedem Gebiet, und so plauderten wir auf unseren Ausritten oftmals auch in Französisch. Ihren Sohn und den verhängnisvollen Abend hatte sie mir gegenüber niemals mehr erwähnt. Ich glaube, sie wollte selbst nicht mehr daran erinnert werden.

Im Dezember schlug das Wetter um, so dass wir nicht mehr ausreiten konnten. Vom Meer her wehte ein eisiger Wind und es regnete tagelang. Manchmal verirrte sich auch eine Schneeflocke, doch im Großen und Ganzen gab es hier in Cornwall keine ›weiße Weihnacht‹.

Das gesamte Personal war in der Vorweihnachtszeit wie in einen Rausch versetzt. Eifrig wurden Stechginster und Mistelzweige gesammelt, um die große Halle, das Speise- und das Wohnzimmer zu dekorieren. An Weihnachten sollte im Schloss ein Ball stattfinden, der erste seit Lord Elkhams Tod. Dementsprechend herrschte Nervosität unter dem Personal, der auch ich mich nicht verschließen konnte. Mein erster Ball! Wie oft hatte ich früher von glanzvollen Festen im Schloss geträumt, und nun sollte ich selbst an einem solchen teilnehmen! Lady Marian hatte als Ballsaal die Galerie gewählt, einen Raum, den ich besonders liebte. Er schloss sich an das Wohnzimmer an und reichte über die gesamte Nordseite des Hauses. Mit seinen 116 Fuß Länge und seiner Höhe über zwei Stockwerke war er der größte Raum im Schloss. An allen vier Seiten hingen zahlreiche, zum Teil schon sehr nachgedunkelte Portraits der Elkhams und deren Verwandtschaft. Einen besonderen Ehrenplatz jedoch hatte ein Bild, auf das Lady Marian sehr stolz war. Es zeigte König Heinrich VIII. beim Mahl an der Seite seiner zweiten Frau Anne Boleyn. Das Bild stammte vom Hofmaler Hans Holbein und war zweifelsohne eine Kostbarkeit. Doch auch eine lebensgroße Malerei von Karl I. beeindruckte mich.

»Die Elkhams waren immer Royalisten«, bemerkte Lady Marian. »Als König Karl ermordet wurde, hätte der derzeitige Lord Elkham Oliver Cromwell am liebsten selbst getötet.«

Am meisten aber faszinierte mich in der Galerie die Decke. Sie war einer Kuppel nachgebildet, in der in wunderschönen Gipsarbeiten die Geschichte des Alten Testamentes dargestellt war. Oft saß ich hier und sah hoch zu Moses, der sein Volk aus Ägypten führte; zu

Eva, die Adam den Apfel reichte, oder auch zum Begräbnis Isaaks.

Mit Freude half ich also mit, diesen Raum in einen festlichen Ballsaal zu verwandeln, sah mich schon am Arm eines gut aussehenden jungen Mannes durch den Saal schweben. Lady Marian selbst hatte mir das Tanzen in den letzten Wochen beigebracht.

Wenige Tage vor Weihnachten wurden meine Träume jedoch jäh zerstört. Simon Elkham teilte seiner Mutter in einem kurzen Brief mit, er habe sich dieses Jahr entschlossen, der Einladung seines Freundes Richard Thynne zu folgen und das Weihnachtsfest und den Jahreswechsel auf Longleat zu verbringen. Außerdem, meinte er noch, sei die Reise von Eton nach Cornwall zu dieser Jahreszeit immer sehr anstrengend, und da er schon Mitte Januar wieder im College sein müsse, sei es besser, nur bis Warminster zu reisen.

Die Vorbereitungen für den Ball wurden abgebrochen, die Einladungen wurden mit einem *wir bedauern zutiefst* abgesagt. Noch nie im Leben hatte ich mich so schuldig gefühlt wie in jenen Tagen. Ernsthaft dachte ich daran, Landhydrock Hall zu verlassen. Vielleicht könnte ich irgendwo als Erzieherin unterkommen?

Lady Marian erwähnte in meiner Gegenwart ihren Sohn mit keinem Wort. Auch war sie gleichbleibend freundlich, so dass niemand, der nicht hinter ihre Fassade sehen konnte, merkte, wie sehr sie das Verhalten Lord Simons gekränkt hatte.

Wir verbrachten Weihnachten ruhig und ohne großen Aufwand. Der obligatorische Truthahn war köstlich zubereitet worden und auch der Plumpudding mundete. Lady Marian und ich sangen gemeinsam alte Weihnachtslieder und es wurde ein harmonischer Abend. Ich schenkte Lady Marian drei Taschentücher, die ich in den letzten Wochen selbst mit Motiven des Schlosses bestickt hatte. Sie freute sich sichtlich darüber und übergab mir ihr Geschenk: eine goldene Halskette mit einem feuerroten, gefassten Rubin als Anhänger. Meine Einwände wegen dieser Kostbarkeit wischte sie mit einer Handbewegung beiseite und meinte:

»Ich habe sie von meiner Mutter bekommen, und da ich keine Tochter habe, der ich sie weitergeben könnte, möchte ich, dass du sie trägst. Zudem, Celeste, bist du mir genauso treu und lieb geworden wie eine eigene Tochter.«

Da konnte ich die Tränen vor Rührung nicht mehr zurückhalten und fiel in ihre Arme.

Vater hatte mir auch ein Paket und einen langen Brief gesandt.

Liebste Cellie, ich habe mich entschlossen, nach Schottland, in die Highlands, zu gehen. Ich sehne mich nach Ruhe und Vergessen. Hier in Bath ist die Erinnerung an deine Mutter immer gegenwärtig. Ich hoffe, in der Einsamkeit besser mit Janets Tod fertig zu werden.

Zutiefst betrübt las ich seine Zeilen. So weit fort sollte Vater von mir sein? Würde ich ihn überhaupt jemals wieder sehen?

Die Wintermonate vergingen, bald zog der Frühling in Cornwall und auf Landhydrock Hall ein. Endlich blühten auch meine geliebten Hortensien wieder! Nun lebte ich schon ein halbes Jahr im Schloss. Die Zeit war wie im Flug vergangen, und doch schien es mir unmöglich, jemals wieder woanders zu leben als in diesen alten, grauen Mauern. Ich hatte mich in den vergangenen Monaten nicht nur geistig, sondern auch körperlich sehr verändert. Lady Marian musste mir zu Beginn des Sommers eine komplette neue Garderobe schneidern lassen, alle meine alten Kleider waren mir zu eng geworden. Ich war nicht mehr das kleine, magere Mädchen, sondern eine erwachsene Frau, hoch gewachsen und schlank. Mein Körper zeigte an den richtigen Stellen Rundungen und mein dunkles Haar ringelte sich in üppigen Locken bis über die Schultern. Doch allzu oft war ich nicht in die Betrachtung meines Äußeren vertieft, Eitelkeit war mir fremd. Meine einzigen Gedanken in jenen Tagen waren darauf ausgerichtet, was Lady Marian wohl für meine Zukunft geplant hatte.

Die Semesterferien des Colleges kamen und mit ihnen Simon! Diesmal war er nicht allein. Er brachte seinen Freund Richard Thynne mit nach Landhydrock Hall. Wie es seine Art war, kündigte er dies nur wenige Tage vor ihrem Eintreffen mit einem Telegramm an und versetzte so das ganze Haus in hektische Betriebsamkeit. Lady Marian schien in froher Erwartung, ihren Sohn wieder zu sehen, regelrecht aufzublühen. Und ich? Mit Angst und Spannung sah ich unserer erneuten Begegnung entgegen. Würde Simon nicht hoffen, ich hätte das Haus inzwischen verlassen? Wie würde er reagieren, wenn er mich immer noch hier vorfand und ich beim Dinner mit Lady Marian an einem Tisch saß? Würde er sich vor seinem Gast die gleiße Blöße geben und mich so behandeln wie letztes Jahr? Oder, schlimmer noch, möglicherweise war sein Gast vollkommen seiner Meinung, stammte er doch gleichfalls aus einem hochherrschaftlichen Haus. War er am Ende vielleicht sogar mitgekommen, mich endgültig aus dem Schloss zu vertreiben?

Tagelang quälten mich diese Gedanken, doch Lady Marian wollte ich in ihrer Vorfreude nicht damit belasten. So kam es, dass ich in der Nacht vor Lord Simons Ankunft kein Auge zutat.

Blaß und unausgeruht, mit zittrigen Knien, ging ich zur Begrüßung von Lord Simon und seinem Gast durch das Portal nach draußen. Die Sonne blendete mich, ich musste einen Moment die Augen schließen. So hörte ich nur ein erstauntes »Ja, wer ist denn das?«, und eine Person zog hörbar die Luft ein. Nachdem sich meine Augen an das grelle Licht gewöhnt hatten, sah ich mich Simon Elkham gegenüber. Auch er hatte sich in den letzten Monaten sehr verändert. Ich war nicht unerheblich gewachsen, doch immer noch überragte er mich um einen Kopf. Statt Zorn über meine Anwesenheit sah ich in seinen Augen nur grenzenloses Erstaunen, als er mich anblickte.

»Willkommen daheim, Lord Elkham«, begrüßte ich ihn und fiel in einen Knicks.

»Simon, du hast mir gar nicht erzählt, was für eine Schönheit ihr in eurem Haus versteckt. Wenn ich das geahnt hätte, wäre ich bestimmt schon früher einmal zu Besuch gekommen.«

Nun nahm ich auch den jungen Mann neben Simon Elkham wahr. Er war ein wenig kleiner als Simon, aber er wirkte genauso schlank und drahtig. Im Gegensatz zu Simon hatte er hellblonde Haare und graue Augen, die jetzt unverkennbar auf mich gerichtet waren. Lady Marian rettete mich aus meiner Unsicherheit, indem sie sagte:

»Simon, willst du Celeste nicht einen guten Tag wünschen? Mr. Thynne, ich freue mich, Sie in unserem Haus begrüßen zu dürfen. Da ich vor Jahren einmal in Longleat House zu Gast sein durfte, kenne ich Ihr Zuhause. Landhydrock Hall muss Ihnen dagegen geradezu spartanisch vorkommen.«

»Ich bitte Sie, Mylady! Ich freue mich auf die Zeit unter Ihrem Dach. Außerdem hat Ihr Heim eine rund zweihundert Jahre ältere Geschichte als Longleat. Ich bin sicher, ich werde mich in diesen ehrwürdigen Mauern sehr wohl fühlen.«

Bei Richard Thynnes letzten Worten lag sein Blick erneut auf mir, und es war nicht schwer zu deuten, was er damit sagen wollte: Allein wegen meiner Anwesenheit würde er sich hier wohl fühlen.

Ich wusste nicht, ob mir das peinlich sein sollte oder ob es mir schmeichelte. Nun, vorerst machte ich mir darüber keine weiteren Gedanken. Es hatte schon eine grenzenlose Erleichterung für mich bedeutet, von Simon Elkham nicht gleich in den ersten Minuten mit zynischen Worten begrüßt worden zu sein.

Richard Thynne entpuppte sich als charmanter und interessanter junger Mann. Er war, wie Simon, der einzige Sohn und eines Tages Erbe eines großen Besitzes. Er und auch Simon erzählten uns von Longleat House, gegen das Landhydrock Hall wirklich nur ein Cottage sein musste. Doch stets versicherte Richard, wie wohl er sich hier fühle, und sein Blick ruhte dabei auf mir. Errötend senkte ich dann den Kopf oder verließ unter einem Vorwand den Raum.

Simons Elkhams Verhalten mir gegenüber schien rätselhaft. Er richtete so gut wie nie das Wort an mich, doch sah er mich immer öfter nachdenklich an. Auch kam es nie zu irgendwelchen hässlichen Wortwechseln zwischen uns. Simon schien sich damit abgefunden zu haben, dass ich als ›Dienstbote‹ die Mahlzeiten mit der Familie einnahm. Oder wollte er vor seinem Freund nur das Gesicht wahren? Richard Thynne wusste über meine Stellung in diesem Haushalt Bescheid, denn Lady Marian machte daraus keinen Hehl. Auch wurde mein Unterricht wie gewohnt fortgesetzt. Die Reitstunden hatte ich inzwischen beendet, ich ritt jedoch so oft wie möglich auf ›Rosanna‹ aus. Nun, da Richard Thynne bei uns weilte, unternahmen wir meist zu viert lange Ausritte. Er machte zu Pferd eine ebenso gute Figur wie zu Fuß, doch immer öfter verglich ich ihn mit Simon. Richard war ein Junge, Simon hingegen ein Mann! Sofort verbot ich mir solche Gedanken. Nur weil Simon sich mir gegenüber viel freundlicher benahm, als ich es zu hoffen gewagt hatte, brauchte ich nicht zu glauben, er habe seine Einstellung geändert. Er duldete stumm meine Anwesenheit, es kam zu keiner solchen Szene wie im vergangenen Jahr. Wie lange dies wohl anhielt?

Vier Wochen war Richard Thynne bei uns, als Lady Marian vorschlug, ein Sommerfest zu veranstalten, als Entschädigung für den Ball zu Weihnachten. Der Garten sollte mit Lampions geschmückt, Tische und Stühle dort aufgestellt, in der Halle ein kaltes Büfett aufgebaut werden, so dass jeder Gast sich seinen Teller selbst füllen konnte. Auch sollte draußen getanzt werden. Der Termin wurde festgesetzt. Jetzt hieß es nur noch zu hoffen, dass das Wetter weiterhin so mild und trocken blieb wie in den letzten Wochen.

Richard Thynne war von der Idee begeistert.

»Celeste, Sie müssen mir versprechen, jeden Tanz für mich zu reservieren«, bat er mich eindringlich.

Ich lachte und sagte gerne zu. Richard und ich waren in den letzten Wochen Freunde geworden. Oft waren wir nur zu zweit ausgeritten, denn Simon kümmerte sich täglich ein paar Stunden um die Verwaltung von Landhydrock. Nur einmal machte er eine Bemerkung gegenüber Lady Marian.

»Mutter, findest du nicht, dass Celeste und Richard sehr viel Zeit allein miteinander verbringen? Ziemt sich das?«

»Keine Angst, Simon«, entgegnete Lady Marian. »Ich bin sicher, sie sind nur Freunde und nicht mehr.«

»Hoffentlich hast du Recht, Mutter. Richard ist schließlich der einzige Sohn des Marquis von Bath, dies sollte Celeste nie vergessen.«

Lady Marian berichtete mir von diesem Gespräch und wollte dadurch wohl herausfinden, wie ich zu Richard stand. Doch ich konnte sie beruhigen, Richard war wirklich nur ein guter Freund. Dennoch versetzte es mir einen Stich, daran erinnert zu werden, dass ein Mädchen wie ich niemals eine passende Partie für einen Mann wie Richard sein könnte. Trotzdem freute ich mich auf den Ball und fühlte mich in Richards Gegenwart wohl. Immer wieder versuchte er, mit mir zu flirten, aber es gelang mir stets, das Thema zu wechseln. Manchmal ertappte ich mich jedoch dabei, dass ich in Simons Gegenwart begann, meinerseits mit Richard zu kokettieren. Ich schalt mich dann eine dumme Gans und fragte mich, warum ich eigentlich Simon provozieren wollte.

Der Tag des Sommerfestes war gekommen! Seit dem Morgen hatte die Sonne von einem wolkenlosen Himmel geschienen und der Abend versprach schön und mild zu werden. Es waren nur die nächsten Nachbarn eingeladen worden, so dass man sich zum größten Teil kannte. Richard Thynne wurde natürlich von allen, besonders von den weiblichen Gästen, angehimmelt. Als dann im Laufe des Abends bekannt wurde, dass er der zukünftige Marquis von Bath war, konnte er sich vor Verehrerinnen kaum noch retten. Dennoch gelang es ihm immer, sich freizumachen, um mit mir zu tanzen. Er war ein wundervoller Tänzer! Es war herrlich, von seinen starken Armen gehalten und im Takt geführt zu werden. Als die Kapelle einmal ein sehr langsames Stück spielte, wollte ich die Tanzfläche verlassen, Richard zog mich jedoch in seine Arme.

Mir stockte der Atem. Noch nie war ich einem Mann so nahe gewesen. Ich fühlte durch sein Hemd und mein Kleid seine starken Muskeln und roch seinen männlichen Duft. Einen Moment schloss ich die Augen, lehnte mich an ihn und glaubte, vielleicht doch ein klein wenig in Richard verliebt zu sein. Mit einem Ruck versuchte ich mich gleich darauf freizumachen.

»Das geht doch nicht!«, wandte ich ein.

Seine grauen Augen blitzten in der Dunkelheit, er hielt mich noch fester und lachte.

»Celeste, alles geht, wenn man sich nur lieb hat.«

»Sie dürfen nicht so sprechen!«

»Warum, Celeste, du weißt doch, dass ich dich liebe, oder?«

Ich versuchte erneut, mich von ihm zu lösen.

»Bitte hören Sie sofort auf, so zu sprechen, Mr. Thynne. Sonst sehe ich mich leider gezwungen, das Fest zu verlassen.« Ich hoffte, meine Stimme hatte klar und fest geklungen, denn seine Worte hatten mich bis ins Innerste erregt.

»Komm, Celeste, lass uns einen Ort suchen, wo wir miteinander sprechen können.«

Sanft führte Richard mich durch die Tische zu einem nicht erleuchteten Teil des Gartens. Er fand eine Bank und zog mich zu sich herunter. Unsere Körper berührten sich, er musste spüren, wie sehr ich zitterte, obwohl die Nacht lau und mild war.

»Wenn uns jemand sieht«, wagte ich erneut aufzubegehren.

Richard nahm als Antwort meinen Kopf in seine Hände, schaute mir tief in die Augen und küsste mich! Dieser Kuss war so sanft, so zärtlich, ich glaubte, die Welt müsse in diesem Moment stehen bleiben.

»Ich liebe dich, Celeste! Vom ersten Moment, als ich dich sah, habe ich dich geliebt. Als du aus dem Haus ins Sonnenlicht tratest, war es mir, als ginge die Sonne an diesem Tag zum zweiten Mal auf. Ist es wirklich erst wenige Wochen her? Mir ist, als würden wir uns schon eine Ewigkeit kennen.«

Ich wollte in diesem Moment nichts erwidern, sondern nur den Augenblick genießen, einige Minuten des Glücks, von einer Zukunft träumen, die niemals wahr werden würde.

Richard sprach weiter mit zärtlicher Stimme zu mir.

»Auch wenn ich der einzige Sohn und Erbe eines alten Namens und eines großen Vermögens bin, so glaube ich nicht, dass mein Vater unserer Verbindung im Weg stehen wird. Im Herzen ist er ein sehr sentimentaler Mensch und würde es niemals zulassen, dass sein einziger Sohn eine Ehe mit einer Frau eingeht, die er nicht aufrichtig liebt. Und eines glaube mir, Celeste, so wie dich werde ich nie wieder eine Frau lieben können. Lass uns so schnell wie möglich heiraten!«

»Richard, du meinst dies alles ernst?«, fragte ich erschrocken. Nun war ich aus meinen Träumen gerissen. »Ich dachte, du willst nur einen kleinen Flirt mit einer Angestellten, eine Liebelei für einen Sommer!«

Richard strich mir übers Haar.

»Hast du mich wirklich so gering eingeschätzt? Nein, ich reise morgen nach Hause und spreche mit meinen Eltern. Du wirst sehen, schon in wenigen Wochen wirst du Mrs. Richard Thynne sein.«

Mrs. Richard Thynne! Wie das klang! Und Longleat House, dieses riesige Anwesen bei Warminster sollte mein Heim werden! Dies bedeutete auch Landhydrock Hall und Cornwall verlassen! Meine Gedanken schwirrten durcheinander. War dies die Lösung meiner unklaren Zukunft? Ich, die Tochter einer Zofe und eines Schmieds, sollte die Frau eines Marquis werden? Nein, so etwas gab es nur im Märchen. Auch wenn ich oft träumte, so war ich doch Realistin genug, um zu wissen, dass diese Zukunft niemals für mich Wirklichkeit würde.

Ich befreite mich aus Richards Armen.

»Lass uns zurückgehen, bitte, bevor uns jemand vermisst.«

»Celeste, du hast noch nicht ja gesagt! Wirst du mich heiraten?«

»Richard, du bist ein lieber und herzensguter Mensch, aber dein Vater würde niemals einer Verbindung zwischen dir und einer Angestellten zustimmen.«

»Und wenn er es tut? Sag eines, Celeste, liebst du mich?«

Ich zögerte. Es wäre zu leicht gewesen, jetzt ja zu sagen, sicher in der Gewissheit, dass meine Antwort keine Konsequenzen hätte. Doch meine Mutter und auch Lady

Marian hatten mich stets gelehrt, dass Ehrlichkeit und Aufrichtigkeit mit die höchsten Güter auf Erden sind.

»Ich weiß es nicht genau, Richard«, antwortete ich deswegen. »So wie du hat noch nie ein Mann zu mir gesprochen. Ich bin vollkommen verwirrt und weiß nicht, was ich denken soll. Aber ich bin sicher, ich schätze dich und habe dich sehr, sehr gern!«

Richard küsste mich erneut und rief lachend:

»Das reicht mir fürs erste! Und ich frage meinen Vater trotzdem. Du wirst schon sehen!«

Den Rest des Abends wich er nicht mehr von meiner Seite. Mir fiel auf, dass Lord Simon immer wieder zu Richard und mir herübersah und missbilligend die Stirn runzelte. Wenn der wüsste, dachte ich, dass der zukünftige Marquis von Bath mir, der Tochter eines Schmieds, soeben einen Heiratsantrag gemacht hatte! Obwohl ich es so ganz noch immer nicht glauben konnte, wünschte ich mir, dass es wahr wäre, nur um dann das dumme Gesicht dieses aufgeblasenen Lord Simon zu sehen. Insgeheim wusste ich gar nicht, ob ich Richard Thynne heiraten wollte oder nicht. Eigentlich hatte ich immer davon geträumt, aus Liebe zu heiraten. Aber gab es das überhaupt? Durfte ich denn nicht froh sein, einen Marquis zu bekommen? Nun, ich würde abwarten und vorerst diesen herrlichen Abend genießen.

Als dieser ausklang, musste ich mir ehrlicherweise eingestehen, dass ich darauf gewartet hatte, von Lord Simon zum Tanz geführt zu werden. Wenigstens einmal! Doch das war natürlich unter seiner Würde gewesen!

In Gedanken an sein Verhalten schlief ich ein, und so war es kein Wunder, dass ich von ihm träumte. Er stand vor mir und brüllte mich in einem fort an, und ich wusste gar nicht, warum.

Erschrocken fuhr ich hoch und stellte erleichtert fest, dass ich mich in meinem Bett befand. Doch das laute Schreien hatte ich nicht geträumt! Ganz deutlich konnte ich Lord Simons Stimme aus dem Korridor hören. Schnell warf ich mir etwas über und trat aus meinem Zimmer. Die Stimmen, inzwischen vernahm ich auch eine andere, nicht ganz so laut, kamen von der Halle her. Ich lief zur Balustrade, die im Dunkeln lag. So konnte ich in die Halle hinunterschauen, ohne selbst gesehen zu werden. Meine Neugier siegte über meine gute Erziehung, nicht zu lauschen, als ich erkannte, mit wem Lord Simon hier zu nächtlicher Stunde so heftig stritt: Es war Richard Thynne!

»Hast du völlig vergessen, wer du bist und was für ein Erbe auf dich wartet? Das willst du alles aufs Spiel setzen wegen eines Dienstmädchens!«

Lord Simon war sehr aufgebracht. Sein Gesicht war, das konnte ich trotz des Kerzenscheins erkennen, gerötet, und an seiner Schläfe pochte eine Ader.

»Simon, du kannst mir nicht vorschreiben, wen ich heirate oder wen nicht. Ich liebe Celeste! Einem Mädchen wie ihr bin ich noch nie begegnet. Es stört mich nicht, dass sie nicht von adliger Herkunft ist. Was allein zählt, ist die Liebe«, entgegnete Richard.

Mir stockte der Atem, es ging um mich! Richard hatte Lord Simon wohl im Überschwang seiner Gefühle seine Heiratsabsichten mitgeteilt. Oh, er konnte ja nicht wissen, was für einen Standesdünkel dieser besaß. Warum hatte ich ihn nicht gewarnt!

Lord Simon hatte Richard beim Kragen gefasst, einen Moment befürchtete ich, er würde ihn schlagen.

»Richard, uns verbindet eine jahrelange Freundschaft. Du weißt, nach welchen Prinzipien wir in Eton erzogen werden und dass wir uns unserer Stellung in der Gesellschaft immer bewusst sein müssen. Gut, wenn du dieses Mädchen willst, dann nimm sie dir! Vergnüge dich mit ihr, so lange du magst. Du bist mein Gast und ich werde wegschauen. Aber so ein Mädchen heiratet unsereins nicht. Diese Gesellschaftsschicht ist gerade gut genug zum …«

Weiter konnte Lord Simon nicht sprechen. Richard war aufgesprungen und seine Faust landete mitten in Simons Gesicht. Der ging zu Boden und aus einer Wunde an der Schläfe tropfte Blut.

Richards Stimme war nun gefährlich leise geworden.

»Simon Elkham, wag es nie wieder, so über meine zukünftige Frau zu sprechen. Was unsere Freundschaft betrifft – sie ist hiermit beendet!«

Richard verließ die Halle und Lord Simon blieb verletzt am Boden liegen.

Schnell huschte ich wieder in mein Zimmer zurück. Mein Herz pochte mir bis zum Hals und mir war von dem eben Gehörten übel. Kraftlos ließ ich mich aufs Bett sinken. Dass Lord Simon so gering von mir dachte! Nur schwer konnte ich meiner Wut Herr werden. Ich wusste nur eines: Ich musste Landhydrock Hall so bald wie möglich verlassen.

Natürlich verließ ich Landhydrock Hall nicht. Zu sehr hing mein Herz an diesem Haus und außerdem, wohin hätte ich gehen können?

Am nächsten Morgen stand ich so spät wie möglich auf. Es war schon fast Mittagszeit. Ich nahm nur eine Tasse Tee zu mir und hoffte, weder Simon noch Richard zu begegnen. Während ich im Speisezimmer saß, ließ mir ein Mädchen ausrichten, Lady Marian wünsche mich zu sprechen. Mit Herzklopfen stieg ich die Treppe zu ihrem Arbeitszimmer hinauf und trat, nachdem ich angeklopft hatte, in den Raum. Lady Marian saß am Fenster, das Licht fiel auf ihr Gesicht, und ich konnte sofort erkennen, dass sie verärgert war.

»Setz dich«, forderte sie mich barsch auf.

Nervös ließ ich mich auf die äußerste Kante eines Stuhles nieder.

»Ich muss nicht betonen, wie entsetzt ich über die Ereignisse bin, die sich heute Nacht in diesem Haus abgespielt haben. Das erste Gebot der Gastfreundschaft, dem Gast immer höflich zu begegnen, ist grob verletzt worden. Nein, sag jetzt nichts. Natürlich weiß ich, dass das Verhalten meines Sohnes unverzeihlich ist. Ich habe ihn darum aufgefordert, heute Morgen noch nach Eton zurückzukehren. Auch Richard Thynne hat das Haus schon verlassen. Du siehst, du wirst den beiden nicht mehr begegnen.«

Erleichtert atmete ich auf.

»Mylady, es lag nie in meiner Absicht …«, begann ich, doch Lady Marian ließ mich nicht aussprechen.

»Ich weiß, dass du absichtlich nie eine solche Situation provoziert hättest. Aber, obwohl ich mit meinem Sohn wirklich nicht immer einer Meinung bin, muss ich ihm in dieser Angelegenheit doch Recht geben. Auch ich hätte dieser beginnenden Romanze zwischen dir und Richard schnellstens ein Ende gesetzt. Nein, nicht was du jetzt denkst. Ich besitze nicht solchen Standesdünkel, aber ich glaube nicht daran, dass Richard Thynne sein Versprechen, dich zu heiraten, wahr macht.«

»Er liebt mich!«, warf ich erregt dazwischen.

»Mein liebes Kind, das mag wohl stimmen. Jedenfalls denkt er so in diesem Augenblick. Aber sobald sein Vater, der Marquis von Bath, ihm klargemacht hat, auf welches Erbe er im Fall einer Heirat mit dir zu verzichten hat, wird von dieser Liebe wahrscheinlich nicht mehr viel übrig bleiben.«

»Richard sagte, er würde seinen Vater überzeugen«, wandte ich trotzig ein.

»Celeste, ich hatte vor Jahren das Vergnügen, den Marquis kennen zu lernen. Er ist ein harter und strenger Mann, der seinen Sohn liebt, aber seinen Namen niemals mit einem Skandal beflecken würde. Außerdem ist mir bekannt, dass Richard Thynne und eine Tochter des Duke von Marlborough einander versprochen sind. Sobald er das College beendet hat, soll die Hochzeit stattfinden. Hat Richard dir davon erzählt?«

Wie betäubt schüttelte ich den Kopf. Ich wollte es nicht glauben, aber gleichzeitig wusste ich, dass Lady Marian mich niemals anlügen würde.

Sie kam auf mich zu, nahm meine Hand und sah mir in die Augen.

»Celeste, du weißt, dass du mir sehr viel bedeutest. Ich will nichts anderes als dein Glück, mein Kind. Aber dieses Glück hättest du an der Seite von Richard Thynne nicht gefunden, glaube mir. Er ist ein Filou, ein Mensch, der nur für den Augenblick lebt und niemals an morgen denkt. Lass dir noch etwas Zeit mit dem Heiraten. Du brauchst wirklich keine Angst zu haben, eine alte Jungfer zu werden. Ich bin ganz ehrlich, ich möchte dich noch nicht verlieren. Dazu genieße ich unsere gemeinsamen Stunden zu sehr. Irgendwann wird der richtige Mann kommen, und ihr werdet beide wissen, dass ihr füreinander bestimmt seid, also, Celeste, hab noch ein wenig Geduld.«

Lady Marian hatte so liebevoll zu mir gesprochen,

dass ich spontan die Arme ausbreitete und mich an ihre Brust warf. Dort brach ich in Tränen aus.

»Kind, Kind, hast du ihn so lieb? Du kennst Richard doch kaum. Glaub mir, du wirst ihn vergessen.«

Über diese Worte dachte ich später in meinem Zimmer nach. Lady Marian hatte Recht. Richards Bild begann tatsächlich schon zu verblassen. Wenn ich ehrlich zu mir selber war, so liebte ich ihn gar nicht. Na ja, vielleicht war ich ein wenig in ihn verliebt gewesen. Es hatte mir auf jeden Fall geschmeichelt, dass er mir den Hof machte, und er war der erste Mann, der mich geküsst hatte. Doch beim Gedanken an ihn blieb dieser tiefe Schmerz, der sich bei einer verlorenen Liebe einstellen müsste, aus. Wenn ich träumend auf meinem Bett lag, schob sich vielmehr ein anderes Bild vor meine Augen: blaue, glitzernde Augen, ein schmaler, sich spöttisch verziehender Mund und lockiges, schwarzes Haar, das immer wieder in die Stirn fiel. Dann spürte ich ein seltsames Ziehen in meiner Brust und einen Kloß im Hals. Wütend warf ich mich in meine Kissen, vergrub mein Gesicht tief in ihnen und zwang mich, an etwas anderes zu denken.

Um es vorwegzunehmen: Von Richard Thynne hörte ich erst Jahre später etwas. Er schickte uns eine kurze, unpersönliche Hochzeitsanzeige von sich und der Tochter des Duke von Marlborough. Es war kein persönliches Wort beigefügt, sicher hatte er mich schon längst vergessen, aber es tat mir in keinster Weise weh.

Bis Simon seine Zeit in Eton beendet hatte, sah ich ihn höchst selten. In den Ferien kam er nur zu kurzen Besuchen, die kaum länger als vier, fünf Tage dauerten, nach

Landhydrock Hall, und wir gingen uns die meiste Zeit aus dem Weg. Es herrschte so eine Art Waffenstillstand, aber jedes Mal, wenn Simon fortging, stand ich am Fenster meines Zimmers und sah ihm nach. Und jedes Mal war ich traurig, dass er ging, obwohl ich doch eigentlich erleichtert darüber sein sollte.

Mit Bangen sah ich der Zeit entgegen, da Simon ganz nach Landhydrock Hall zurückkehren sollte, um die Gutsgeschäfte zu übernehmen. Als es soweit war, lief alles besser, als ich erwartet hatte. Simon und ich hatten zu einer höflichen Umgangsform gefunden. Er akzeptierte, dass wir zusammen die Mahlzeiten einnahmen, und manchmal durfte ich Simon sogar auf Ritte über das Gut begleiten. Er sprach viel über das Land, und ich konnte aus jedem seiner Worte die Liebe zu seiner Heimat heraushören. Simon gefiel mein Interesse an der Führung des Gutes, und langsam begann sich so etwas wie Sympathie zwischen uns aufzubauen. Oft sprachen wir noch abends beim Dinner über unsere Erlebnisse und lachten darüber. Dann fiel mir auf, dass Lady Marians Blick wohlwollend auf Simon und mir ruhte, und ich war glücklich.

London

Der Wind blies mir ins Gesicht, wollte mir meinen Hut entreißen und zum Spielball seiner Macht machen. Ich hielt die Augen geschlossen und hatte den Kopf gegen die Sonne erhoben. Ich hörte die Geräusche des Hafens, der an- und ablegenden Schiffe, die Flüche der Seeleute und das rhythmische Plätschern der Themse, wenn sie gegen die Kaimauern schlug.

»Celeste, kommst du?«

Einen Moment noch, dachte ich, lasst mich dieses Gefühl noch einen Moment lang genießen!

London! Hier auf der geschichtsträchtigen London Bridge fühlte ich mich um Jahrhunderte zurückversetzt. Natürlich standen die Häuser auf der Brücke schon lange nicht mehr und es wurden auch keine Köpfe von Verrätern mehr auf ihr aufgespießt.

»Celeste, es wird nun wirklich Zeit!«

Langsam wandte ich mich um, und mit einem letzten Blick auf die Themse verließ ich die Brücke. Lady Marian erwartete mich ungeduldig.

»Du wirst noch viel von London sehen, Celeste. Wir werden den ganzen Sommer über in der Stadt bleiben.«

London! Als Lady Marian mir vor wenigen Wochen mitteilte, sie beabsichtige, den Sommer in der Stadt zu verbringen und ich solle sie begleiten, ergriff mich eine starke Erregung. Schon immer hatte ich mir gewünscht, London zu sehen.

»Ich habe veranlasst, dass unser Londoner Stadthaus in Ordnung gebracht wird. Es wird dir sicher gefallen. Es ist natürlich nicht so groß wie Landhydrock, aber für ein Stadthaus doch sehr bequem. Zum St. James Palast sind es nur wenige Minuten, auch der Buckingham Palast ist nicht weit. Wer weiß, Celeste, vielleicht erhaschen wir ja sogar einen Blick auf die Königin?« Auch Lady Marian schien sich auf die bevorstehende Reise zu freuen. »Lord Simon kümmert sich sehr gewissenhaft um die Geschäfte. So war es die letzten vier Jahre nicht nötig, dass ich selbst nach London reiste. Doch ich glaube, es wäre eine nette Abwechslung, den Sommer in der Stadt zu verbringen.«

Dann sprach Lady Marian von glanzvollen Empfängen und rauschenden Bällen. Es kam eigens eine Schneiderin ins Schloss, um uns neue Kleider zu nähen. Ja, auch mir! Noch nie in meinem Leben hatte ich eine so kostbare Garderobe besessen.

»Du wirst die Kleider brauchen, Celeste. Die Londoner Gesellschaft ist sehr elegant!«

Und wie ich sie brauchte! Natürlich hatte uns Lord Simon begleitet. Er wurde zwar von seinen Geschäften sehr in Anspruch genommen, doch meistens konnte er es einrichten, mit uns den Tee zu nehmen oder den späten Nachmittag und den Abend bei uns zu sein.

Manchmal verbrachten wir auch ganze Tage miteinander, und Lord Simon zeigte mir die Stadt. Er kannte sich sehr gut aus und spielte mit Begeisterung den Fremdenführer. Ich war fasziniert von dem Leben in den Straßen, den eleganten und exklusiven Ladengeschäften. Stundenlang hätte ich die Menschen beobachten können: Dienstmädchen, die mit vollen Körben durch die Straßen eilten, Zeitungsjungen, welche mit lauter Stimme die neuesten Nachrichten ausriefen, Eisverkäufer, die an den heißen Tagen dem Andrang fast nicht nachkamen.

Lord Simon zeigte mir die St. Pauls Kathedrale. Wir standen auf der Flüstergalerie und ich wagte dort oben kaum zu atmen. Später erklärte er:

»Als 1666 die ursprüngliche Kirche bei dem großen Brand von London völlig zerstört wurde, war dies ein großes Unglück. Überhaupt wurde bei diesem Brand fast ganz London zerstört.«

»Und alles wegen eines Funken in der Pudding Lane«, erwiderte ich.

Simon sah mich erstaunt an.

»Ich merke, du weißt Bescheid«, sagte er überrascht. Schnell sprudelte ich hervor:

»Aber der große Brand hatte auch eine gute Seite: Er stoppte endlich die verheerende Pestepidemie, die schon einige Jahre in London wütete. Und Christopher Wren baute St. Pauls wieder auf, so gewaltig und prunkvoll, wie wir sie jetzt hier vor uns sehen.«

»Du solltest Fremdenführerin werden, Celeste, oder versuch es doch als wandelndes Lexikon!«

Dabei nahm er meinen Arm und führte mich weiter durch die Stadt.

Wir standen ergriffen an den ehemaligen Hinrichtungsstätten und dachten an die Qualen der Menschen, die hier ihr Leben ließen: Tyburn, der Galgen, für Diebe und gemeine Mörder, Tower Hill, wie viele Menschen wurden hier enthauptet, wie viel Blut war hier geflossen! Wir standen auf den Zinnen des gewaltigen White Tower und versetzten uns in die Zeit zurück, als Wilhelm der Eroberer diesen Turm erbaute. Ich überraschte Lord Simon jeden Tag aufs Neue mit meinem Wissen über unsere englische Geschichte.

»Mich hat dies schon immer interessiert. Gerne hätte ich am Hof gelebt!«

»Nun, ich habe Beziehungen. Vielleicht kann ich für dich eine Stellung bei Hof finden. Als erste Hofdame wird es allerdings, glaube ich, schwierig werden.«

Skeptisch sah ich Lord Simon an.

»Machen Sie sich lustig über mich, Sir? Außerdem möchte ich an diesem Hof nicht sein! Seit Prinz Alberts Tod gibt es fast keine Freude mehr im Palast. Wie lange will die Königin denn noch trauern?«

Lord Simon nahm schnell meinen Arm.

»Still, Celeste! Wie kannst du so etwas sagen! Unsere Königin, Gott möge sie schützen, ist eine tief religiöse Frau. Sei in Zukunft mit deinen Äußerungen etwas vorsichtiger, denn ich habe keine Lust, dich bald im Tower besuchen zu müssen!«

Obwohl ich merkte, dass er verärgert war, konnte ich nicht umhin zu erwidern:

»Sie würden mich also wirklich im Tower besuchen, Sir? Für diese Ehre würde ich gerne eine Majestätsbeleidigung riskieren!«

»Komm, wechseln wir das Thema. Wie hat dir der Empfang gestern Abend gefallen?«

Lord Simons Ton klang barsch und streng, doch in seinen Augenwinkeln konnte ich ein Lächeln entdecken, und schon kurze Zeit später lachten wir beide aus vollem Herzen. O ja, wir hatten viel Spaß miteinander.

Lady Marian schloss sich immer seltener unseren Tagesausflügen an. Sie kenne die Stadt, meinte sie, doch ich solle mir ruhig alles ansehen.

So zwei- bis dreimal in der Woche erfolgten Einladungen der besten Londoner Familien. Ich wurde überall als entfernte Verwandte Lady Marians, die den Sommer bei ihr verbrachte, vorgestellt. Manchmal stellten mir neugierige alte Frauen direkte Fragen nach meiner Familie, doch immer war Lord Simon an meiner Seite und hatte eine passende Antwort bereit. Zuerst fühlte ich mich auf diesen Dinnerparties völlig deplatziert und wollte am liebsten in einem Mauseloch verschwinden, doch mit der Zeit lernte ich auch interessante Menschen kennen und wurde immer sicherer. Einmal sagte Lord Simon zu mir: »Wenn man dich so sieht, Celeste, wie du sprichst und dich bewegst – man sollte es nicht glauben, dass du die Tochter eines Schmiedes bist!«

In seinen Augen konnte ich Bewunderung erkennen. Was für ein großartiges Kompliment von Lord Simon Elkham! Mir stieg die Röte in die Wangen. Wenn ich da an die Jahre der Schmähungen und Beleidigungen dachte! Dies schien vorbei, ein für alle Mal.

Dennoch frage ich mich: Was veranlasst Lady Marian, mich wie ein Familienmitglied zu behandeln? Und die dunklen Schatten der Nacht schienen mir zu sagen: Genieße es, so lange es geht, irgendwann ist es vorbei!

Wir würden die Königin sehen! Lord Dalkey, mit dem Simon geschäftlich verkehrte, hatte uns eine Einladung für den alljährlichen Herbstball im Palast besorgt. Dieses Fest war das bedeutendste Ereignis des Jahres, aber auch gleichzeitig das Ende der Saison in London. Auch wir wollten in der nächsten Woche nach Cornwall zurückkehren.

»Auf diesem Ball ist die Königin anwesend. Seit dem Tod ihres Gemahls bleibt sie nie lange. Sie tanzt natürlich nicht oder vergnügt sich sonst irgendwie, aber wir werden sie zu Gesicht bekommen.«

Ich glaube, Lady Marian war fast genauso aufgeregt wie ich selbst. Tage vor dem Ball übten wir den Hofknicks und malten uns aus, ob die Königin uns wohl ansprechen und ob wir dann überhaupt ein Wort herausbringen würden. Noch nie erschien mir Lady Marian jünger und glücklicher als in diesen Tagen. Manchmal vergaß ich ganz, dass ich ihre Angestellte und sie eine hoch gestellte Person war. Sie sah so jung aus und so schön! Wenn sie nur nicht immer diese schreckliche schwarze Witwenkleidung tragen würde!

Mein Kleid für den Ball war aus fliederfarbener Seide, und Lady Marian hatte darauf bestanden, dass es eine Londoner Schneiderin extra für dieses Ereignis nähte. Als ich mein Spiegelbild betrachtete, dachte ich keinen Moment mehr an die bevorstehende Begegnung mit der Königin. Ob Simon mich wohl schön findet? Wird er heute Abend mit mir tanzen?

Ich erschrak. Schon einmal hatte ich mich für ihn schön gemacht, damals auf Landhydrock, als ich die böse Unterhaltung in der Bibliothek mitanhören musste. Mein Gott, konnte ich denn nie vergessen? Es war vorbei! Simon würde mich nie wieder beleidigen, wir waren Freunde geworden. Freunde? War es nicht mehr? Und, wenn ich ehrlich zu mir war, wollte ich denn nicht, dass es mehr war?

»Du hast Simon gehasst, die ganzen Jahre hast du ihn gehasst!«, flüsterte ich meinem Spiegelbild zu.

Lagen Hass und Liebe nicht eng beisammen, so eng, dass man oftmals keine Trennung mehr erkennen konnte? Hier in London, festlich gekleidet für die Begegnung mit der Königin, gestand ich es mir zum ersten Mal ein:

Ich liebte Lord Simon Elkham und ich dachte keinen Augenblick mehr an die Königin. In meinen Gedanken war nur noch Platz für Simon.

Der Ball wurde ein voller Erfolg! Ernst und ganz in Schwarz gekleidet schritt die Königin an uns vorbei. Noch nie in meinem Leben hatte ich eine würdevollere Frau gesehen. Lady Marian bedauerte es zwar, nicht von ihr angesprochen zu werden, doch ich war froh darüber. Vor lauter Aufregung wären mir wahrscheinlich keine sinnvollen Sätze über die Lippen gekommen. Es mangelte mir auf dem Ball nicht an Tänzern, junge, anziehende Männer machten mir den Hof, doch ich genoss nur die Minuten, in denen ich in Simons Armen über die Fläche schwebte.

»Du tanzt wunderbar, Celeste«, flüsterte er mir ins Ohr.

»Sie führen mich sehr gut, Mylord. Ist es denn nicht unter Ihrer Würde, mit einer Angestellten Ihrer Mutter zu tanzen?« Diesen Stachel loszuwerden, hatte ich mir nicht zu verkneifen vermocht.

Simon sah mir in die Augen.

»Ich habe mich wohl sehr dumm benommen, nicht wahr?« Ich verzichtete, ihm zu antworten. »Celeste, hiermit bitte ich dich in aller Form um Verzeihung für mein schändliches Verhalten. Ich glaube, ich bin erst jetzt richtig erwachsen geworden. Und du hast mir bewiesen, Celeste, dass Anstand und Bildung nicht ein Privileg des Adels sind.«

So hatte Lord Simon noch nie zu mir gesprochen. Ich sah mich nicht in der Lage, etwas Passendes zu erwidern, und ich protestierte auch nicht, als Simon mich an der Hand nahm und mit mir auf die Terrasse hinaustrat.

Minutenlang standen wir schweigend an der Brüstung. Ich musste an einen ähnlichen Abend vor langer Zeit denken, nur hatte da ein anderer Mann neben mir gestanden. Als hätte es Simon gespürt, fragte er:

»An was denkst du?«

»An Richard.«

»Immer noch böse?«

»Böse? Nein, ich war damals nicht böse auf Sie. Ich war nur wütend und enttäuscht, weil Sie es gewagt hatten, sich in mein Leben einzumischen.«

»Es war das Beste für dich, Celeste! Glaubst du wirklich, Richard hätte dich heiraten und zur Marquise von Bath machen können?« Simon lachte heiser auf. »Ich habe Richard in den langen Jahren in Eton nur zu gut kennen gelernt. Er war immer sehr schnell für etwas zu begeistern und dann wollte er es haben, unter allen Umständen. Bei den geringsten Schwierigkeiten indes gab er auf und wandte sein Interesse anderen, bequemer zu erreichenden Dingen zu. Oder hast du jemals wieder etwas von ihm gehört?«

»Nein, das nicht. Aber ich dachte, dass vielleicht Sie ...«

»Dass ich Post von ihm für dich unterschlagen habe? Oh, Celeste, was musst du für eine schlechte Meinung von mir gehabt haben!«

Plötzlich wurde Simon ernst. Er legte seine Hände auf meine Schultern und sah mir in die Augen. In dem fahlen Mondlicht konnte ich seinen Blick nicht erkennen, doch ich konnte seine eindringliche Stimme hören.

»Ich habe Fehler gemacht, Celeste, sehr viele Fehler. Nur meine Jugend, meine Unerfahrenheit, kann dies entschuldigen. Doch glaube mir, wenn ich sage, ich wollte dich niemals quälen. Ja, ich wollte dich reizen, dich herausfordern, ich liebte die Streitgespräche mit dir. Ich vermisste sie, wenn ich nicht in Landhydrock weilte. Du bist so anders als die Frauen in … nun, sagen wir, in meinen Kreisen. Celeste, du bist offen und ehrlich, ich glaube, die Streitereien haben nun ein Ende gefunden, nicht wahr?«

Ich musste zweimal ansetzen, bevor mir meine Stimme gehorchte.

»Wollen Sie damit sagen, Lord Simon, wir sind nun … Freunde?«

»Freunde? Celeste, sind wir wirklich nur Freunde?«

»Nein, Simon, viel, viel mehr!«

Mein Kopf lag an seiner Schulter, Simon küsste sanft mein Haar. Noch nie hatte ich mich so geborgen gefühlt, und ich konnte nur noch eines denken: Lieber Gott, lass dies kein Traum sein!

Der Unfall

Das rhythmische Geräusch der Zugräder und der gegen die Scheiben prasselnde Regen verbreiteten ein monotones Geräusch, das mich beinahe einschlafen ließ. Ich döste auf meinem Sitz vor mich hin, Lady Marian saß mir gegenüber. Sie schien fest zu schlafen. Simon las in irgendwelchen Unterlagen.

Lady Marian hatte für die Heimreise den gleichen Weg gewählt wie im Frühjahr. Wir nahmen den Zug bis Plymouth, würden dort die Nacht in einem Gasthaus verbringen und dann mit der Kutsche nach Landhydrock Hall weiterreisen. Die Zugfahrt war sehr anstrengend, aber es würde doch erheblich schneller und bequemer gehen, als die ganze Strecke mit der Kutsche zurückzulegen.

»Früher«, meinte Lady Marian, »reisten wir immer mit der Kutsche nach London. Vier Tage waren mein Mann und ich unterwegs. Mit dem Zug ist es vielleicht etwas rußiger, aber so erreichen wir Plymouth schon nach vierzehn Stunden.«

London hatte sich zu unserem Abschied von seiner schlechtesten Seite gezeigt. Seit Tagen regnete es, der feuchte Nebel zog durch alle Ritzen und die Kälte in unsere Glieder. Es war Herbst geworden. Ich freute mich auf diese Jahreszeit in Landhydrock Hall. Prasselnde Feuer in den Kaminen, heißer Tee und heimelige Gemütlichkeit. Lady Marian und ich würden die Abende bei einer Stickerei verbringen, oder ich würde ihr vorlesen. Vielleicht würde sich dann auch und wann Simon zu uns gesellen.

Simon! Mehrmals täglich flüsterte ich seinen Namen. Oft, wenn ich unvermittelt aufschaute, sah ich seinen Blick auf mir ruhen. Wir hatten seit dem Ball nicht mehr über uns gesprochen, doch es war eine neue Beziehung zwischen uns entstanden. Auch Lady Marian hatte sie bemerkt. Ihr Blick wanderte oft von ihrem Sohn zu mir, und es lag dann immer so viel Liebe und auch Zufriedenheit in ihren Augen, dass mir ganz leicht wurde. Konnte es sein, dass sie eine Verbindung zwischen Simon und mir wünschte? Sie hatte mich zwar immer wie ihresgleichen, niemals wie eine Angestellte behandelt, doch daraus gleich auf mehr zu schließen? War das nicht sehr anmaßend von mir?

»Kommst du mit mir in den Speisewagen, Celeste?« Simon weckte mich aus meinen Gedanken.

»Etwas essen? Oh, das ist eine hervorragende Idee! Ich fühle mich, als hätte ich seit Tagen nichts mehr gegessen.«

»Nun, ganz so schlimm wird es wohl nicht sein. Aber ein kleiner Imbiss wird uns jetzt gut tun!«

Lady Marian hatte unsere Unterhaltung nicht mitbekommen. Sie schien immer noch fest zu schlafen. Sie reagierte auch nicht, als Simon sie ansprach. In regelmäßigen Atemzügen hob und senkte sich ihre Brust.

»Lassen wir sie schlafen«, meinte Simon. »Meine Mutter nehmen solche Reisen immer etwas mit.«

Oh, warum kann man das Schicksal nicht zurückdrehen, zurück zu diesem Moment! Wäre ich doch nur bei ihr geblieben! Oder hätten wir Lady Marian unter allen Umständen geweckt und sie mit in den Speisewagen genommen! Wir taten keines von beidem, und als ich beim Verlassen des Abteils nochmals einen Blick auf sie warf, konnte ich nicht wissen, dass ich Lady Marian niemals wieder sehen würde.

Das Essen war vorzüglich gewesen und wir nippten gerade an einem leichten Wein, als es geschah. Es ist auch jetzt, Jahre später, schwer für mich, die Ereignisse mir wieder ins Gedächtnis zu rufen. Ich kann mich kaum noch an alles erinnern, wahrscheinlich habe ich vieles auch verdrängt.

Was hörte ich zuerst? Das Quietschen der Bremsen, das schreckliche Geräusch, wenn sich Metall in Metall bohrt oder die grässlichen Schreie der Menschen?

Ich wurde durch den halben Speisewagen gewirbelt, Geschirr flog durch den Raum. Irgendetwas traf mich am Kopf.

»Simon, Simon«, hörte ich mich schreien, doch ich konnte ihn nirgendwo entdecken. Sekunden später war es still, totenstill. Ich sah einen Mann neben mir liegen, er blutete stark aus einer Kopfwunde. Vermutlich war er tot, ich wusste es nicht. In meinem Kopf hämmerte es nur: Du musst hier raus! Der Waggon lag auf der Seite, die Fensterscheiben waren zu Bruch gegangen. Trotz meiner Schmerzen, ich schien mir wohl sämtliche Knochen geprellt zu haben, schaffte ich es, aus einem Fenster zu klettern. Es kam mir wie Stunden vor, doch in Wirklichkeit dauerte es nur einige Sekunden. Noch während ich über die Trümmer stieg, hörte ich den Schrei:

»Verdammt, der Munitionswagen brennt! Weg hier! So schnell wie möglich weg!«

Es folgte eine gewaltige Detonation, Metallteile wurden durch die Luft geschleudert. Erneut wurde ich getroffen, so dass ich zu Boden ging. Überall war plötzlich Feuer, vor mir, hinter mir und neben mir. Zu meinem Entsetzen erkannte ich, dass meine Kleider brannten. Panisch schlug ich mit den Händen auf mein Kleid und rannte.

»Celeste, bleib stehen! Bleib sofort stehen!«

Simon! Da war er auch schon neben mir. Den Bruchteil einer Sekunde sah ich sein angstverzerrtes Gesicht, dann gab er mir einen Stoß, so dass ich einen Abhang hinunterrollte. Ich fiel in einen Fluss. Mir blieb die Luft weg, so eiskalt war das Wasser, doch meine brennende Kleidung war gelöscht. Der Fluss war nicht tief, ich konnte aufstehen und an das Ufer waten. Oben tobte das Inferno! Ich sah nichts als Flammen und hörte die Schreie der Menschen. Ich hatte schon fast das Ufer erreicht, als ich plötzlich auf einem Stein ausglitt und mit dem Kopf aufschlug. Das letzte, was ich wahrnahm, war das Zusammenschlagen des Wassers über mir.

Was waren das für Nebel um mich herum? Ich verspürte schrecklichen Durst, doch ich konnte mich nicht bemerkbar machen. Mein Kopf schmerzte furchtbar und mein Körper schien eine einzige wunde Fläche zu sein. Undeutlich nahm ich den Gestank von Urin und Blut wahr und hörte wieder das Schreien und Wimmern von Menschen, bevor ich erneut in die Dunkelheit glitt. Noch ein paar Mal wachte ich so auf, bis es mir endlich gelang, meine Umgebung wahrzunehmen. Ich lag in einem großen Krankensaal, voll von Menschen. Ärzte und

Schwestern liefen geschäftig umher und in der Luft hing der Gestank von den Ausdünstungen vieler Verwundeter.

»Schwester!«

Vergeblich versuchte ich mich bemerkbar zu machen. Ich registrierte, dass meine Arme und mein Kopf fast vollständig bandagiert waren. Als ich einen Arm heben wollte, stieß ich einen Schrei aus und ließ ihn wieder sinken. Ein stechender Schmerz hatte mich durchbohrt. Durch meinen Ruf jedoch war eine Schwester endlich auf mich aufmerksam geworden.

»Ich habe Durst, bitte, Schwester, Wasser!«

Sie nickte und kurze Zeit später wurde mein Durst gestillt. Dabei bemerkte ich, dass das Kleid der Schwester über und über mit Blut besudelt war. Ihre Augen blickten, als hätte sie seit Tagen nicht mehr geschlafen. Meine ganze Kraft zusammennehmend, fragte ich:

»Wo bin ich? Was ist passiert?«

»Sie sind im Hospital in Anderbury, Miss. Das Zugunglück ist direkt vor unserer Tür passiert. Ein anderer Zug kam dem Ihren entgegen. Es wäre aber alles nicht so schlimm gewesen, wäre der Gegenzug nicht ein Munitionstransporter gewesen. So ist alles in die Luft geflogen. Es gab eine Menge Tote und wir haben einen Haufen von Verletzten, meist mit Brandwunden. Habe seit Tagen kaum noch geschlafen.«

»Tage, sagen Sie? Wie lange bin ich denn schon hier?«

»Sie? Na, seit dem Unglück sind fünf Tage vergangen. Ich dachte schon, Sie wollen gar nicht mehr aufwachen, dabei hat es Sie nicht schwer erwischt, Miss. Nur eine Gehirnerschütterung, Prellungen und eben die Brandwunden an den Armen.«

»An den Armen?«

»Nun regen Sie sich nicht auf, Miss. Natürlich werden da ein paar Narben bleiben, hätte aber schlimmer kommen können. Wir haben hier Frauen, junge noch, denen ist das ganze Gesicht verbrannt. Sie haben 'ne Menge Glück gehabt. Ich muss nun weiter, wir sind hier nicht auf so viele Kranke eingerichtet. Bin froh, Miss, dass Sie übern Berg sind.«

Benommen blieb ich liegen. Fünf Tage war ich also bewusstlos gewesen und hatte hier gelegen. Simon! Lady Marian! Was war mit ihnen? Ich erinnerte mich noch daran, dass Simon mich in den Fluss gestoßen hatte, um die Flammen zu löschen. Was war aus ihm geworden? War er zu diesem Zeitpunkt selbst verletzt gewesen? Das Gespräch mit der Schwester und meine Gedanken hatten mich jedoch so sehr angestrengt, dass ich kurze Zeit später wieder in tiefen Schlaf fiel.

Beim nächsten Erwachen nahm ich erneut den penetranten Geruch nach Schweiß, Urin und Blut wahr. Mir war speiübel, aber nirgends konnte ich eine Schwester entdecken, so dass ich mich gerade noch aus dem Bett beugen konnte, bevor ich mich übergab. Es war mir ja so peinlich! Doch als ich mich umsah, merkte ich, dass es den anderen Patienten nicht besser erging. Mindestens dreißig Frauen waren hier untergebracht. Manche wimmerten leise vor sich hin, andere stöhnten oder schrien vor Schmerzen. Am schlimmsten dran aber schienen diejenigen, die völlig regungslos dalagen. Es war mir nicht möglich, zu erkennen, ob sie schon tot waren.

Meine Schmerzen waren erträglich, nur in meinem Kopf dröhnte dieses dauernde, hämmernde Pochen. Der Schmerz an meinen Armen erschien mir gering, wenn ich die Verletzungen der anderen Patientinnen betrachtete.

Irgendwann gelang es mir, eine Schwester aufzuhalten. Sie wirkte abgespannt.

»Bitte, Schwester, ich habe Durst und Hunger«, bat ich.

»Sie sehen doch, was hier los ist, Miss. Seien Sie froh, dass Sie so gut weggekommen sind. Sie brauchen meine Hilfe nicht. Wasser gibt es am anderen Ende des Saales!«

Langsam stand ich auf. Der Raum begann sich um mich zu drehen, doch ich zwang mich, stehen zu bleiben. Ich weiß nicht, wie lange ich brauchte, um zu dem Wassereimer zu gelangen, doch irgendwann schaffte ich es und ließ mir das Wasser gierig in die Kehle laufen. Ich musste unter allen Umständen so schnell wie möglich hier raus! Was war aus Simon, was aus Lady Marian geworden? Waren sie vielleicht auch hier? Unter Schaudern dachte ich, dass Lady Marian unter solchen Umständen irgendwo liegen könnte. Ich musste sie finden!

Die nächsten zwei Tage fühlte ich mich jedoch so geschwächt, dass an eine Entlassung nicht zu denken war. Unregelmäßig bekam ich etwas zu essen, das ich mit Widerwillen hinunterzwang, aber ich sagte mir, dass ich wieder zu Kräften kommen musste. Unentwegt dachte ich an Lady Marian und an Simon. So erschien es mir zuerst wie ein Traum, als ich aus einem kurzen Schlaf erwachte und Simon an meinem Bett stand.

»Simon«, flüsterte ich schwach und hatte nur den Wunsch, so schnell nicht zu erwachen. Doch es war kein Traum! Er hatte mich gefunden!

»Celeste, liebste Celeste, endlich! Ich hole dich hier raus. Ich habe alle Krankenhäuser abgesucht und in diesem Loch finde ich dich.«

»Was ist mit deiner Mutter?«

Simons Blick verdunkelte sich. Er schüttelte den Kopf. »Aber dich habe ich auch erst jetzt gefunden. Es gab so viele Verletzte bei dem Unglück, dass alle Krankenhäuser in der Umgebung restlos überfüllt sind. Manche Verletzte sind auch bei Privatpersonen untergebracht und werden dort gepflegt. Ich werde meine Mutter schon finden. Aber zuerst bringe ich dich nach Hause, du kannst unter diesen Umständen unmöglich gesund werden.«

Nach Hause, er hatte ›nach Hause‹ gesagt! Wie das klang! Ja, Landhydrock Hall war mein Zuhause geworden. Vielleicht würde es sogar für immer mein Heim bleiben? Mir war, als hätte jemand eine große Last von mir genommen. Dieser Jemand war Simon und er würde mich nun nach Hause bringen, wo ich in aller Ruhe wieder gesund werden könnte. Nur der Gedanke an Lady Marian betrübte mich, aber Simon hatte bestimmt Recht, er würde sie, ebenso wie mich, sicher bald finden.

Auf Landhydrock Hall erholte ich mich nur langsam. Zwar heilten meine Verletzungen rasch, doch der Schock, den ich erlitten hatte, ließ mich immer wieder in ein Fieber fallen, das tagelang anhielt. Dann sah ich die Flammen und hörte die Schreie der Menschen, aber stets, wenn ich das Bewusstsein wiedererlangte und meine Umgebung etwas klarer wahrnahm, saß Simon an meinem Bett. Er hielt meine Hand und sprach beruhigend auf mich ein. Ich erinnere mich, dass mein häufigsten Fragen natürlich Lady Marian galten.

»Es ist alles in Ordnung, Celeste. Werd nur du wieder gesund!«, entgegnete Simon besorgt.

»Wo ist Lady Marian? Warum kommt sie nicht zu mir?«

Ein weißhaariger Arzt flößte mir ein Getränk ein, das mich erneut in tiefen, genesenden Schlaf versetzte.

So wurde es Winter, bis ich mich vollständig erholte. Morgens zierten Eisblumen die Fenster, und die Bäche und Seen bedeckte eine Eisschicht. Mein Körper war von der langen Erkrankung ausgezehrt, und als ich das erste Mal ohne fremde Hilfe aufzustehen versuchte, fiel ich vor Schwäche hin. Langsam zog ich mich hoch und schleppte mich zum Fenster. Ich hatte das dringende Bedürfnis nach frischer Luft. Als ich das Fenster öffnete, schlug sie mir eiskalt entgegen, doch ich sog sie tief in meine Lungen.

Landhydrock Hall! Liebevoll ließ ich meinen Blick über die Mauern gleiten. Ich war zu Hause!

So fand mich einige Zeit später Mrs. Williams.

»Gott gütiger!«, rief sie. »Werden Sie wohl machen, dass Sie wieder in Ihr Bett kommen! Jetzt sind Sie gerade dem Tod von der Schippe gesprungen, und nun wollen Sie sich eine Lungenentzündung holen, wie?«

Widerstandslos ließ ich mich von ihr ins Bett führen und trank die heiße Milch, die sie mir gebracht hatte. Ich fühlte mich wirklich noch sehr schwach und war dankbar für Mrs. Williams Hilfe.

Zwei Wochen später konnte ich dann schon selber aufstehen, mich ankleiden und zumindest das Dinner im Speisezimmer einnehmen. Meine Wunden waren gut verheilt. Zwar würde ich an beiden Armen für immer Narben behalten, doch mein Gesicht und auch der Hals waren von den Flammen verschont worden. Aber was waren diese Narben gegen diejenigen, die sich auf ewig in meiner Erinnerung eingegraben hatten. Nie, dessen war ich sicher, würde ich dieses schreckliche Unglück vergessen können!

Die Gewissheit, dass Lady Marian nicht überlebt hatte, verstärkte sich von Tag zu Tag. Simon war, als es mir besser ging, erneut zur Unglücksstelle zurückgekehrt und hatte Männer angeheuert, die ihm halfen, die gesamte Umgebung nach Lady Marian abzusuchen. Sie ließen kein Hospital, keinen Arzt und auch kein Privathaus aus, vergeblich. Mit starrem Gesicht berichtete er mir von den endlosen Stunden, die er in Leichenschauhäusern verbracht hatte, um eine Tote nach der anderen anzusehen, doch die meisten dieser Unglücklichen waren so sehr verkohlt, dass eine Identifizierung unmöglich gewesen war.

»Aber vielleicht liegt Lady Marian so wie ich in irgendeinem Hospital, verletzt, unfähig, sich mit uns in Verbindung zu setzen«, wandte ich ein. »Du hast auch eine Woche gebraucht, bis du mich in diesem Krankenhaus fandest!«

Dies gab Simon Mut, sich wieder auf die Suche zu machen. Umso größer war die Enttäuschung nach einem erneuten Fehlschlag.

Die Adventszeit hatte begonnen. Ich war körperlich wieder vollkommen gesund, nachts schreckte ich nach wie vor aus furchtbaren Alpträumen auf.

An einem frostigen, trüben Dezembertag ließ mich Simon in sein Arbeitszimmer bitten. Beim Eintreten erschauderte ich. Schon vor Jahren hatte ich mich vor dem Fuchs, der in einem Glaskasten ausgestellt über dem Kamin hing, gefürchtet. Auch wenn ich wusste, dass er ausgestopft war, so schienen die kleinen, listigen Augen mich stets böse anzustarren. Doch heute ließ mir Simon keine Zeit, über den Fuchs nachzudenken.

»Ich reise morgen mit meinem Anwalt, Mr. Morison, nach London. Celeste, mir bleibt keine andere Wahl, ich muss meine Mutter für tot erklären lassen.«

»Tot?«, wiederholte ich verständnislos. »Das kannst du nicht, bevor du nicht ihre Leiche gefunden hast!«

In seinen Augen schimmerten Tränen.

»Es sind jetzt über zwei Monate seit dem Unglück vergangen. Ich habe wirklich alles Menschenmögliche getan. Es gibt keine Hoffnung.« Resigniert hob er die Hände.

Voller Mitleid betrachtete ich ihn. Sein dunkles Haar hatte trotz seiner Jugend in den letzten Wochen ein paar graue Strähnen bekommen, Simons Gesicht wirkte grau und müde.

»Vielleicht hat Lady Marian durch den Unfall ihr Gedächtnis verloren und irrt irgendwo umher?«, wandte ich ein.

»Nein, es ist unmöglich. Der Waggon, in dem wir unsere Plätze hatten, ist vollständig ausgebrannt. Wir zwei überlebten nur, weil wir uns gerade im Speisewagen aufhielten. Ich habe keine andere Wahl, Celeste, ich muss meine Mutter für tot erklären lassen, auch im Interesse von Landhydrock Hall.«

»Ich verstehe nicht?«

»Du musst wissen, dass ich nach dem Tod meines Vaters zwar seinen Titel, Lord Elkham, geerbt habe, jedoch nicht den ganzen Besitz. Mein Vater vermachte meiner Mutter die eine Hälfte von Landhydrock Hall und mir die andere. Zu allen geschäftlichen Transaktionen, ja selbst zum An- und Verkauf von Schafen, war ihre Einwilligung und Unterschrift notwendig. Die letzten Monate hatte ich vor lauter Sorgen die Arbeit hier ruhen lassen. Nun ist es erforderlich geworden, einiges zu verändern. Ich kann das aber nur, wenn der Besitz vollständig mir gehört. Und das Testament meiner Mutter kann erst verlesen werden, wenn sie amtlich für tot erklärt worden ist.«

Simons Argumenten gegenüber konnte ich mich nicht verschließen. Außerdem, sie war *seine* Mutter, ich nur ihre Angestellte.

In diesem Moment wurde mir klar, dass es jetzt keinen Grund mehr für mich gab, weiterhin im Schloss zu bleiben.

»Es ist gut, Simon. Wann wirst du reisen?«

»Morgen in aller Frühe.«

»Ich werde dann auch meine Sachen packen und das Haus verlassen, bevor du zurückkehrst.«

»Wieso willst du gehen, Celeste? Gerade jetzt brauchen wir einander doch!«

»Ich war nur die Angestellte deiner Mutter. Meine Dienste sind nun nicht länger erforderlich.«

Simon lachte, ja, er lachte laut auf, und ein Funken Leben schien in seinen Augen zu blitzen.

»Ach Celeste, du weißt doch genau, dass du viel mehr bist als nur eine Angestellte.« Er stand auf und trat mir gegenüber. Ernst sah er mich an. »Wir haben beide schwere Zeiten durchgemacht, das hat uns einander nahe gebracht, näher, als es irgendetwas anderes hätte tun können. Cellie, es wäre bestimmt im Interesse meiner Mutter, wenn Landhydrock Hall für immer dein Heim werden würde. Ich bitte dich, bleib hier, erwarte mich, wenn ich aus London zurückkehre, ich brauche dann eine tröstende Hand!«

Es war eine Liebeserklärung. Er hatte mich bei meinem Kosenamen genannt, das erste Mal, und er wollte, dass ich bei ihm blieb. So schrecklich die Umstände auch waren, die zu allem geführt hatten, in diesem Moment war ich glücklich.

»Ich bleibe, Simon. Ich werde da sein, wenn du zurückkommst, ich werde immer für dich da sein.«

Als seine Lippen die meinigen fanden, wünschte ich, dieser Moment möge nie enden. Ich wollte mein Glück mit beiden Händen festhalten, fast als spürte ich, was für Leid die nahe Zukunft noch für uns bereithielt.

»Ein Mann hätte Sie gerne gesprochen, Miss. Er wartet in der Halle.«

Beth überbrachte mir die Nachricht, als ich mich am Spätvormittag in die Bibliothek zurückgezogen hatte. Vor einigen Tagen hatte ich eine interessante Biographie über König Heinrich VIII. gefunden, die ich nun in jeder freien Minute verschlang.

»Hast du ihm gesagt, dass Lord Elkham nicht im Haus weilt?«, fragte ich Beth, denn ich konnte mir nur vorstellen, dass jemand Simon in einer geschäftlichen Angelegenheit sprechen wollte.

»Nein, Miss. Er verlangte ausdrücklich, nur Sie zu sprechen. Aber der Mann ...«

»Ja?«

»Nun, er sieht richtig Furcht erregend aus. Er ist groß und stark und hat einen wilden Bart!«

Etwas komisch kam mir die Sache schon vor. Aber ich sagte mir, es wird wohl irgendein Pächter mit Problemen sein, und ich würde ihn eben vertrösten müssen, bis Simon zurück wäre.

»Er wird uns schon nicht fressen«, antwortete ich Beth und begab mich in die Halle.

Ich erkannte den Mann schon von der Treppe aus. Ich hätte ihn überall auf der Welt wieder erkannt!

»Vater!«

»Cellie, meine Cellie!«

Oh, es tat so gut, so unsagbar gut, in diesen starken Armen zu liegen und meinen Kopf an seine Schulter zu lehnen! Obwohl Vater deutlich älter geworden war, seine Haare waren schon fast grau und Falten durchzogen sein Gesicht, hatte er nichts von seiner Kraft verloren.

»Beth«, rief ich, »es ist mein Vater. Bring uns Erfrischungen auf mein Zimmer! Vater, ein Bier wie früher?«

Er nickte stumm, und ich konnte eine Träne in seinen Augen entdecken. Auch ich war gerührt, ihn so plötzlich wieder zu sehen. Wie lange war es her? Acht Jahre? Neun?

Vater schaute sich in meinem Zimmer um.

»Hier hast du also die ganze Zeit gelebt. Warst du glücklich in Landhydrock Hall?«

»Ja, Vater. Landhydrock ist ein bezauberndes Haus. Und Lady Marian … sie war immer so gut zu mir.«

Die letzten Worte konnte ich nur flüsternd hervorbringen, denn mir stiegen Tränen in die Augen, und ich ließ ihnen freien Lauf.

Vater nahm mich erneut in die Arme.

»Ich habe im Dorf von dem schrecklichen Unglück gehört. Lady Marian ist tot.«

»Lord Simon ist gerade in London, um ihren Tod bestätigen zu lassen, aber so richtig kann und will ich nicht dran glauben. Aber Vater, wie geht es dir, wie waren deine letzten Jahre?«

Vater erzählte mit knappen Worten, dass er in ganz Schottland herumgereist sei.

»Ich habe nie länger als ein halbes Jahr an einer Stelle gearbeitet. Arbeit gab es für einen kräftigen Schmied genügend, doch stetig trieb es mich weiter.«

»Und Mutter …?«

Sein Blick bekam einen traurigen Ausdruck.

»Es ist leichter geworden. Wie heißt es so schön: Die Zeit heilt alle Wunden, aber sie schließt sie nicht. Ich werde Janet mein Leben lang nicht vergessen.«

Das Dinner nahmen wir ebenfalls in meinem Zimmer ein, wir kamen jedoch kaum zum Essen, so viel gab es zu erzählen. Doch seltsam, etwas hemmte mich, meinem Vater von meiner Liebe zu Simon zu berichten. Sie war etwas so Zartes, das ich noch nicht mit jemandem teilen wollte.

Ich wies Beth an, ein Gästezimmer für meinen Vater zu richten. Lange nach Mitternacht gingen wir zu Bett. Ich schlief wieder einmal mit einem Lächeln auf den Lippen ein. Diese Nacht suchten mich auch keine Alpträume heim.

Am nächsten Morgen spazierten Vater und ich durch die Gärten. Es war ein trockener, wenn auch kalter Tag.

»Cellie, du hast dich sicher gefragt, was mich nach Cornwall zurückgeführt hat.«

»Wenn ich ehrlich bin, Vater, so glaube ich, du wolltest mich einfach nur wieder sehen«, entgegnete ich lächelnd.

Er drückte meinen Arm.

»Das natürlich in erster Linie! Aber da ist noch mehr. Ich will dich abholen, Cellie. Wir werden ein neues Leben beginnen.«

Ich war stehen geblieben.

»Ein neues Leben?«, wiederholte ich.

»Ja, mein Kind. Wir werden nach Amerika gehen, wie schon so viele vor uns, und dort unser Glück machen.

Sie erschließen gerade den Westen des Landes, da gibt es genügend Arbeit für einen Schmied, denn jeder Mann dort hat mindestens ein Pferd in seinem Stall stehen.«

»Der Westen Amerikas? Aber da gibt es doch Wilde, diese, diese ...«

»... Indianer«, ergänzte Vater. »Nun, die Armee hält sie in Schach. Sie gründet Reservate, in denen die Indianer in Frieden leben können.«

Ich fühlte mich wie betäubt. Amerika! Natürlich hatte ich von dem Land jenseits des Ozeans gehört.

Viele Menschen, hier in Armut und Not lebend, hatten dort ihr Glück gefunden. Und nun wollte auch Vater sein Heimatland verlassen.

»Wie kommst du gerade auf Amerika, Vater?«

»Oben in Schottland traf ich viele Menschen: Zimmerleute, Steinmetze und auch Schmiede, sie gehen alle nach Amerika. Ich kann hier nicht mehr leben, Cellie. Ich werde auch drüben Janet nie vergessen, doch was ich brauche, ist eine neue Aufgabe.«

Wir hatten uns ungefähr fünfhundert Meter vom Haus entfernt. Ich blieb stehen und sah auf das Schloss. Vereinzelte Sonnenstrahlen hatten die Wolkendecke durchbrochen und spiegelten sich in den zahlreichen Fenstern der Vorderfront. Die grauen Mauern waren von einer Frostschicht überzogen und glänzten im Sonnenlicht. Aus den Kaminen stieg Rauch in den Himmel hinauf. Dies war mein Heim, mein Zuhause! Noch niemals zuvor hatte ich eine so tiefe Verbundenheit zu Landhydrock Hall empfunden wie in diesem Moment, als man von mir verlangte, ich solle es verlassen.

»Vater, ich kann nicht mit dir gehen.«

Waren das meine Worte, meine Stimme? Er war mein

Vater. Er hatte meine Mutter verloren, sollte er jetzt auch noch mich verlieren? Simon! Ihn liebte ich mehr als das ganze Haus. Nie würde ich Simon verlassen können.

Vater sah mich mit großen Augen an.

»Cellie, was heißt das, du kannst nicht mit mir gehen?«

»Oh Vater, bitte versteh doch! Hier, schau, das Haus, die Gärten, das ganze Land! Das ist mein Heim geworden. Hier habe ich die wichtigsten Jahre meines Lebens verbracht. Ich liebe dies alles hier ... und ich liebe Cornwall. Die heißen Sommer und die milden Winter, die saftigen, grünen Wiesen und das wogende, gelbe Korn. Die steilen Klippen und flachen, endlosen Sandstrände. Der Westen Amerikas soll trocken, heiß und staubig sein, gar nicht so wie England.«

Vater schüttelte den Kopf.

»Da hast du sicher Recht. Ein lieblicheres Land als England gibt es nirgends auf der Welt. Aber was willst du hier machen, Cellie? Lady Marian ist tot. Sie gab dir Kleidung und Nahrung. Was willst du jetzt tun? Du wirst nicht länger auf Landhydrock Hall bleiben können.«

Warum konnte ich Vater jetzt nichts von meiner Liebe zu Simon erzählen? Warum konnte ich nicht einfach sagen: Vater, in einem Jahr werde ich Herrin dieses Hauses sein. Ich liebe Lord Simon, und er liebt mich, wir werden nach Ablauf der Trauerfrist heiraten. Stattdessen sagte ich:

»Ich brauche Zeit, darüber nachzudenken, Vater.«

»Du hast keine Zeit, Kind. Heute Abend bereits reise ich nach Plymouth, in drei Tagen geht das Schiff. Die Passage für zwei Personen ist schon bezahlt.«

In drei Tagen!

»Warum so bald, Vater? Warum muss ich dich schon wieder verlieren, jetzt, wo wir eben erst vereint sind?«

»Wir brauchen uns nicht zu trennen. Komm mit mir, Cellie.«

Ich klammerte mich an Vaters Arm. Heute Abend schon würde er wieder aus meinem Leben gehen. Nach Amerika! Ich würde ihn niemals wieder sehen! Je länger ich in Vaters Gesicht blickte, umso deutlicher sah ich Simons Augen vor mir, die sagten: Ich liebe dich!

»Ich kann nicht mit dir gehen, Vater.« Ruhig und bestimmt kam meine Antwort. »Ich bin eine erwachsene Frau und muss mein eigenes Leben führen, Vater. Du brauchst dir keine Gedanken über meine Zukunft zu machen, es wird sich alles zum Guten wenden.«

Vater sah mich ungläubig an.

»Von was willst du leben? Willst du als Gouvernante oder als Erzieherin unberechenbaren Arbeitgeberinnen ausgesetzt sein?«

Ich sah Vater fest in die Augen.

»Glaub mir, ich werde hier auf Landhydrock Hall bleiben, und mein Leben wird ausgefüllt sein. Dir wünsche ich alles Glück der Erde und dass du deinen Weg findest, dort drüben im unbekannten Land.«

Der Abschied tat weh, sehr weh. Ein letztes Mal hielt Vater mich in seinen starken Armen und ich war wieder das kleine Mädchen aus Helland, das auf Apfelbäume klettert. Vater versuchte tapfer, seine Tränen zurückzuhalten.

»Sobald ich eine Adresse habe, schreibe ich dir. Und … vielleicht kommst du eines Tages ja nach, Cellie, meine kleine, liebe Cellie.«

»Vielleicht, ja vielleicht«, antwortete ich unter Tränen.

Und doch wusste ich, ich würde Simon und Landhydrock Hall niemals im Leben verlassen können.

Das Testament

Das Weihnachtsfest und auch der Jahreswechsel gingen still vorüber. Dem Personal zuliebe hielt Simon einige Traditionen aufrecht, doch war es weder ihm noch mir nach fröhlichem Feiern zumute. Blass und erschöpft war Simon von London zurückgekehrt.

»Nun ist meine Mutter wirklich tot.«

Dies waren seine einzigen Worte. Kurz berichtete ich vom Besuch meines Vaters. Simon sah mich stumm an und schloss mich in seine Arme.

»Ich bin vielleicht schrecklich egoistisch, aber ich bin froh, dass du nicht mit ihm gegangen bist. Die Vorstellung, ich wäre nach Landhydrock Hall zurückgekommen und du hättest das Haus verlassen ...«

Er beendete den Satz nicht, ich hatte ihn jedoch verstanden.

Der Tag der Testamentseröffnung war kalt, grau und nass. In Cornwall schneite es nur selten, und wenn, dann verwandelten sich die Wege und Straßen in fast unpassierbare Schlammpfade. Mr. Morison erwartete uns in Simons Arbeitszimmer. Schon beim Eintreten lief mir eine Gänsehaut über den Rücken. Der ausgestopfte Fuchs über dem Kamin schien mich mit seinen kleinen, listigen Augen heute besonders hinterhältig anzustarren. Gab es Vorahnungen? Ahnte ich in diesem Moment schon, dass sich mein Leben nun ändern sollte?

Zuerst verlas der Anwalt die zahlreichen Legate an die Angestellten. Jeder, selbst das niedrigste Hausmädchen, war von Lady Marian in irgendeiner Weise bedacht worden. Schließlich waren Mr. Morison, Simon und ich allein. Es wunderte mich, bis dahin noch nicht erwähnt worden zu sein. War ich denn nicht auch eine Angestellte gewesen?

Mr. Morison bat mich, neben Simon Platz zu nehmen. Bisher war ich, wie die anderen auch, im hinteren Teil des Raumes stehen geblieben. Alsdann begann der Anwalt umständlich seine Brille zu putzen, räusperte sich ein paar Mal und sagte schließlich:

»Bevor ich mit dem Verlesen des eigentlichen Testaments von Lady Marian Elkham beginne, muss ich noch einige Worte vorausschicken.

Mylady suchte mich ungefähr drei Wochen vor ihrer Reise nach London auf und hinterließ bei mir dieses hier vorliegende Testament. Ich war etwas überrascht. Sie war doch noch so jung, kein Alter, in dem man ans Sterben denkt. Ich gebe zu, auch mich hat das Testament in Erstaunen versetzt, doch Mylady meinte: ›Mr. Morison, Sie besaßen das vollste Vertrauen meines verstorbenen Mannes. Nun, so will auch ich Ihnen mein Vertrauen schenken und lege Ihnen hier meinen letzten Willen dar. Es ist mir bewusst, dass der Inhalt Sie verwirren muss, ich werde Ihnen jedoch nach unserem Aufenthalt in London die vollständigen Unterlagen überreichen und auch die dazugehörigen Erklärungen.‹ Nun, wie wir alle wissen, hatte Lady Marian nicht mehr die Möglichkeit, das zu tun. So wird auch Sie der Inhalt des Testaments verwirren, doch ich darf vorwegnehmen: Es ist alles gültig und rechtskräftig, auch war Lady Marian bei Verfassung des Schriftstückes im Vollbesitz ihrer geistigen Kräfte.«

Mr. Morison räusperte sich erneut. Offensichtlich war es ihm peinlich, diese Aufgabe durchzuführen.

»So lesen Sie schon endlich vor!«, drängte Simon. »Hat meine Mutter Landhydrock Hall etwa an eine wohltätige Einrichtung vermacht?«, bemerkte er belustigt.

Der Anwalt schüttelte den Kopf, ergriff das Papier und begann mit belegter Stimme zu lesen:

»Nachdem meine treuen Angestellten entsprechend bedacht worden sind, komme ich nun zu meinen eigentlichen Besitztümern. Dies ist zum einen mein Elternhaus Durkham Manor in der Grafschaft Wiltshire, zum anderen die Hälfte von Landhydrock Hall, einschließlich der Ländereien, des kostbaren Mobiliars, der Gemälde und auch der Aktienanteile. Dies alles habe ich von meinem Mann, Lord Abraham Elkham, bei dessen Tod geerbt, und mein Wille ist es nun, dies alles …« Hier stockte Mr. Morison einen Moment, um dann fortzufahren: *»… meiner rechtmäßigen und über alles geliebten Tochter Celeste, die ich leider erst in den letzten Jahren in meine Arme und an mein Mutterherz drücken konnte, zu überlassen.«*

Es war still, bedrückend still im Zimmer geworden. Irgendwo tickte eine Uhr, das Feuer prasselte im Kamin, und der Fuchs starrte mich listig an. Es war alles noch so in diesem Raum wie vor einigen Minuten, und doch war alles anders. Nichts war mehr so wie heute morgen, als ich erwachte. Ich wagte, zu Simon hinüberzuschauen und erschrak. Wachsbleich erschienen seine Gesichtszüge, an seiner Schläfe pochte eine Ader, und an seinen

Händen, mit denen er krampfartig die Stuhllehnen umklammerte, traten die Knöchel weiß und hart hervor. Ich weiß nicht mehr genau, was ich in diesem Moment dachte. Aber ich glaube, ich dachte nicht daran, dass Landhydrock Hall nun zur Hälfte mir gehören sollte. Es beherrschte nur ein Gedanke meinen Kopf: Bruder! Bruder! Simon ist mein Bruder!

»Das glaube ich einfach nicht! Das Ganze ist erstunken und erlogen!«

Simons Stimme war laut und brüllend. Ich erschrak über die Härte darin. Mr. Morison putzte erneut an seiner Brille herum.

»Mylord, es tut mir Leid, aber wie ich eingangs schon betonte: Es hat alles seine Ordnung. Das Testament ist rechtskräftig. Sie müssen den letzten Willen Ihrer Mutter akzeptieren.«

»Meiner Mutter? Meiner Mutter, sagten Sie? Wagen Sie es nicht mehr, von dieser Person als meiner Mutter zu sprechen. Sie hatte ja wohl kurz nach meiner Geburt nichts Eiligeres zu tun, als sich einen Liebhaber zu nehmen und diese …«, dabei deutete er auf mich, »diese Brut da hervorzubringen!«

»Simon!«

»Mylord, ich bitte Sie!«

Simon hatte sich erhoben und war auf den Anwalt zugetreten. Einen Moment glaubte ich, er würde ihn schlagen, doch er nahm nur sein Revers und sagte:

»Eines schwöre ich, bei dem Erbe meines Vaters: Ich werde es nicht akzeptieren! Ich werde dieses Testament oder vielmehr diese Farce anfechten. Ich lasse mir mein Heim nicht von einem Bastard wegnehmen.« Fast spuckte er dieses Wort aus und in seinen Augen konnte ich kalte Wut erkennen. War das der Mann, den ich am

Morgen noch zu lieben glaubte? Oh, mein Gott, ich durfte ihn jetzt nicht mehr lieben. Er war mein Bruder!

Simon hatte das Zimmer verlassen, nicht ohne die Tür mächtig ins Schloss zu werfen. Einen Moment befürchtete (oder hoffte?) ich, dass der Fuchs aus seinem Glasgehäuse fallen würde. Es war absolut still, dann fragte ich mit leiser Stimme:

»Wer ist mein Vater, Mr. Morison?«

»Ich bedaure, Miss, Ihnen das nicht beantworten zu können. Vermutlich war dies eines der Dokumente, die mir Lady Marian nach ihrer Reise noch aushändigen wollte. Es tut mir Leid, Ihnen sagen zu müssen, dass ich selbst nur von dem Kenntnis habe, was ich eben vorlas. Mylady hat sich zu ihrem Testament mir gegenüber in keinster Weise geäußert. Sie gestattete mir auch keine Fragen.«

Ich war von dieser Nachricht zu betäubt, um einen klaren Gedanken zu fassen. Lady Marian war meine Mutter gewesen! Darum hatte sie mich nach dem Tod von Mutter – halt, diese Frau war ja dann folglich gar nicht meine Mutter! – ins Schloss geholt.

»Auf wie viel beläuft sich mein Erbe?«

Mechanisch stellte ich diese Frage. Ich hatte einmal irgendwo gelesen, dass das alle Erben fragen würden.

Mr. Morison wühlte in seinen Akten.

»Nun, da ist einmal ein beachtliches Barvermögen, dazu die Aktienanteile, die Ländereien, nicht zu vergessen das Haus selbst, die vielen Wertgegenstände und Antiquitäten im Schloss. Davon die Hälfte ... grob geschätzt würde ich sagen ... circa drei Millionen Pfund Sterling.«

Drei Millionen Pfund! Es war, als würde mir jemand die Kehle zuschnüren. Wie im Nebel hörte ich die weiteren Worte des Anwaltes:

»Dazu kommt natürlich noch der Besitz in der Grafschaft Wiltshire, Durkham Manor. Dieses Haus hat Ihnen Lady Marian ... äh, ich meine, Ihre Mutter, vollständig alleine vermacht. Leider gibt es dort keinen Landbesitz mehr, denn das Haus war bei der Heirat mit Lord Elkham sehr verschuldet und konnte nur gerettet werden, indem alles Land verkauft wurde. Das Haus selbst wird in keinem sehr guten Zustand sein. Soweit es in meiner Kenntnis liegt, wurde dort seit gut zwanzig Jahren nicht mehr nach dem Rechten geschaut.«

Es war mir unmöglich, mich weiter auf die Ausführungen von Mr. Morison zu konzentrieren. Es kümmerte mich nicht besonders, was mit einem Haus irgendwo im Osten war. Ich musste ununterbrochen an Simon, an mein neues Verhältnis ihm gegenüber denken und dass mir nun die Hälfte des Schlosses, von dem ich als Kind immer geträumt hatte, gehörte.

Die nächsten Tage verbrachte ich wie in Trance. Ich schlief so gut wie überhaupt nicht. Wenn ich fähig war, etwas zu mir zu nehmen, dann ließ ich mir das Essen auf mein Zimmer bringen. Simon tat genau dasselbe. Wir hatten beide Angst, uns zu begegnen. Natürlich hatte die sensationelle Neuigkeit unter dem Personal die Runde gemacht. Ich konnte fast ihre Stimmen hören:

»Miss Celeste ist die Tochter von Mylady!«

»Dann muss Lady Marian wohl eine Liebschaft gehabt haben.«

»Nein, das kann ich nicht glauben! Vielleicht ist sie verführt worden, eine so schöne Frau wie die Lady war.«

»Ne, ne, dann wäre sie doch froh gewesen, das Kind los zu sein, und hätte es nicht irgendwann wieder ins Schloss geholt.«

Und so ging es weiter. Ich hatte allerdings auch bemerkt, dass ihr Verhalten mir gegenüber sich geändert hatte. Die Leute waren vorsichtiger geworden, ich stand nicht mehr auf ihrer Stufe, nein, ich war jetzt die Herrin. Mrs. Williams, die früher immer zu einem Schwätzchen aufgelegt war, beschränkte sich nun auf die notwendige Konversation. Sie begann sogar, mich mit ›Mylady‹ anzusprechen. Es ihr auszureden, war umsonst.

Ich dachte an meine Eltern, dass hieß an die Menschen, von denen ich über zwanzig Jahre lang geglaubt hatte, sie wären meine Eltern.

Janet, Mutter, war schon lange tot. Sie konnte mir nichts mehr sagen. Und Vater! Ich dachte daran, wie er erst vor kurzer Zeit hier gewesen war, um mich mit nach Amerika zu nehmen. Warum hatte er mir da nicht die Wahrheit gesagt? Lady Marian war tot. Hatte er sich denn nicht denken können, dass es nun herauskäme, dass ich ihre Tochter war? Ich erinnerte mich, dass eine unbekannte Scheu mich davon abgehalten hatte, ihm meine Liebe zu Simon zu gestehen. Hätte ich es nur getan! Dann hätte Vater nicht länger schweigen können. Es musste ihm doch bekannt gewesen sein, dass Simon mein Bruder war! Hätte, hätte, hätte! Nun war niemand da, der mir Antwort auf all die Fragen geben konnte. Ja, ich konnte versuchen, Vater drüben in Amerika aufzuspüren. Welche Ironie, die Mittel dazu hatte ich jetzt. Aber wo sollte meine Suche beginnen?

Nach einer Woche beschloss ich, endlich mit Simon ein klärendes Gespräch zu führen. So konnte es nicht weitergehen. Mrs. Williams hatte mir berichtet, dass Lord Elkham sich in den letzten Tagen oft im Billardzimmer, beim Spiel, aufhielt. Ich suchte ihn dort auf. Als ich den Raum betrat, sah Simon kurz von seinem Spiel auf. Sein Gesicht bekam sofort einen harten Zug.

»Was willst du?«

»Simon, wir müssen miteinander sprechen. Wir können an den Tatsachen nichts ändern, wir müssen jedoch sehen, wie wir die Situation am besten meistern.«

Simon drehte sich zu mir um. Seine Hände hielten den Queue umklammert und er drückte so fest zu, bis der Stab brach. Einen Moment bekam ich Angst vor diesem Mann.

»Meistern? Ja, meine liebe, liebe Schwester, dann wollen wir mal die Situation meistern.« Die Ironie in seiner Stimme war nicht zu überhören. Er ging an die Bar und schenkte sich einen Brandy ein. »Auch einen?«

»Ja«, hörte ich mich sagen.

Pfui, das Zeug brannte höllisch in der Kehle. Und unsere Probleme wurden dadurch auch nicht gelöst. So stellte ich mein Glas nach dem ersten Schluck wieder zur Seite.

»Simon, ich habe das nicht gewollt, das musst du mir glauben«, begann ich. »Keinen Augenblick ahnte ich etwas davon, dass ich Lady Marians Tochter bin. Ich wollte sie auch nie beerben. Vielmehr wünschte ich mir, sie wäre noch hier bei uns.«

Plötzlich packte mich Simon bei der Hand und zerrte mich grob vor einen Spiegel.

»War ich denn blind? Waren wir alle blind? Sieh dich im Spiegel an, Celeste. Du bist das Ebenbild meiner, ich verbessere, unserer Mutter. Das lockige, dunkle Haar, die rehbraunen Augen und die leicht gebogene Nase. Genauso sah sie in deinem Alter aus. Mein Gott, wo hatte ich nur meine Augen?«

Simon hatte Recht. Jetzt, da ich es wusste, war es mir auch unverständlich, warum es niemals aufgefallen war, wie ähnlich Lady Marian und ich uns waren. Ich dachte an sie immer noch als ›Lady Marian‹. Sie als ›Mutter‹ zu bezeichnen, fiel mir unsagbar schwer. Mutter würde für mich immer die Frau aus der Schmiede bleiben. Sie hatte mich aufgezogen, mir Essen gegeben und mich gekleidet. Meinen Gefühlen ihr gegenüber konnte auch diese neue Situation nichts ändern.

Mit Simon zu sprechen, schien sinnlos. Er begann unkontrolliert zu trinken und mich zu beschimpfen. Der Simon vergangener Jahre war wieder zum Vorschein gekommen.

»Ich setze mich nicht mit einem Bastard an einen Tisch!«, lehnte er zum Beispiel die gemeinsamen Mahlzeiten mit mir ab. »Wer weiß denn schon, wer dein Vater war, womöglich ein Landstreicher!«

O ja, Simon hatte nicht verlernt, wie er mich verletzen konnte. Nur gingen mir seine Beleidigungen, seit ich ihn liebte, sehr viel mehr unter die Haut. Und ich liebte ihn bestimmt nicht so wie eine Schwester ihren Bruder! Nein, ich empfand dieselbe Leidenschaft, das gleiche Verlangen nach ihm wie damals in den glücklichen Londoner Tagen. Die Erinnerung an diese Zeit tat besonders weh.

Mr. Morison hatte ich über meine Anteile die volle Verfügungsgewalt erteilt. Die Dinge auf Landhydrock Hall mussten ihren normalen Lauf weitergehen und ich verstand zu wenig von der Führung eines solchen Besitzes. Ich wusste, Simons Herz hing genauso an dem Haus und dem Land wie das meinige, und er würde niemals etwas tun, worunter Landhydrock Hall leiden würde.

Das erste Mal nach langer Zeit empfand ich wieder Freude. Ich saß an meinem Lieblingsplatz, ›Pantray's Court‹, die Märzsonne hatte zur Mittagszeit schon so viel Kraft gewonnen, dass sie mein Gesicht wärmte. Ein Weilchen würde es noch dauern, bis die Hortensien zu blühen begannen, doch ich freute mich schon auf diese Zeit.

Simon hatte letzte Woche Landhydrock Hall verlassen. Ich war nicht traurig darüber, nein, eher erleichtert. Die letzten Wochen waren eine einzige Ansammlung von Beleidigungen gegen mich und unsere Mutter gewesen. Er hatte versucht, das Testament anzufechten – ohne Erfolg. Es war Lady Marians letzter Wunsch gewesen, dass ich die Hälfte des Besitzes erben sollte.

Wie fühlte ich mich als Schlossbesitzerin? Auch nicht anders als vorher, antwortete ich mir. Oft ließ ich meine Blicke über die alten, grauen Mauern schweifen. Ja, es gehörte jetzt auch mir, aber was hatte ich dagegen verloren? Wenn Simon Landhydrock nur halb so sehr liebte wie ich, dann konnte ich vollkommen verstehen, was in ihm vorging. Er, der rechtmäßige fünfte Lord Elkham, besaß nur ein halbes Schloss. Er musste seinen Besitz mit der außerehelichen Tochter seiner Mutter teilen.

Nach dem letzten Streit, Simon und ich konnten gar nicht mehr anders miteinander umgehen, kam er am nächsten Tag mit einem Mann mittleren Alters zu mir. »Das ist Jason Burgh«, stellte er ihn mir vor. »Mit Mr. Morisons freundlicher Genehmigung, also auch mit deiner, habe ich ihn als Verwalter für Landhydrock Hall eingestellt. Ich werde für einige Zeit das Haus verlassen. Es ist mir nicht mehr möglich, mit dir unter einem Dach zu wohnen. Mr. Burgh wird sich um alles Notwendige kümmern, du wirst dazu wohl kaum in der Lage sein.«

Es war mir mehr als peinlich, dass Simon dies vor dem

Verwalter sagte. Doch der zeigte sich loyal und tat, als habe er nichts gehört. Auch in den nächsten Tagen, nachdem Simon abgereist war (nach London, glaube ich), stellte er keine unnötigen Fragen. Er verstand etwas von der Führung eines solchen Besitzes, war fleißig und zuverlässig. Simon hatte mit Mr. Burgh wirklich einen guten Griff getan.

Ich begann, mich mit der Haushaltsführung zu beschäftigen. Trotz aller Streitereien würde es mir nie in den Sinn kommen, Landhydrock Hall zu verlassen. Das Personal, einschließlich Mrs. Williams, stand mir kritisch und, wie mir schien, ablehnend gegenüber. Dies musste ich ändern, wollte ich als Herrin anerkannt werden. Ich begann, mit Mrs. Williams täglich die Speiseabfolge zu besprechen. Das Dinner nahm ich seit Simons Abreise nun in Gesellschaft von Mr. Burgh ein.

Dabei stellte sich heraus, dass er eigentlich aus Norfolk stammte und ein weit gereister, gebildeter Mensch war. Er kannte fast ganz Europa und sprach fließend vier Sprachen.

»Wieso hat es Sie hierher nach Cornwall verschlagen?«, fragte ich ihn einmal.

»Miss Celeste«, ich hatte ihm diese Anrede erlaubt, »mich hält es nie sehr lange an einem Ort. Ich bin kein häuslicher Mensch, deswegen bin ich auch nicht verheiratet. Das Leben, das ich führe, möchte ich keiner Frau zumuten. Als Lord Elkham mich einstellte, meinte er selbst, es sei hier keine Dauerstellung, sondern nur für den Übergang. Es würde sich bald etwas auf Landhydrock Hall ändern. Nun, so beschloss ich, mir mal den Westen des Landes anzuschauen.«

Änderungen? Was hatte Simon damit gemeint? Natürlich fragte ich Mr. Burgh nicht danach. Ich erkundigte mich stattdessen nach dem Bestand der Schafe, denn ich hatte mich entschlossen, auch in dieser Beziehung zu lernen. Außerdem lenkte mich Lernen von meinen Gedanken an Simon ab.

Germaine

Nach einigen Wochen erwachte ich in der Nacht durch laute Geräusche. Sie kamen vom Hof und der Halle. Da es Vollmond war, huschte ich zum Fenster und konnte dort im Mondlicht unsere Kutsche erkennen. Das konnte nur eines bedeuten: Simon war zurückgekehrt! Mein Herz tat törichterweise einen Sprung. Ich unterdrückte jedoch den Wunsch, sofort nach unten zu laufen, um ihn zu begrüßen. Wer weiß, wie er darauf reagieren würde? Drei Monate war er fort gewesen und nie hatte eine Zeile von ihm mich erreicht. Hatte sich seine Wut auf mich inzwischen gelegt? Hatte er sich damit abgefunden, dass wir Geschwister waren?

Den Rest der Nacht konnte ich kein Auge mehr schließen, so dass ich mich am Morgen schon kurz nach Sonnenaufgang in das Speisezimmer begab. Es wunderte mich nicht, Simon dort anzutreffen. Er war schon immer ein Frühaufsteher gewesen.

Bei meinem Eintreten nickte er kurz und wünschte mir einen guten Morgen. Ich erwiderte seinen Gruß.

»Ich habe die Kutsche heute Nacht gehört. Ich hoffe, du hattest eine gute Fahrt?«

»Ja, danke. In London habe ich übrigens einen Entschluss gefasst, Celeste. Landhydrock Hall war seit Geburt mein Heim und dies wird es auch bleiben. Ich lasse mich durch nichts und niemanden von hier vertreiben. Dass dir nun die Hälfte von allem gehört, dagegen kann ich nichts tun. Aber das Haus ist groß genug, dass wir darin wohnen können, ohne uns dauernd zu begegnen. Ich lasse dir den Vortritt, du kannst dir die Räumlichkeiten, die deinen Flügel ergeben sollen, zuerst aussuchen. Ich werde dann den Rest nach meinen Vorstellungen umgestalten lassen. Da Mutter gewollt hat, dass wir beide auf Landhydrock Hall leben, so werden wir das tun, und zwar jeder in seinen rechtmäßigen fünfzig Prozent.«

Nur mühsam konnte ich die aufsteigenden Tränen unterdrücken. Hatte ich heute Nacht wirklich geglaubt, Simon wäre zurückgekehrt, um sich mit mir zu versöhnen? Sein Blick war kalt wie Eis und sein Gesicht wie aus Stein gemeißelt. Er beachtete mich nicht weiter, sondern griff nach der Zeitung und begann zu lesen. Ich wollte mir nicht die Blöße geben, einfach hinauszustürzen, obwohl mir weiß Gott danach zumute war. Deswegen nahm ich mechanisch etwas von den Eiern und dem Speck. In diesem Moment hörte ich eine Stimme von der Tür her.

»Simon, Liebling, wo bist du denn? Ich wachte auf und war so schrecklich allein. Warum hast du mich nicht geweckt?«

Ich glaube, ich muss ziemlich verdutzt ausgesehen haben, als ich so dastand: Den halbvollen Teller in der Hand und auf die Gestalt in der Tür starrend.

Dort stand eine junge, schöne Frau. Ihr rotes Haar fiel ihr in großen Locken bis zur Hüfte. Sie schien noch müde zu sein, denn ihre grünen Katzenaugen waren nur halb geöffnet, und sie gähnte herzhaft. Endlich fand ich meine Sprache wieder.

»Wer in aller Welt ist das, Simon?«

Er hatte sich erhoben und war auf die Frau zugetreten. Leicht legte er seinen Arm um ihre Hüfte. Eine Welle der Eifersucht durchflutete mich.

»Das ist meine Verlobte, Germaine. Wir haben uns in London kennen gelernt. Und das ist meine allerliebste Schwester Celeste, von der ich dir so viel erzählt habe.«

Die Frau schien aufzuwachen. Mit ihren schrägen Augen musterte sie mich.

»Aber sie ist nur halb deine Schwester, nicht wahr Liebling? Ihren Vater kennt niemand, und sie wurde, wie sagt man so schön, außerehelich geboren.«

Das reichte! Mit einem Knall fiel mein Teller zu Boden, und ich lief, nein, ich rannte aus dem Zimmer. Noch, als ich die Treppen zu meinem Zimmer hinaufstieg, verfolgte mich das Lachen der zwei aus dem Speisezimmer.

Diese Germaine benahm sich, als wäre sie schon Herrin auf Landhydrock Hall. Noch war die vorgeschlagene Trennung der Räume nicht erfolgt, so dass es unvermeidlich war, dass wir uns regelmäßig begegneten. Dabei stellte ich mit Entsetzen fest, dass Germaine das Personal fest im Griff hatte, etwas, das mir immer noch nicht gelungen war. Sie erteilte ihre Anweisungen ruhig und sicher, die dann sogleich ausgeführt wurden. Mich behandelte sie von oben herab.

»Ach, die kleine Schwester!«

Mit diesen Worten pflegte sie mich zu begrüßen, und ihre grünen Augen musterten mich so intensiv, dass ich dem Blick selten standhalten konnte. Ich hasste mich für mein unsicheres Auftreten, doch fühlte ich mich wie in einem Boot ganz allein mitten auf dem Ozean, und niemand war da, der mir sagte, was zu tun sei.

Um der unguten Atmosphäre zu entfliehen, ging ich fast täglich nach Helland, St. Mabyn und Blisland. Ich besuchte die Alten und Kranken, so wie es Miss Sarah May früher im Auftrag von Lady Marian getan hatte. Während ich mir die Sorgen und Nöte dieser Menschen anhörte, konnte ich meine eigenen Probleme vergessen. Zudem hatte ich das Gefühl, mit dem vielen geerbten Geld einfach etwas Gutes tun zu müssen.

Jedes Mal, wenn ich in Helland an der Schmiede vorbeikam, blieb ich einen Moment stehen und dachte zurück. Die Schmiede und auch das Wohnhaus waren seit einiger Zeit verlassen. Dem Schmied war das Haus zu klein geworden, nachdem seine Frau im vergangenen Jahr ihr siebtes Kind zur Welt gebracht hatte. Der alte Apfelbaum hinter dem Haus im Garten stand noch, und einmal konnte ich nicht widerstehen und kletterte in seine starken Äste. Die Aussicht auf das Schloss war immer noch die gleiche, aber wie viel Zeit lag zwischen dem kleinen Mädchen von damals und der Frau, die heute hier saß. Landhydrock Hall! Noch immer ein Traum, aber inzwischen hatte er sich zu einem Alptraum entwickelt. Mir gehörte die Hälfte dieses prachtvollen Gebäudes dort auf dem Berg, und doch wünschte ich mich in diesem Moment hier in diese kleine Hütte zurück.

Die Tür stand offen, so dass ich die Hütte betreten konnte. Es war schmutzig und staubig in den Räumen und spontan beschloss ich etwas Ordnung zu machen. So war ich von meinen Gedanken abgelenkt. Nun gewöhnte ich mir an, bei jedem Gang nach Helland immer einige Zeit in der alten Schmiede zu verbringen. Ich sprach dort mit Mutter und Vater, und obwohl mir niemand antworten konnte, schöpfte ich Kraft für die folgenden Tage.

Und diese Kraft sollte ich auch bitter benötigen. Von Simon sah ich nicht viel. Er verbrachte die meiste Zeit mit Mr. Burgh auf den Gütern. Germaine jedoch ließ mich ihre Anwesenheit nie vergessen. Innerhalb weniger Tage stellte sie ganze Räume im Schloss um, natürlich nur in dem Teil, der Simon gehörte, wie sie ausdrücklich betonte. Ihr Auftreten, ihre Kleidung und ihre ganze Erscheinung waren so herausfordernd, dass ich es vermied, mit ihr zusammenzutreffen. Hatte ich nicht sogar kürzlich festgestellt, dass sie Rouge benutzte! Wie ein billiges Frauenzimmer!

Zu meinem Leidwesen bemerkte ich, dass Mrs. Williams mir immer mehr auswich. Eines Tages traf ich sie im Garten, weit ab vom Haus, so dass uns niemand belauschen konnte. Ohne Einleitung fragte ich sie direkt:

»Warum weichen Sie mir immer mehr aus? Ich kann es einfach nicht glauben, dass Sie Miss Germaine in Ihr Herz geschlossen haben.«

Mrs. Williams wurde sichtlich verlegen.

»Hab Sie schon immer gern gemocht, Miss Celeste. Und Sie sind auch die Herrin hier, aber eben nur über die eine Hälfte. Und ich sag zu meinem Mann, das kann nicht lange gut gehen, dann kommt diese Germaine und sagt, Lord Simon würde sie heiraten und sie wäre auch die Herrin im Haus. Nun ich …« Sie begann zu stottern, doch sie brauchte nicht weiterzureden.

»Sie meinen, zwei Herrinnen sind zuviel. Lord Simon wird sein Vaterhaus sicher nicht verlassen, also liegt es auf der Hand, dass früher oder später ich gehen werde.

Und da ist es eben besser, wenn Sie und das ganze Personal sich schon einmal mit der neuen Herrin auf guten Fuß stellen. Ich habe verstanden.«

Meine Stimme klang bitter und ich wandte mich enttäuscht ab.

Mrs. Williams griff nach meinem Arm.

»Miss Celeste!«

Ich schüttelte ihre Hand ab.

»Denken Sie an die Blumen, Mrs. Williams. Lassen Sie Ihre Herrin nicht so lange warten.«

Traurig ging ich zum Haus zurück. Meine Zukunft, vor wenigen Wochen noch in den buntesten Farben vor mir liegend, sah nun grau und düster aus. Aber hatte ich denn überhaupt eine Zukunft hier auf Landhydrock Hall?

Die Tage und Wochen vergingen. Es war Hochsommer geworden. Da es für mich im Haus nichts mehr zu tun gab, Germaine hielt alles fest im Griff, ritt ich bei schönem Wetter oftmals den ganzen Tag aus. Fast immer führte mich mein Weg ins Bodmin Moor. Ich dachte an die Zeit, als Simon, Richard und ich schöne, friedvolle Tage miteinander verbracht hatten. Manchmal fragte ich mich, ob Richard mich geheiratet hätte, wenn er und ich damals um unsere Liebe gekämpft hätten. Wäre ich dann heute seine Frau? Auf jeden Fall wären mir die Demütigungen erspart geblieben. Aber gleichzeitig wusste ich, dass ich niemals ernsthaft einen anderen Mann als Simon würde lieben können. Mein Herz weigerte sich entschieden, Simon gegenüber nur geschwisterliche Zuneigung zu empfinden.

An diesem Tag war ich weit geritten. Mein Weg hatte mich erneut ins Moor geführt. Ich genoss die Ruhe und

Stille dieser Landschaft. Es geschah, als ich gerade Brown Willy hinter mir gelassen hatte. Aufgeschreckt durch ein Kaninchen scheute mein Pferd. Normalerweise meisterte ich eine solche Situation leicht, doch diesmal wurde ich abgeworfen, bevor ich etwas unternehmen konnte. Einen Augenblick blieb ich wie betäubt liegen. Ich war Gott sei Dank auf den weichen Moorboden gefallen und nicht auf einen der vielen großen Steine, die hier überall herumlagen. Wenn ich mit dem Kopf auf solch einen Stein aufgeschlagen wäre ... nun, ein paar Prellungen hatte ich mir sicher zugezogen. Mein verlängerter Rücken und auch der rechte Oberschenkel schmerzten höllisch. Meine Stute war in einiger Entfernung stehen geblieben. Leise auf sie einsprechend, näherte ich mich ihr. Sie wieherte und sah mich an, als wolle sie sich für den Abwurf entschuldigen, und ich stellte fest, dass die Schuld nicht bei dem Tier lag. Die Sattelgurte waren gerissen. So war es klar, dass ich bei der kleinsten ruckartigen Bewegung des Pferdes aus dem Sattel stürzen musste. An ein Aufsitzen war natürlich nicht mehr zu denken. Seufzend nahm ich das Tier an die Zügel und machte mich mit schmerzenden Knochen auf einen langen Fußmarsch nach Hause.

Es war spät am Abend, als ich schließlich in Landhydrock Hall ankam. Chris, er war noch immer Oberstallmeister und einer der wenigen im Haus, der aus seiner Abneigung Germaine gegenüber keinen Hehl machte, erwartete mich besorgt.

»Wenn Sie nicht bald gekommen wären, Miss, hätte ich Lord Simon informiert«, sagte er zu mir.

Das hätte den wohl kaum interessiert, dachte ich, sprach es aber nicht aus. In kurzen Worten schilderte ich Chris, was geschehen war. Er kümmerte sich sofort um die Stute, und ich wollte den Stall gerade verlassen, als Chris mich zurückrief. Selbst im trüben Licht konnte ich erkennen, dass er blass geworden war.

»Miss«, sagte er aufgeregt, »sehen Sie! Die Sattelgurte sind nicht von allein gerissen. Hier, da wurden eindeutig Schnitte vorgenommen. So war es klar, dass die Gurte früher oder später reißen mussten.«

Chris hielt mir die Gurte hin. Ja, ganz klar konnte ich auf beiden Seiten den glatten Einschnitt erkennen. Erst dann kamen die ausgefransten Stellen, an denen die Gurte gerissen waren.

»Kann das nicht Zufall sein?«, fragte ich.

Chris schüttelte den Kopf.

»Da hat jemand seine Hände im Spiel, Miss Celeste. Seien Sie vorsichtig!«

Chris' Worte gingen mir in den nächsten Tagen nicht mehr aus dem Kopf. Schließlich traute ich niemandem so eine Gemeinheit zu und kam zu dem Schluss, dass es doch ein unglücklicher Zufall gewesen sein musste.

Bald hatte ich den Vorfall vergessen, als etwas geschah, das doch Angst in mir hochsteigen ließ.

Ich war, abgesehen vom Personal, allein im Haus. Eben wollte ich aus meinem Zimmer in die Halle hinuntergehen, als ich oben auf der zweiten Treppenstufe mit einem Schuh hängen blieb. Im Bruchteil einer Sekunde konnte ich eine helle Schnur erkennen, die in Fußhöhe von Treppengeländer zu Treppengeländer über die Stufe gespannt worden war. Dann hörte ich mich selbst schreien und fiel und fiel.

Wie ich später erfuhr, fand mich Mrs. Williams erst Minuten später bewusstlos am Ende der Treppe. Sie rief sofort das Personal zusammen und schickte jemanden nach dem Arzt ins Dorf. Dieser stellte, außer Prellungen und Blutergüssen, eine schwere Gehirnerschütterung fest. Als ich langsam wieder zu mir kam, konnte ich die Worte verstehen:

»Sie hat sehr viel Glück gehabt. Genauso gut hätte sie tot sein können, es war nahe dran.«

Ich sank in wirre Fieberträume, in denen immer wieder Simon eine Rolle spielte. Manchmal meinte ich, er säße, so wie damals, an meinem Bett, doch immer wenn ich die Hand nach ihm ausstreckte, verschwand sein Bild. Oft sah ich auch Germaine. Ihr rotes Haar verwandelte sich in leckende Feuerzungen und ihr Gesicht war eine einzige hässliche Fratze. Dann erwachte ich schreiend und bekam von Mrs. Williams einen starken Trank, der mich für einige Zeit wieder in einen erholsamen Schlaf sinken ließ. Als es mir schließlich besser ging und ich bei Bewusstsein war, stieg das Grauen in mir auf. Ich hatte im Moment meines Sturzes die Schnur gesehen, über die ich gestolpert war. Jemand hatte sie absichtlich dort angebracht. War es derselbe, welcher die Sattelgurte angeschnitten hatte? Wer wollte, dass ich zu Schaden kam, ja, dass ich vielleicht sogar starb? Du weißt die Antwort, sagte eine Stimme in mir, doch mein anderes Ich schrie dagegen: Nein, nicht Simon! Es kann nicht Simon sein. Nüchtern betrachtet würde er von meinem Tod am meisten profitieren, Landhydrock Hall ginge ganz seinen Besitz über. Ich wehrte mich gegen den Gedanken, doch die Logik meiner Überlegungen konnte ich nicht beiseite schieben. Auf jeden Fall würde ich in Zukunft sehr, sehr vorsichtig sein müssen. Wer weiß, wann der Unbekannte, ich weigerte mich an Simon zu glauben, wieder zuschlagen und diesmal vielleicht erfolgreich sein würde.

Schließlich kam der Tag, an dem sich alles ändern sollte. Ich war so weit genesen, dass ich wieder längere Ritte unternehmen durfte. Ich musste der bedrückenden Atmosphäre des Hauses einfach entfliehen. Natürlich überprüfte ich vor jedem Ausritt das Sattel- und Zaumzeug selbst sehr genau, doch wer auch immer für den Anschlag verantwortlich war, er schien es auf diese Weise nicht noch einmal versuchen zu wollen.

Die Sonne stach heiß vom Himmel und ich freute mich auf eine kühle Limonade. Am Spätnachmittag kehrte ich nach Landhydrock Hall zurück. Ich beschloss, mich vor dem Abendessen ein wenig in Pantray's Court auszuruhen. Ein kühles Getränk in meiner Hand betrat ich den Innenhof.

Mit einem lauten Klirren zerschellte mein Glas auf den Platten. Sprachlos und mit aufgerissenen Augen starrte ich auf das, was sich an meinem Lieblingsplatz ereignet hatte. Alle meine Blumen, alle Hortensien waren fort! Einer der Gärtner war gerade damit beschäftigt, die letzten Zweige und Blüten in eine Schubkarre zu laden. Der Innenhof sah kahl und kalt aus.

»Was geht hier vor?«, rief ich, als ich endlich die Sprache wieder gefunden hatte.

»Anweisung von Miss Germaine. Ich sollte heute alle Blumen entfernen. Lord Simon hat es bestätigt. Weiß nicht, was der Herr vorhat«, brummte der Gärtner und fuhr mit seinem zerstörerischen Werk fort.

Enttäuscht und traurig verließ ich den Innenhof.

»Simon«, rief ich und rannte durch das Haus. »Simon, verdammt noch mal, wo bist du?«

Ich fand ihn im Billardzimmer. Er war allein und anscheinend in eine Partie gegen sich selbst vertieft.

Mit lautem Knall schloss ich die Tür. Meine Wut hatte inzwischen meine Enttäuschung überwunden.

»Simon Elkham, du erklärst mir sofort, was das mit Pantray's Court bedeuten soll!«

Atemlos und mit hochrotem Gesicht stand ich vor ihm. Simon sah kurz von dem Tisch auf. Keine Regung war in seinem Gesicht zu erkennen.

»Germaine möchte aus dem Innenhof einen Platz machen, an dem man den Tee nehmen oder in den warmen Abendstunden gemütlich zusammensitzen kann.«

»Das hat man bis jetzt doch auch können! Warum mussten dann die Blumen alle fort?«

»Germaine mag keine Hortensien.«

Klatsch! Bevor ich überlegen konnte, hatte ich Simon eine Ohrfeige gegeben. Einen Moment sah er mich sprachlos an. Er nahm meine Handgelenke und umspannte sie mit den Händen wie Schraubstöcke. Vor Schmerz schrie ich auf, doch Simon blieb ungerührt.

»Mein liebes Kind, eins lass dir gesagt sein: Was Germaine oder ich in *meinem* Teil von Landhydrock Hall machen, geht *dich* gar nichts an, und Pantray's Court gehört nun einmal zu meiner Hälfte. Ich habe es in den letzten Wochen lange genug geduldet, dass du dort immer herumgesessen bist. Pflanz in deiner Hälfte von mir aus so viele Hortensien, wie du magst, aber wag es nie mehr, Kritik an irgendetwas zu üben, das dich nichts angeht. Übrigens, auch jetzt befindest du dich in meinem Teil des Hauses.« Grob stieß er mich so plötzlich von sich, dass ich gegen die Wand taumelte. »Geh jetzt, ich möchte die Partie Billard zu Ende bringen. Und nimm zur Kenntnis, dass ich nicht die Absicht habe, mir in Zukunft die Zornausbrüche eines hysterischen Mädchens anzuhören.«

Damit wandte er sich wieder seinem Queue zu und ich lief aus dem Zimmer. Tränenblind kam ich in meinen Räumen an und warf mich aufs Bett. Doch alle Tränen und Schläge, die ich auf mein Kopfkissen hieb, änderten nichts an der Tatsache, dass Simon und ich uns unüberwindlich entzweit hatten. Nun wusste ich, was ich zu tun hatte. Ich musste mir mein Leben neu einrichten, bevor ich hier im Schloss zu einem seelischen Krüppel wurde. Ich war Gott sei Dank nicht mittellos und es gab unten in den Dörfern viele Menschen, die mich brauchten und liebten.

Meine Zukunft lag nun klar vor mir und es war eine Zukunft ohne Landhydrock Hall.

Beth half mir, die notwendigsten Sachen zu packen. Ich wollte nicht viel mitnehmen, nur einfache, praktische Kleidung. Ich war froh, in der letzten Zeit mein altes Elternhaus instand gesetzt zu haben, so wusste ich, wohin ich gehen konnte.

»Hör auf zu schluchzen«, herrschte ich Beth ungerechterweise an. »Ich bin ja nicht aus der Welt, du kannst mich jederzeit im Dorf besuchen.«

Zwischen Beth und mir war so etwas wie eine kleine Freundschaft entstanden, denn sie konnte Germaine nicht ausstehen. So hielt sie automatisch zu mir und ich war froh darüber.

»Ich werde Sie auf dem Laufenden halten, was sich im Schloss abspielt, Miss Celeste«, versprach mir Beth. Ich lächelte.

»Ich weiß gar nicht, ob ich das überhaupt will, Beth, aber ich werde mich über jeden Besuch von dir freuen.«

Nur mit einem kleinen Koffer schritt ich die Treppe hinunter. Den Rest wollte Beth mir in den nächsten Tagen bringen. Aus dem Speisezimmer drang Simons tiefe Stimme und dazwischen das gurrende Lachen Germaines zu mir. Langsam öffnete ich die Tür. Die beiden waren so in ein Gespräch vertieft, dass sie mich zuerst gar nicht bemerkten.

»Simon«, sagte ich. »Bitte hör mir ein letztes Mal zu.« Erstaunt blickte er auf. Er sah den Koffer in meiner Hand. »Du willst fort?«

Es war mehr eine Feststellung als eine Frage.

»Ja, Simon, du hast gewonnen. Ich werde wieder in Helland leben und erhebe keinen Anspruch mehr auf Landhydrock Hall. Du kannst in den nächsten Tagen Mr. Morison zu mir schicken. Ich bin bereit, meine Hälfte des Besitzes an dich zu verkaufen. Ich bin die sinnlosen Kämpfe zwischen uns leid. Ich gebe auf.«

Stumm hatte mir Simon zugehört, auch als ich das Zimmer verließ, sagte er nichts. Ich konnte nur Germaines Lachen hören, es klang tief befriedigt.

Obwohl ich nun schon drei Monate in Helland lebte, war kein Mr. Morison zu mir gekommen. Nun, ich würde ihn von mir aus nicht aufsuchen. Simon erhob ja Anspruch auf Landhydrock. Ich hatte hier in der alten Schmiede mein Auskommen und fand eine tiefe Befriedigung in der Pflege der Alten und Kranken in den Dörfern ringsumher. Langsam begann ich, meinen inneren Frieden wieder zu finden. Obwohl ich das Schloss täglich vor Augen hatte, konnte ich doch, so stellte ich erstaunt fest, auch ohne es leben. Beth besuchte mich regelmäßig, und ich wartete eigentlich nur auf die Nachricht, dass Simon Germaine geheiratet hatte. Doch die Zeit verging, und nichts geschah. Natürlich war im Dorf das ›unsittliche Zusammenleben‹ der beiden Gesprächsstoff Nummer eins. Die Bewohner akzeptierten es jedoch, dass ich mich nicht dazu äußern wollte. Und meistens verstummten die Gespräche, wenn ich hinzutrat.

An einem Tag im Spätherbst kam Beth aufgeregt ins Dorf gelaufen. Ich sah sie schon von weitem und wusste sofort, dass etwas geschehen sein musste, denn Beth hatte mich zuletzt erst vor zwei Tagen besucht.

»Miss Celeste, Miss Celeste!«, rief sie vollkommen außer Atem und sprudelte hervor: »Sie sind fort, alle beide! Es hat einen fürchterlichen Streit gegeben, dann ist erst sie weg und heute Mittag auch Seine Lordschaft!«

Mein Herz begann zu klopfen.

»Nun setz dich erst mal, Beth. Soll ich uns einen Tee kochen?«

Beth nickte, sprach aber sogleich weiter:

»Also sie, dieses Frauenzimmer, hat gebrüllt, wann er sie nun endlich heiraten und warum ihm das Schloß noch nicht ganz gehören würde. Da hat er, Seine Lordschaft, zurückgebrüllt, es ginge sie nichts an, und außerdem würde er eine, wie sie es sei, niemals zur Herrin über ein Anwesen wie Landhydrock Hall machen. Frauen wie Germaine seien nur zu einem gut.« Beth errötete und machte eine kurze Pause. »Das hat er wirklich gesagt. Nein, gebrüllt hat er es, es war im ganzen Haus zu hören. Daraufhin ist sie natürlich sofort abgereist, nicht ohne Seiner Lordschaft bitterliche Rache zu schwören und ihm die schlimmsten Qualen der Hölle zu wünschen. Nun, und heute ist auch er weg. Er sagte nicht, wohin oder wann er zurückkehren würde. Jetzt können Sie zurückkommen, Miss Celeste, ist ja niemand sonst mehr da.«

Ich hatte mit steigender Erregung zugehört. So unsinnig es auch war, die Nachricht, dass Simon Germaine nicht heiraten würde, erfüllte mich mit großer Erleichterung.

»Nein, Beth, ich glaube nicht, dass es gut wäre, zurückzukommen. Ich habe mir ein neues Leben geschaffen und bin zufrieden, wie es nun ist. Aber ich danke dir, liebe Beth, dass du mich informiert hast. Ich bin gespannt, wie alles weitergeht.«

Nun, es ging gar nicht weiter. Weder von Germaine noch von Lord Simon hörte ich irgendetwas. Zum Glück war Mr. Burgh immer noch da, meinte Beth, so dass das Gut wenigstens von guten Händen geführt wurde.

Der Winter kam ins Land und Weihnachten ging vorüber. Ich verlebte ein stilles, friedvolles Weihnachtsfest. Es gab in den Dörfern ein paar alte Leute, die keine Verwandten mehr hatten. Diese Menschen lud ich zu mir ein, und sie halfen mir, an diesen besinnlichen Tagen nicht andauernd an Simon zu denken. Sein Leben ging mich nichts mehr an.

Durkham Manor

Die Sonne strahlte von einem herrlich blauen Himmel, aber die Luft war noch klirrend kalt. Die Kälte hielt jedoch vereinzelte Krokusse nicht davon ab, ihre vorwitzigen Köpfe aus der Erde zu strecken. Schade, dass sie erfrieren, dachte ich an diesem klaren Wintertag Anfang März. Ich hatte mich auf den Weg zum Schloss gemacht; der Tag war einfach zu schön, um ihn im Haus zu verbringen. Mein Körper sehnte sich geradezu nach Bewegung, und tief sog ich die frische Luft in meine Lungen, derweil ich den Berg hochstieg. Was ich eigentlich in Landhydrock wollte, konnte ich nicht sagen. Es waren Monate vergangen und ich hatte Abstand gewonnen. Vielleicht wollte ich einfach nur das Haus wieder sehen, immerhin war ich – trotz allem! – noch Herrin über Landhydrock Hall, zumindest über die Hälfte. Mit dem in den letzten Wochen beginnenden Frühling war auch mein Lebenswille erwacht, und ich beschloss, neu anzufangen. Wie, das war mir nicht klar, aber zuerst wollte ich mich mal wieder im Haus umsehen. Natürlich verging kein Tag, an dem ich nicht an Simon dachte. Noch immer konnte ich mich nicht damit abfinden, dass er mein Bruder war. Ich würde mich damit wohl niemals abfinden! Aber das Leben ging weiter, und es musste eben ohne Simon Elkham weitergehen!

Ich sah die Gestalt das erste Mal, als ich die Anhöhe erreicht hatte. Sie war ganz in Schwarz gehüllt, ging gebückt und sehr schnell. Eine Besucherin für Landhydrock Hall? fragte ich mich. Nun, vielleicht eine Bekannte von jemandem aus der Dienerschaft. Ich dachte an die längst vergangene Zeit, als ich regelmäßig in das Schloss gelaufen war, um die Tochter der Köchin zu besuchen. Doch schnell wischte ich diesen Gedanken von mir, das war alles lange her.

Tief atmete ich die Luft ein und blieb einen Augenblick stehen. Diesen Platz, diesen Blick hatte ich schon immer geliebt. Heute, im Sonnenlicht, glitzerte im Tal das Wasser des Camel wie tausend Diamanten, aus den Kaminen der Hütten stieg grauer Rauch und große, schwarze Raben saßen auf den Feldern. Ganz hinten, am Horizont, konnte man die sanften Hügel des Bodmin Moor erkennen. Langsam setzte ich meinen Weg fort. Die schwarze Gestalt war schon längst meinen Blicken entschwunden, ich sah sie erst wieder, als ich den Wald verließ. Da passierte die Frau gerade das Tor von Landhydrock Hall. Ich hatte es an diesem Tag nicht eilig, meine Kleidung hielt mich warm, und so dauerte es geraume Zeit, bis auch ich das Haus erreicht hatte. Als ich über den Kiesweg zum Hauptportal schritt, hörte ich ein leises Weinen. Überrascht blieb ich stehen und wandte mich nach rechts zum Rosengarten, woher ich meinte, das Geräusch vernommen zu haben. Und richtig, dort auf einer Bank saß die schwarz gekleidete Frau. Sie hatte ihren Kopf in den Armen vergraben. Es gab keinen Zweifel, dass sie Kummer hatte, denn sie schluchzte ununterbrochen.

»Kann ich Ihnen vielleicht helfen, Miss?« ging ich fragend auf sie zu.

Die Frau schüttelte, ohne aufzusehen, den Kopf. »Nein, nein, es ist schon gut. Ich gehe sofort wieder. Die Tränen kamen nur so schnell.«

»Möchten Sie nicht darüber sprechen?«

»Sie sind sehr freundlich, aber ...«

Die Frau hob den Kopf und sah mich an. Sie sprach jedoch nicht weiter, sondern starrte auf mich. Dann rief sie:

»Cellie, mein Gott, Cellie! Du bist es wirklich!« Nun erkannte auch ich sie wieder. »Kate!«

Es war wirklich und wahrhaftig Kate, die Tochter der Köchin, meine Freundin aus der Kinderzeit.

Wir lagen uns in den Armen und konnten einen Moment lang nicht sprechen. Plötzlich war alles wieder lebendig: Die lauen Sommerabende, an denen wir im Schlosshof spielten; die kalten Wintertage mit dem warmen Herdfeuer in der Küche, aber auch Simon und seine Anschuldigungen, verdammt noch mal, auch Simon!

»Was machst du hier? Und sprich, was für ein Kummer bedrückt dich, Kate?«, fragte ich.

Wir saßen beide auf der Bank und hatten die Kälte um uns herum völlig vergessen. Kate zuckte traurig die Schultern.

»Es ist kurz erzählt. Vor ein paar Wochen starb meine Mutter. Meine Tante ist schon vor längerer Zeit gestorben. Nun konnte ich endlich fort aus Kent. Es gab dort nichts mehr, was mich hielt. Meine Stellung in dem Herrenhaus gab ich nur zu gern auf. Der Herr stellte mir seit meinem ersten Tag nach. Mir! Es ist fast nicht zu glauben, aber irgendwie hatte er Gefallen an mir gefunden.

Doch er war nicht nur schrecklich alt und dick, sondern auch noch verheiratet und hat, ich glaube inzwischen sind es acht, Kinder. Und da ich ihn immer wieder erfolgreich abwehrte, schikanierte er mich, wo er nur konnte. Oh, war das ein gutes Gefühl, als ich ihm meine Kündigung vor die Füße warf und so manche passende Bemerkung dazu.

Aber nun war ich ohne Stellung und von irgendetwas musste ich ja schließlich leben. Die ganzen Jahre im Osten hatte ich an Cornwall und an Landhydrock Hall gedacht. Meine Mutter und ich waren hier so glücklich gewesen. So gab ich mein letztes Geld für die Fahrkarte nach Cornwall aus und hoffte, nein, ich war mir fast sicher, hier wieder eine Anstellung zu bekommen. Landhydrock ist ein großes, gut gehendes Gut, hier gibt es immer Arbeit, dachte ich bei mir. Nun muss ich von Mrs. Williams so schreckliche Dinge erfahren: Lady Marian tot! Und Lord Elkham lebt seit einiger Zeit nicht mehr hier, so dass nur eine verminderte Dienerschaft im Schloss weilt. Oh, ich hatte alle meine Hoffnungen in dieses Haus gesetzt.« Kate bemühte sich, die Tränen zurückzuhalten, doch es gelang ihr nicht ganz. »Cellie, was soll ich jetzt machen? Glaubst du, dass es in Bodmin eine Stelle für mich gibt? Ich würde so gerne in Cornwall bleiben, in deiner Nähe. Es ist schön, eine Freundin zu haben. Aber sag, lebst du noch im Dorf? Schwingt dein Vater immer noch den Hammer in der Schmiede, oder hast du inzwischen geheiratet? Ich hätte dich auf jeden Fall aufgesucht. Ich wollte jedoch erst eine Arbeit finden.«

»Viele Fragen auf einmal, Kate«, antwortete ich. »Ich werde sie dir auch alle beantworten, aber so langsam wird es hier draußen recht kalt. Komm, lass uns hineingehen und uns mit einem Tee aufwärmen.« Über Kates überraschtes Gesicht musste ich lächeln. »Keine Angst, es ist in Ordnung. Ich darf dort hinein und Tee trinken. Komm mit!«

Mit misstrauischem Blick folgte mir Kate. Als ich jedoch zielstrebig auf das Hauptportal zuschritt, hielt sie mich am Ärmel zurück.

»Doch nicht hier herein«, flüsterte sie. »Schon damals wolltest du es tun. Wir müssen den Dienstboteneingang benutzen, die Herrschaften achten auf so etwas ganz genau! Da fällt mir ein, Cellie: Was ist eigentlich aus Lord Simon geworden? Ist er immer noch so eklig?«

Ich lachte auf. Ich gebe es zu, es machte mir ungeheuren Spaß, Kate ein bisschen an der Nase herumzuführen. Ich hatte so lange nicht mehr gelacht. Ohnehin würde ich sie in wenigen Minuten über alles aufklären. Wir hatten die Tür erreicht. Dumpf hallte der Klopfer durch die Halle. Kate hielt sich ängstlich und geduckt hinter mir. Mrs. Williams öffnete die Tür.

»Welche Freude«, rief sie aus. »Miss Celeste, es ist schön, dass Sie wieder gekommen sind!«

Ich reichte ihr meinen Mantel und meine Handschuhe und forderte Kate auf, dasselbe zu tun. Da erkannte Mrs. Williams meine Freundin.

»Oh, Miss Celeste, hat diese Frau Sie etwa belästigt? Sie fragte hier nach Arbeit, doch ich schickte sie fort.«

Ich winkte ab.

»Es ist in Ordnung, Mrs. Williams. Miss Spored ist eine alte Freundin von mir, ich traf sie gerade im Garten. Uns ist nach einem warmen Tee. Welches Zimmer ist heute geheizt?«

»Das Morgenzimmer«, antwortete Mrs. Williams

sichtlich verblüfft. »Ich hatte ja keine Ahnung … sonst hätte ich natürlich Vorsorge getroffen.«

»Gut, dann bringen Sie bitte Tee und einen kleinen Imbiss in das Morgenzimmer. Danach veranlassen Sie, dass meine Sachen aus der Schmiede im Dorf geholt werden. Ich werde wieder hier wohnen. Und lassen Sie eines der Gästezimmer für Miss Spored herrichten und gut heizen. Sie ist mein Gast.«

Kate hatte mir mit verständnislosem Blick zugehört. Sie sagte kein Wort und folgte mir ins Morgenzimmer. Erst als der Tee serviert wurde, brach sie ihr Schweigen.

»Cellie, ich glaube, ich träume, bist du jetzt etwa Herrin auf Landhydrock Hall?«

Ich wusste, nun war es an der Zeit, mit dem Spaß aufzuhören.

»Ja, Kate, aber nur über die Hälfte des Besitzes. Es ist eine lange Geschichte, und ich bin froh, einmal mit jemandem darüber sprechen zu können.«

Kate war eine verständnisvolle Zuhörerin. So verschwieg ich ihr auch meine Beziehung zu Simon und sein Verhalten mir gegenüber seit der Testamentseröffnung nicht.

Als ich geendet hatte, sah mich Kate einen Moment lang schweigend an, dann fragte sie:

»Du liebst ihn sehr, nicht wahr?«

Ich nickte.

»Ich kann mich nicht an den Gedanken gewöhnen, dass Simon mein Bruder ist. Ich kann es einfach nicht!«

Als Kate mich daraufhin in die Arme nahm und ich meinen Kopf an ihre Schulter lehnen konnte, merkte ich, wie gut es war, meine Freundin wieder gefunden zu haben.

Es war keine Frage, dass Kate nun bei mir blieb. Damit sie keine Bedenken anmelden konnte, wenn ich sie bezahlte, stellte ich sie als meine Gesellschafterin ein. Genauso wie ich bei Lady Marian angestellt gewesen war. Kate machte sich auch in allen Haushaltsfragen nützlich und sie freundete sich nach einiger Zeit mit Mrs. Williams an. Diese war schon in die Jahre gekommen, und wenn sie es auch nie zugegeben hätte, aber gewisse Arbeiten fielen ihr immer schwerer, so dass sie über eine Hilfe sehr dankbar war. Sie merkte, dass Kate keineswegs die Absicht hatte, im Haushalt alles auf den Kopf zu stellen, sondern dass sie stets Mrs. Williams um ihren Rat bat und diesen dann auch befolgte. So hatte sie Kate bald in ihr altes Herz geschlossen.

Ich widmete mich wieder der Verwaltung und ritt jetzt im Frühling fast täglich mit Mr. Burgh über die Ländereien. Mr. Burgh war erstaunlicherweise immer noch im Schloss geblieben. Fast widerwillig gestand er, sich in dieses Fleckchen Erde geradezu verliebt zu haben. Und nach einigen Wochen bemerkte ich, dass es nicht nur das Gut war, an dem sein Herz hing, nein, auch Beth. Sie schien seine Gefühle zu erwidern und ich freute mich mit dem jungen Paar, auch wenn es mich schmerzte, diesem Glück zuzuschauen. Dann zwang ich mich, nicht an Simon zu denken, und stürzte mich in die Arbeit. Über den Anwalt, Mr. Morison, hatte ich versucht, Simon zu erreichen, um ihn davon in Kenntnis zu setzen, dass ich nun wieder im Schloss lebte. Aber Mr. Morison versicherte mir glaubhaft, auch er habe nicht die geringste Ahnung, wo sich Lord Elkham aufhalte. So blieb mir keine andere Wahl, als Landhydrock zu führen, wie ich es für richtig hielt, und die Ernte, die uns im Herbst beschert wurde, gab mir Recht.

Es war angenehm, Kate an meiner Seite zu haben. Oft sprachen wir über Lady Marian und stellten Vermutungen an, wer mein Vater sein könnte.

»Es gibt wirklich keinerlei Papiere, die irgendeinen Hinweis geben?«, fragte sie mich wohl zum x-ten Mal.

»Nein, sie wollte wahrscheinlich etwas vorbereiten, so sagte mir der Anwalt, aber dann kam dieses schreckliche Unglück dazwischen. Lady Marian kam nicht mehr dazu, irgendetwas bei Mr. Morison zu hinterlassen.«

Kate dachte nach.

»Und hier im Haus waren auch keine Aufzeichnungen zu finden?«, fragte sie.

»Aufzeichnungen? Was meinst du?«

»Nun, irgendwelche Papiere, Briefe, Tagebücher, irgendein Anhaltspunkt.«

Das war es! Oh, wie konnte ich nur so dumm sein.

»Kate, in meiner ganzen Verzweiflung habe ich daran nie gedacht! Ich war so sehr mit meiner Trauer, mit Simon und dem Erbe beschäftigt, dass ich hier nie nach irgendetwas gesucht habe!«

»Dann aber los!«

Kate war aufgesprungen und wollte hinauslaufen.

»Wohin willst du?«, rief ich.

»In Lady Marians Arbeitszimmer. Wenn wir etwas finden, dann dort.«

Ich zögerte. Seit ihrem Tod hatte ich dieses Zimmer nicht mehr betreten. Der Raum trug ihre persönliche Note. Eine eigentümliche Scheu hielt mich zurück, in ihre Privatsphäre einzudringen, doch Kate versuchte, meine Bedenken zu zerstreuen.

»Sie ist tot, Cellie, aber du lebst und musst das Beste aus deinem Leben machen. Das kannst du nur, wenn du über deine Vergangenheit Bescheid weißt. Ich glaube, Lady Marian hätte es so gewollt.«

Gute Kate! Es war so leicht in ihrer Nähe. Nur zu gern ließ ich mich von ihr führen.

So kam es, dass wir kurze Zeit später vor Lady Marians Schreibtisch knieten, und jeder schaute unzählige Blätter genau an. Fast schien mir, als spürte ich die Anwesenheit meiner Mutter in diesem Zimmer, aber es beunruhigte mich nicht. Nein, ich glaubte nun auch, sie würde es wollen, dass ich wusste, wer mein Vater war. Ich fand jedoch nichts Brauchbares. Bei den meisten Papieren handelte es sich um Einkaufs- und Wirtschaftsnotizen.

Plötzlich hörte ich Kate einen Schrei ausstoßen.

»Das ist ja entzückend!« In der Hand hielt sie eine Tuschezeichnung, die ein Haus zeigte. »Was ist denn das für ein wunderschönes Haus? Und sieh, Cellie, hier sind noch mehr Zeichnungen!«

Obwohl es Jahre her war, erkannte ich Durkham Manor sofort. Unmittelbar fühlte ich mich an jenen Tag zurückversetzt, als ich meine Mutter mit diesen Zeichnungen hier gefunden hatte, und erinnerte mich an ihre wehmütige Stimmung damals. In Durkham Manor wurde Lady Marian geboren und sie lebte dort bis zu ihrer Heirat.

»Das ist Durkham Manor, ein kleines Herrenhaus in Wiltshire. Lady Marian hat es mir ebenfalls hinterlassen.«

»Das sagst du erst jetzt, Cellie! Das Haus ist ja wirklich wundervoll. Warst du schon einmal dort?«

Ich verneinte.

»Ich muss zugeben, diese Erbschaft hatte ich völlig vergessen. Mr. Morison erwähnte auch, dass zu diesem

Haus kein Landbesitz gehört. Das Gebäude selbst soll in einem baufälligen Zustand sein.«

Kate schüttelte mich an den Schultern.

»Cellie, wir werden nach Durkham Manor fahren. Hier kommen wir nicht weiter. Was spricht dagegen, wenn du dir einmal deinen anderen Besitz anschaust. Außerdem kommst du dann auf andere Gedanken. Wer weiß, was wir dort finden?«, endete Kate geheimnisvoll. Ich musste zugeben, dass die Idee nicht schlecht war. Hier in Landhydrock Hall würde ich über meinen Vater wohl nichts erfahren, und es reizte mich, das Geburtshaus meiner Mutter kennen zu lernen.

Die Ernte war eingebracht, für die Weihnachtsvorbereitungen war noch Zeit, außerdem hatte Mr. Burgh alles gut im Griff. So stimmte ich Kates Vorschlag begeistert zu, und wir überlegten gemeinsam, wann wir nach Wiltshire reisen konnten.

Wir hatten uns in Bodmin eine Kutsche mit einem vertrauensvollen Kutscher gemietet, der uns nun durch die Landschaft schaukelte. Zuerst war Kate nicht sehr erbaut gewesen, als ich sagte, ich wolle die Reise nach Durkham Manor mit der Kutsche antreten, aber dann verstand sie, dass ich es noch nicht fertig brachte, wieder mit dem Zug zu fahren. Und da Simon die Kutsche von Landhydrock mit nach London genommen hatte, hatte ich eben in Bodmin eine gemietet. Da wir sehr früh aufgebrochen waren, erreichten wir Bristol am Abend, wo wir die Nacht verbrachten. Am nächsten Tag fuhren wir weiter nach Durkham. Kate und ich hatten abgesprochen, dass ich nicht als Besitzerin von Durkham Manor auftreten sollte.

»Wir erfahren über den Besitz mehr, wenn wir uns als interessierte Reisende ausgeben. Wenn bekannt ist, dass du die neue Besitzerin bist, wird man dir gewiss anders begegnen und uns nichts sagen.«

Kates Worte leuchteten mir ein, und so beschlossen wir, uns im Dorf einen Gasthof zu suchen.

Wir waren nur noch wenige Meilen vom Ort entfernt, als ich durch das Kutschenfenster den verwitterten hölzernen Wegweiser entdeckte: *Durkham Manor*!

Sofort gab ich dem Kutscher Befehl, diesem Weg zu folgen, und wenige Minuten später passierten wir ein großes, steinernes Portal, das leider völlig verfallen war. Das einstige bestimmt schöne, schmiedeeiserne Tor, ganz in schwarz und gold gehalten, hing schief in den Angeln. Wir ließen den Kutscher anhalten, zwängten uns durch das Tor und betraten den Grund und Boden von Durkham Manor.

Mein Grund und Boden! dachte ich voller Stolz. Doch dann wurde mein Interesse von etwas anderem geweckt.

»Mein Gott, ist das schön!«

Kates Ausruf konnte ich nur zustimmen! Hatten mich die Bilder des unbekannten Malers schon fasziniert, so war das Original noch viel, viel schöner! In eine wundervolle, harmonische Hügellandschaft eingebettet lag ein dreistöckiges Haus aus grauen Steinen. Die Mittagssonne spiegelte sich in einem kleinen, an der Rückseite des Hauses gelegenen See. Dass der Park vollkommen verwildert war, schien nicht störend, sondern gab der ganzen Atmosphäre eher etwas Romantisches. Wir standen auf einem Hügel unter einer großen, sicher schon jahrhundertealten Eiche, aber selbst von hier konnte man den schlechten Zustand des Hauses erkennen. Die unteren Fensterreihen waren durchweg mit Brettern vernagelt, bei den oberen war überall das Glas gesprungen oder eingeworfen worden. Dennoch war dieses im Vergleich zu Landhydrock Hall kleine Haus sehr reizvoll und irgendwie fühlte ich mich meiner Mutter nahe. Kate riss mich aus meinen Gedanken:

»Cellie, komm, wir wollen uns ein Zimmer suchen, dann können wir uns dein Haus näher anschauen.«

Ich stimmte ihr zu, zumal ich inzwischen Hunger verspürte.

Durkham war ein kleines, typisches Cotswold Dorf. Gelbe, saubere Steinhäuser duckten sich um ein altes Marktkreuz. Das Gasthaus des Ortes, das ›King Henry‹, war einfach und sauber. Wir machten uns nur kurz frisch, dann servierte uns der Wirt, ein dicker, rotgesichtiger Mann, einen schmackhaften Imbiss aus Käse, frischem Brot und rotem Wein. Kate und ich langten herzhaft zu, und irgendwann gesellte sich die Frau des Wirtes, Mrs. Clifton, zu uns. Wie alle Wirtsfrauen war auch sie schrecklich neugierig, was uns in diesem Fall aber als Glück erschien, hoffte ich doch, etwas über Durkham Manor zu erfahren. Nachdem ich ihre Fragen, woher wir kämen, beantwortet hatte, warf ich ein:

»Meine Freundin und ich sahen auf der Reise hierher an der Straße ein altes Herrenhaus. Es sah recht verlassen aus, aber es strahlte einen eigenen Charme aus. Ich glaube, es hieß Durkham Manor. Ist es nicht mehr bewohnt?«

Die Wirtin wurde blass, bekreuzigte sich schnell und murmelte ein Gebet. In ihre hellen Augen trat ein Ausdruck von Angst und ihre Stimme schrumpfte zu einem Flüstern.

»Nichts für Sie, Miss, da geht es nicht mit rechten Dingen zu, bleiben Sie fort von dort!«

»Wollen Sie damit sagen, es spukt?«, fragte ich.

»Scht! Nicht so laut! Niemand im Dorf wagt es, von dem Haus laut zu sprechen! Ja, dort stimmt etwas nicht. War aber auch zu tragisch, die Geschichte der Familie. Und als die junge Lady dann alles im Stich ließ … es war zu erwarten, dass die Seelen der Toten irgendwann wiederkehren.«

Nur mühsam vermochte ich mein Interesse zu verbergen. Ein Blick in Kates Gesicht zeigte mir, dass auch sie es vor Erregung kaum noch aushielt.

»Bringen Sie uns noch etwas Wein, Mrs. Clifton«, bat ich die Wirtin. »Und dann erzählen Sie uns etwas über die Familie.«

»Durkham Manor war ein gutes Haus, ja, das war es wirklich, und Lady Blathwayt, die Herrin, streng, aber gerecht. Fast das ganze Dorf war in Durkham Manor beschäftigt gewesen, es gab ausreichend Lohn und der Lord behandelte alle Arbeiter gut.

Alles begann mit dem Tod von Mylady. Sie brachte die Pocken aus London mit, da war nicht mehr viel zu machen. Alle Angestellten liefen davon. Sie müssen das verstehen, so gut wie jeder hatte Familie, keiner wollte sich anstecken. Gott sei Dank blieb unser Dorf verschont, nur die Mylady starb. Ich war auf der Beerdigung, natürlich konnte ich nur von weitem zusehen. Die junge Lady, die Tochter, völlig ausgezehrt war sie. Sie hat ihre Mutter sehr geliebt. Und der Lord schien den Verstand verloren zu haben. Seit dem Tod seiner Frau trank er maßlos, stellte keine Arbeiter mehr ein und der Besitz verkam immer mehr. Es kam, wie es kommen musste. Bevor Durkham Manor unter den Hammer geriet, starb der Lord. Dann heiratete die junge Lady und verließ Durkham Manor. Niemand weiß, wohin sie ging. Seitdem steht das Haus leer.«

Die Pause, die Mrs. Clifton machte, um einen Schluck Wein zu trinken, benutzte ich, um einzuwerfen:

»Sie wissen aber erstaunlich gut Bescheid.«

»Miss, wenn Sie meinen, ich hätte zuviel gesagt, dann entschuldigen Sie mich bitte.«

Die Wirtin war beinahe beleidigt.

»Nein, nein«, beeilte ich mich zu versichern. »Bitte, Sie wollten uns doch noch von dem Spuk erzählen.«

Erneut bekreuzigte sich die Frau, bevor sie mit gesenkter Stimme fortfuhr.

»Vor zwei Jahren hat es angefangen. Bald jede Nacht geht ein Lichtschein durch das Haus. Aber es ist alles vernagelt. Und seltsame Geräusche hört man, als ob jemand schreckliche Qualen erleiden muss.«

Ich lachte.

»Das werden Landstreicher oder Zigeuner sein, die sich ein warmes, trockenes Plätzchen gesucht haben.«

Mrs. Clifton schüttelte beharrlich den Kopf.

»Nein, als der Spuk begann, haben unsere Männer das Haus natürlich durchsucht. Ohne Erfolg. Doch sobald man sich dem Haus nähert, verlöscht das Licht. Aber das ist nicht alles. Das Schlimmste habe ich Ihnen noch nicht erzählt!« Die Wirtin neigte sich tief über den Tisch und ihre Stimme war kaum zu verstehen, als sie sagte: »Es gab einige Männer, die nachschauen wollten. Sobald sie sich dem Haus auf hundert Yards näherten, erklangen furchtbare Schreie. Nein, nein, diese Schreie sind nicht von Menschen.«

Mit weit aufgerissenen Augen sah sie uns an.

»Hat man denn nicht die Polizei eingeschaltet?«

Mrs. Clifton schüttelte den Kopf.

»Wir haben's ihnen gesagt, dort in der Stadt. Aber sie lachten uns aus. Sie lachten über uns Dorfbewohner und meinten, wir hätten wohl zu tief ins Glas geschaut und würden uns auf dem Land noch vor Gespenstern fürchten. Aber glauben Sie mir, Miss, dort in dem Haus … da tut sich etwas Schreckliches und Unheimliches!«

Ich konnte nicht verhindern, dass mir ein Schauer über den Rücken lief, obgleich ich mir sagte, dass es keine Geister gab. Auch für Durkham Manor würde es eine natürliche Erklärung geben. Ich weigerte mich einfach zu glauben, ein Spukhaus geerbt zu haben. Mrs. Clifton hatte es plötzlich sehr eilig.

»Ich muss wieder in die Küche. Ich habe viel zuviel geredet, es sind noch andere Gäste da.« Bevor sie uns verließ, bekreuzigte sie sich noch einmal.

Kate und ich suchten unser Zimmer auf und beschäftigten uns natürlich mit dem eben Gehörten. Ich wäre am liebsten sofort losgelaufen und hätte mir mein Haus einmal genauer angesehen, doch Kate meinte:

»In zwei Stunden wird es dunkel, da sehen wir nicht mehr viel. Lass uns lieber morgen früh aufbrechen. Außerdem habe ich mal irgendwo gehört, Gespenster mögen kein Morgenlicht.«

Ich stimmte in ihr Lachen ein.

»Aber es würde mich schon interessieren, wer es sich da in meinem Haus gemütlich macht. Demjenigen werde ich etwas erzählen!«

Wir beschlossen, erstmal zu ruhen, denn wir waren von der Fahrt erschöpft. Kate schlummerte auch sofort ein, doch mir wollten die Augen nicht zufallen, zu sehr beschäftigte mich das soeben Erfahrene. Unruhig stand ich wieder auf und trat ans Fenster. Es dämmerte noch nicht, und plötzlich fasste ich den Entschluss, zu Durkham Manor zu gehen. Es ist schließlich mein Haus, dachte ich trotzig, fast als müsse ich mich vor mir selbst rechtfertigen. Schnell zog ich mich an. Ich nahm mir nicht mehr die Zeit, mein Haar aufzustecken, denn ich wollte vor Einbruch der Dunkelheit wieder zurück sein. Mit einem Blick auf die schlafende Kate verließ ich leise das Zimmer. Neugier hatte mich gepackt und wollte befriedigt werden.

Auch wenn ich mir immer wieder sagte: Es gibt keine Geister, konnte ich nicht verhindern, dass mir das Herz bis zum Hals klopfte. Für alles gibt es eine logische Erklärung. Je näher ich Durkham Manor kam, desto nervöser wurde ich.

Langsam setzte die Dämmerung ein und die Sonne spiegelte sich in den noch verbliebenen Fensterscheiben. Auf den ersten Blick war kein Zugang zum Haus zu erkennen und alle Fenster zu ebener Erde schienen mit massiven Brettern vernagelt. Ich ging hinter das Haus in den Park und zum Teich. Am Ufer stand eine alte, starke Eiche, wie sie im ganzen Park zu finden waren. Von hier aus betrachtete ich mein Haus von der Rückseite her. Eine große Terrasse erstreckte sich über die ganze Längsseite, links und rechts führte eine Freitreppe in den Garten hinab. Hier konnte ich mir wunderbar vorstellen, in lauen Sommernächten prächtige Feste zu feiern. Ich wünschte, ich hätte meine Mutter mehr über Durkham Manor ausgefragt, über ihr Leben hier. Ich war so in Gedanken versunken, dass ich die Person in meiner Nähe vollkommen überhört haben musste. So erschrak ich beinahe zu Tode, als plötzlich jemand neben mir sagte:

»Ein wunderschöner Platz, nicht wahr?«

Atemlos wirbelte ich herum und sah mich dem wohl bestaussehendsten Mann, dem ich jemals begegnet war, gegenüberstehen. Da er über einen Kopf größer war als ich, lächelte er auf mich herab, und in den letzten Strahlen der untergehenden Sonne konnte ich stahlblaue Augen und blondes Haar erkennen. Ich war einen Moment so verwirrt, dass es mir gar nicht in den Sinn kam, ihn zu fragen, was er denn hier zu suchen hatte. Bevor ich mich richtig gefasst hatte, sagte er:

»Kommen Sie herein, das Dinner ist vorbereitet.«

»Das muss ein Irrtum sein«, widersprach ich schwach, immer noch gebannt von seiner faszinierenden Erscheinung. Nur so ist es zu erklären, dass ich diesem fremden Mann tatsächlich ins Haus folgte. Unterhalb der Freitreppe war eine kleine Tür, völlig mit Efeu überwachsen und für einen Fremden nicht als Eingang zu erkennen. Wir gelangten durch einen schmalen Gang in eine schwarz-weiß geflieste Halle, an deren Wänden lauter Waffen und Rüstungen vergangener Tage hingen. Eine seltsame Erregung hatte von mir Besitz ergriffen! Schon immer hatte ich das Abenteuer geliebt und hier war ich mitten in eines hineingeraten. Ich befand mich mit einem mir völlig fremden Menschen in einem alten Haus, von dem die Leute sagten, dass es dort spuke. Ich war überzeugt, dass dieser Fremde der ›Spuk‹ war, aber ich musste zugeben, dass er der attraktivste Geist war, den ich mir vorstellen konnte.

Der Fremde führte mich in einen kleineren Raum neben der Halle, eindeutig das Speisezimmer. Die Mitte des Raumes wurde von einem großen, schweren Tisch eingenommen, der vollständig und aufwändig für mehrere Personen gedeckt war. Die Fenster dieses Zimmers waren ebenfalls vernagelt, so dass nur ein paar Kerzen den Raum in ein warmes Licht tauchten.

»Setzen Sie sich, das Essen wird sofort aufgetragen.«

Fast gegen meinen Willen ließ ich mich auf einen

Stuhl nieder, um im nächsten Augenblick wieder aufzuspringen. Mein Blick war auf den Kamin gefallen, vielmehr auf das Bild, das darüber hing. Auf dem Kaminsims standen ebenfalls Kerzen, so dass das Portrait regelrecht angestrahlt wurde – ein Bild von mir! Doch plötzlich ging mir ein Licht auf: Das Mädchen war Lady Marian! Sie musste, als sie dem Maler Modell gestanden hatte, sehr jung gewesen sein, jünger als ich es jetzt war.

Drei Frauen und ein weiterer Mann betraten das Zimmer. Sie alle trugen Platten und Schüsseln mit dampfenden Speisen, die sie auf dem Esstisch abstellten. Der Mann stellte sie mir vor:

»Meine Freunde, sie kochen für mich. Unser Essen ist zwar einfach, aber schmackhaft. Bitte greifen Sie zu.«

Inzwischen hatte ich mich wieder in der Gewalt.

»Entschuldigen Sie bitte, aber ich glaube, ich habe vorhin Ihren Namen nicht richtig verstanden«, sagte ich spitz, denn der Mann hatte sich mir nicht vorgestellt.

Er sprang von seinem Stuhl auf, verneigte sich leicht vor mir und sagte:

»Verzeihen Sie, welche Unachtsamkeit! Nennen Sie mich Tom, und meine Freunde sind Penny, Charlotta, Iris und Marc.«

»Und was, bitte schön, machen Sie in diesem Haus?«, fragte ich, langsam ärgerlich werdend. »Soviel mir bekannt ist, steht Durkham Manor seit vielen Jahren leer.«

»Sie sehen selbst, dass Sie sich irren, oder? Wir wohnen hier.« Tom verlor sein bis dahin freundliches Lächeln, lehnte sich über den Tisch und sah mir fest in die Augen. »Und was, junge Lady, machen Sie hier? Sind Sie denn nicht einfach eingedrungen?«

»Nein, durchaus nicht, Sir«, antwortete ich knapp.

Langsam kroch die Angst in mir hoch und ich bereute, nicht auf Kate gehört zu haben.

Nun richtete zum ersten Mal eine der Frauen, ich glaube es war Iris, das Wort an mich.

»Sehen Sie Miss ... eh, ich glaube, Ihren Namen haben Sie uns auch noch nicht genannt?«

»Celeste.«

»Also, Miss Celeste«, sprach Iris weiter, »wir wohnen in einem alten Haus, das keinem mehr gehört und das wohl auch keiner mehr will. Wir haben hier eine neue Heimat gefunden und wir stören niemanden. Also, lassen Sie uns zusammen essen. Vielleicht können wir ja Freunde werden?«

Die anderen nickten und murmelten zustimmend.

Ich gebe zu, diese Leute waren mir nicht unsympathisch, dennoch war es mein Haus und sie mussten es verlassen. Gleich morgen würde ich die Polizei in der nächsten Stadt informieren. Jetzt hielt ich es aber für besser, ihnen nicht zu sagen, dass ich die Besitzerin von Durkham Manor war.

»Es hat mich sehr gefreut, Sie und ihre Freunde kennen gelernt zu haben, Tom«, sagte ich, »doch nun muss ich Sie verlassen, meine Freundin erwartet mich.«

Damit erhob ich mich und wollte zur Tür gehen, doch Marc trat mir in den Weg und hielt mich am Arm fest. »Chef, was machen wir mit ihr?«, fragte er, zu Tom gewandt.

Dieser sah mich kurz an. Von der anfänglichen Freundlichkeit war nun nichts mehr zu spüren.

»Schließt sie über Nacht oben ein«, befahl er knapp. »Sie hat uns gesehen und wird bestimmt gleich zur Polizei laufen. Ich werde mir bis morgen überlegen, was mit ihr geschehen soll.«

Ich verstand von alledem kein Wort. Ich wusste nur, dass ich Angst hatte, panische Angst. Wo war ich da nur hineingeraten? Ich versuchte, mich von Marcs Griff freizumachen und zur Tür zu rennen. Umsonst. Mit drei Schritten war Tom bei mir, bog meine Arme auf den Rücken und warf mich mit einer raschen Bewegung über seine Schulter. Er war sehr stark, ich konnte keinen Widerstand leisten. Tom trug mich durch das Treppenhaus nach oben. Die Angst schien mich zu lähmen. Was hatten sie mit mir vor? Erschaudernd schloss ich die Augen. Tom stieß mich in ein Zimmer, stellte eine Kerze ab und sagte:

»Mit uns speisen wollten Sie ja nicht. Nun, dann werden Sie diese Nacht eben etwas hungrig verbringen. Schlafen Sie gut.«

Mit einem teuflischen Lächeln verließ er das Zimmer. Deutlich konnte ich das Geräusch des sich im Schloss drehenden Schlüssels hören. Einen Moment war ich wie betäubt, doch dann begann ich mich in meinem Gefängnis umzusehen. Obwohl dieses Zimmer im zweiten Stock liegen musste, waren auch hier die Fenster mit Brettern vernagelt. Ich versuchte, durch die Ritzen nach draußen zu spähen, aber es musste ohnehin schon Nacht sein. Wann würde man mich vermissen? Ich kannte Kate, sie würde vermutlich die ganze Nacht durchschlafen, so würde sie erst morgen früh mein Fehlen bemerken. Natürlich konnte sie sich dann denken, wohin ich gegangen war, aber war es dann nicht vielleicht schon zu spät? Was erwartete mich heute Nacht? Du musst ruhig bleiben, sagte ich mir. Ein Blick auf die Kerze ließ jedoch erneut Panik in mir aufkommen. Sie war fast nur noch ein Stummel, binnen kurzer Zeit würde sie verlöschen. Nein, nur jetzt nicht im Dunkeln sitzen müssen! Schnell schaute ich mich im Zimmer um, es war schmutzig und staubig, die Bettvorhänge und Teppiche zerschlissen. In einer Ecke stand ein zierlicher Schreibtisch. Zu meiner Erleichterung war er nicht verschlossen, und so durchsuchte ich in fieberhafter Hast die Schubladen in der Hoffnung, hier vielleicht einige Kerzen zu finden. In einer Schublade stieß ich auf einen Stapel sorgfältig bestickter Taschentücher. In jeder Ecke stand das Monogramm ›M.B.‹, Marian Blathwayt! Da wurde mir klar, dass ich mich in dem ehemaligen Zimmer meiner Mutter befinden musste. Schnell suchte ich weiter, und wirklich, ich hatte Glück. In einem der Schubfächer fand ich Kerzen, die mir für diese Nacht genügend Licht spenden würden. Mein Interesse war geweckt und ließ mich für einige Zeit meine Angst vergessen.

Ich wollte die Schreibtischschublade schon schließen, um mich dem Kleiderschrank zuzuwenden, als meine Finger etwas, unter weiteren Taschentüchern verborgen, erfühlten. Ich zog ein kleines, in rotes Leder gebundenes Buch hervor. Mein Herz klopfte vor Erregung, denn bevor ich die erste Seite des Buches aufgeschlagen hatte, ahnte ich, was ich hier in den Händen hielt. Und beim Lesen der ersten Zeilen bestätigte sich meine Vermutung: Ich hatte das Tagebuch meiner Mutter gefunden! Deutlich konnte ich im Kerzenlicht ihre gerade, zierliche Schrift erkennen, die sich mit den Jahren kaum verändert hatte. Meine Angst war vergessen. Alles, was ich wollte, war dieses Buch lesen und die Geheimnisse ergründen, die es mir offenbarte.

Langsam schlug ich die erste Seite auf und begann zu lesen.

Marians Tagebuch

Durkham Manor, 13. Juni 1847

Als meine Eltern mir dieses Tagebuch zu meinem sechzehnten Geburtstag schenkten, wusste ich zuerst nicht, was ich damit anfangen sollte. Unschlüssig drehte ich das in rotes Leder gebundene Buch in der Hand und sah fragend meine Mutter an.

»In dieses Buch sollst du alles hineinschreiben, was du nicht mit anderen Menschen teilen kannst oder willst. Deine geheimsten Gedanken wirst du ihm anvertrauen und es wird dir dabei vorkommen, als wenn du mit einem guten Freund sprechen würdest.«

Ich fiel ihr um den Hals.

»Mama, du und Vater, ihr seid meine besten Freunde! Was sollte ich schon für Gedanken haben, die ich nicht mit euch teilen wollte? Mit euch, die ihr mir die beiden liebsten Menschen auf der ganzen Welt seid!«

Mutter nahm mich gerührt in die Arme. »Marian, du wirst erwachsen. Die Zeit wird kommen, wo du nicht mehr alles mit deinen Eltern teilen wirst.«

Erschien mir diese Vorstellung vor sechs Wochen noch unmöglich, so habe ich mich doch heute hier zurückgezogen, um meinem Tagebuch das, was mich bewegt, anzuvertrauen. Ich finde, wenn man ein solches Buch gewissenhaft führen möchte, ist es nicht wesentlich, welches Kleid man getragen oder was an diesem Abend auf dem Speiseplan gestanden hat. Nein, in erster Linie muss man zu seinem Tagebuch ehrlich sein und die glücklichen, aber auch die nicht ganz so erfreulichen Ereignisse hineinschreiben.

Dass ich gerade heute beginne, hat einen ganz besonderen Grund, und ich könnte mir keinen wichtigeren wünschen, um mein Buch zu beginnen.

Also, ich habe heute einen Heiratsantrag bekommen, und das, obwohl ich noch gar nicht in die Gesellschaft eingeführt wurde! Es sollte erst im Frühjahr nächsten Jahres geschehen. Mama meinte zu Vater, mit siebzehn Jahren sei es noch früh genug, um so Mama wörtlich, ›die ganze verlogene Gesellschaft‹ kennen zu lernen. Aber heute kam, wie so oft in den letzten zwei Jahren, Lord Elkham auf einer seiner Geschäftsreisen zum Tee bei uns vorbei. Vater lud ihn ein, doch auch das Dinner mit uns zu nehmen, und danach, als der Lord und Vater beim Portwein in der Bibliothek saßen, hielt er um meine Hand an. Vater rief sofort Mama und mich zu sich, und Lord Elkham trat auf mich zu, nahm meine Hände in die seinigen und sagte mit kräftiger Stimme:

»Marian, es wäre mir eine große Freude und Ehre, wenn Sie meine Frau würden. Bitte gestatten Sie, dass ich um Sie werbe.«

Ich war vollkommen sprachlos und konnte ihn nur anschauen. Meine Mutter berührte meinen Arm.

»Kind, geh jetzt auf dein Zimmer und denke nach. Ich komme gleich zu dir.«

Wenig später öffnete sich meine Zimmertür und meine Mutter trat ein. Ich hatte die ganze Zeit über nur am Fenster gesessen und versucht, Ordnung in meine Gedanken zu bringen. Lord Abraham Elkham zählt mit zu den ersten Adelsgeschlechtern Englands. Er konnte mühelos seine Vorfahren, welche Getreue Wilhelm des Eroberers waren, zurückverfolgen. Er besaß ein großes Stadthaus in London, doch sein Familiensitz, Schloss Landhydrock Hall, lag weit im Westen, in Cornwall, nahe dem Städtchen Bodmin. Mein Vater hatte Lord Elkham bei einer Reise nach London kennen gelernt. Er wollte gerade eine Mietkutsche bezahlen, als er feststellen musste, dass ihm ein Taschendieb seine Geldbörse geraubt hatte. Ihm war das schrecklich peinlich, zumal der Kutscher anfing, ihn einen Preller zu nennen. Just in diesem Augenblick kam Lord Elkham in seiner Kutsche herzu, sah das Debakel und half spontan. Aus dieser Begegnung vor nahezu drei Jahren entwickelte sich zwischen meinem Vater und dem Lord langsam eine richtige Freundschaft. Vater mochte den zehn Jahre jüngeren Adligen, und der Lord war ein gern gesehener Gast, wenn er auf seinen Reisen zwischen Cornwall und London bei uns Station machte.

Auch ich mochte Lord Elkham von Anfang an. Obwohl ich damals, als er zum ersten Mal zu uns ins Haus kam, erst vierzehn Jahre alt war, behandelte er mich stets, als sei ich schon eine Lady. Als er mir formvollendet die Hand küsste und dabei bemerkte:

»Ich bin hocherfreut, Ihre Bekanntschaft zu machen«, konnte ich mir das Lachen nicht verkneifen und lief kichernd von der Halle in mein Zimmer. Dort schämte ich mich meines kindischen Verhaltens. Ich wollte so gerne erwachsen sein und dann dies! Lord Elkham aber berührte unsere erste Begegnung in der Folgezeit mit keinem

Wort und bald wurden wir gute Freunde. Ich wurde älter und fühlte mich geschmeichelt, wenn er mir die Hand küsste und mich mit fast derselben Hochachtung behandelte, die er auch meiner Mutter entgegenbrachte. Bei seinen Besuchen ritten wir viel gemeinsam aus und er erzählte mir von seinen Vorfahren und von Landhydrock Hall. Es muss ein prächtiges Haus und Anwesen sein.

»Wer weiß«, meinte er, »vielleicht habe ich auch einmal die Ehre, Sie in meinem Haus zu empfangen.«

Ja, ich mag Lord Elkham, aber an eine Heirat mit ihm hatte ich bisher nie gedacht. Ich sah in ihm eher einen guten Freund, nein, besser noch einen älteren Bruder den ich nie hatte, da ich das einzige Kind meiner Eltern geblieben war.

Ich hatte meine Eintragung unterbrechen müssen, weil Mama zu mir gekommen war. Wir führten ein langes Gespräch und zum ersten Mal hatte ich das Gefühl, dass meine Mutter zu mir sprach, als sei ich eine Frau und nicht ihre Tochter. Mama meinte, es sei ganz allein meine Entscheidung, ob ich Lord Elkham heiraten wolle oder nicht. Er sei zwar ein guter Freund der Familie, aber weder sie noch mein Vater würden mich in eine Ehe drängen, die ich nicht wirklich selber wollte. Später, als Mama mich alleine gelassen hatte, saß ich lange am Fenster und sah hinaus. Ich versuchte über die Liebe nachzudenken. Liebe? Was wusste ich schon davon? Freundinnen besaß ich keine, mit denen ich darüber hätte sprechen können. Ich wurde bis vor kurzem von einer Gouvernante unterrichtet, einer ältlichen, humorlosen Dame aus bestem, aber verarmtem Haus. In der Nachbarschaft gab es auch kein Mädchen in meinem Alter. Zum ersten Mal schien es mir, als sei Mama als meine einzige Vertraute doch nicht genug. Ich wünschte mir gerade jetzt eine wirkliche Freundin, eine, die mir vielleicht sagen könnte, was Liebe ist. Natürlich bekomme auch ich den üblichen Dienstbotenklatsch mit, wenn ein Hausmädchen von uns eine Beziehung zu einem Stallburschen vom Nachbarsgut hat. Und ebenso oft passiert es auch, dass das Mädchen ein Kind bekommt. Meistens heiraten die zwei und erhalten von Vater dann eine eigene Hütte, wenn sie weiter in Durkham Manor arbeiten wollen.

Ich habe die Mädchen auch schon gehört, wie sie sagten: »Also, wenn ich einmal heirate, dann nur aus Liebe!«

Aber kann ich mich mit einem Dienstmädchen auf eine Stufe stellen? Meine Eltern wurden von deren Eltern schon im Kindesalter einander versprochen und lernten sich erst vier Wochen vor der Hochzeit kennen. Und ich wüsste wirklich keine Ehe, die glücklicher wäre als die von Mama und Papa.

Nun, jetzt bin ich wirklich froh, dass ich dies alles in mein Tagebuch schreiben kann. Es kann mir zwar keine Antwort auf meine Fragen geben, aber irgendwie fühle ich mich jetzt schon ziemlich erleichtert. Ich werde über eine Ehe mit Lord Elkham ernsthaft nachdenken.

Durkham Manor, 25. Juni 1847

Ich weiß gar nicht, was ich zuerst berichten soll, so aufgeregt, nein, wütend bin ich! Also, das weniger Aufregende zuerst: Gestern habe ich Lord Elkham mein Jawort gegeben. Er war zu einem kurzen Besuch bei uns und ich merkte, wie er und auch meine Eltern auf meine Entscheidung warteten. Die Hochzeit ist im Mai des nächsten Jahres vorgesehen. Meine Mutter meinte, eine einjährige Verlobungszeit würde ausreichen. Ich werde in dieser Zeit, so oft es Lord Elkhams Geschäfte zulassen, mit ihm zusammensein. Vielleicht werden wir auch das Weihnachtsfest in Landhydrock Hall verbringen.

»Marian, die cornische Weihnacht musst du unbedingt erleben. Sie unterscheidet sich sehr von den Bräuchen, die du hier kennst.«

Komisch, Lord Elkham spricht mich jetzt natürlich mit meinem Vornamen an. Aber ich kann es einfach nicht über mich bringen, ihn Abraham zu nennen. Der Name ist Tradition in seiner alten Familie, aber ich finde, der Name würde besser zu einem weißbärtigen, runzligen Mann passen, so vermeide ich Abraham Elkham direkt anzureden. Mir fällt selbst das Schreiben des Namens schwer. Nun ja, ich denke, es wird sich im Laufe des nächsten Jahres bessern.

Jetzt aber zu dem, was mich heute so furchtbar geärgert hat.

Ich hatte heute nach dem Frühstück, als Lord Elkham sich verabschiedete, das Bedürfnis, einen Spaziergang zu machen. Mein Weg führte mich natürlich zu meinem Lieblingsplatz hinauf. Durkham Manor ist von unzähligen, jetzt im Sommer dunkelgrünen Hügeln umgeben. Und auf einem dieser Hügel, unter einer jahrhundertealten Eiche, sitze ich besonders gerne. Man hört hier oben nur die Vögel singen und ab und zu huscht ein Eichhörnchen vorbei. Ich kann dort stundenlang sitzen und nachdenken oder einfach nur träumen. Heute musste ich nachdenken. Ich ließ meinen Blick über unser Haus schweifen, über die Hügel, die Wälder und über die Felder und Wiesen weit hinter Durkham Manor. Bei sehr gutem Wetter kann man sogar beinahe die Kirchturmspitze von Bath sehen. Es ist die schönste Gegend, die ich kenne. Es scheint mir, dass zuerst Durkham Manor hier gewesen sein muss, und dann hat Gott um das Haus herum die Landschaft geschaffen. Durkham ist ein rechteckiger Bau, in den Jahren 1591–1610 von unserem Ahnen James Blathwayt erbaut. Seitdem ist äußerlich nichts mehr verändert worden. Ich liebe die hohen, in Blei gefassten Fenster und die Schlichtheit unserer Räume. Durkham Manor ist einfach, aber doch für uns komfortabel und gemütlich eingerichtet. Vor Jahren, ich war noch ein Kind, waren meine Eltern von Bekannten zu einer Hochzeit nach Longleat House im Süden eingeladen worden. Dieses Haus ist über doppelt so groß wie unseres, aber ich erinnere mich, dass alle Räume schrecklich groß und hoch waren, so dass ich immer etwas Beklemmung empfand, wenn ich durch das Haus ging. Es war auch alles so prunkvoll eingerichtet, dass ich mich nicht traute, etwas zu berühren oder mich irgendwo hinzusetzen. Nein, ich liebe unser Durkham Manor, und es wird mir schwer fallen, von hier fortzugehen. Nach Lord Elkhams Schilderungen stelle ich mir Landhydrock auch sehr groß und prunkvoll vor.

Ich lehnte also heute Morgen gegen den Stamm der alten Eiche, betrachtete voller Liebe unser Haus und die Hügel drumherum und musste wohl in der Sonne eingenickt sein. Ich erwachte durch ein lautes Lachen. »Kann ich diese seltene und bezaubernde Blume ebenfalls pflücken?«

Vor mir stand ein schlanker, blonder junger Mann. Er hatte einen Wiesenblumenstrauß in der Hand und war eben im Begriff, sich nach mir zu bücken. Entsetzt sprang ich auf und rief:

»Was erlauben Sie sich! Was machen Sie auf unserem Grund und Boden?«

Er verzog gespielt zerknirscht das Gesicht und deutete auf sein Pferd, das einen Meter weiter genüsslich unser Gras kaute.

»Ich lasse Blessie immer traben, wohin sie will, wenn wir ausreiten. So sind wir heute hierher gekommen, und ich sah so herrliche Sommerblumen, dass ich beschloss, einen Strauß zu pflücken. Ich hätte aber nie gedacht, dass ich heute noch die bezauberndste aller Blumen schlafend unter einer Eiche finden würde.«

Gegen meinen Willen errötete ich. So ein Kompliment hatte mir noch nie ein Mann gemacht. Und obwohl ich mich geschmeichelt fühlte, rief ich empört:

»Verwechseln Sie mich nicht mit Ihresgleichen! Einem Dienstmädchen mögen Ihre Sprüche wohl gefallen, aber ich verkehre im Allgemeinen nicht mit Männern wie Ihnen.«

Meine Eltern hatten mich nie hochmütig oder überlegen erzogen. Aber es war mir doch immer bewusst gemacht worden, dass zwischen uns Adligen und den Bürgern und Bauern ein großer Unterschied bestand. Es wäre mir nie in den Sinn gekommen, mit einem unserer Stallburschen auch nur ein privates Wort zu wechseln. Dieser junge Mann, der vor mir stand, war ohne Zweifel der Sohn eines Bauern. Sein Gesicht war von der Sonne tief gebräunt (was ihm aber zu seinen himmelblauen Augen hervorragend stand, wie ich zugeben musste);

seine Kleidung war einfach, sauber, aber geflickt. An den Füßen trug er weder Schuhe noch Strümpfe und sein Pferd ritt er ohne Sattel.

Der Mann musste bemerkt haben, wie ich ihn musterte, denn er meinte lachend:

»Ich reite immer ohne Sattel und ohne Schuhe. Erst dann fühle ich mich richtig frei. Darf ich Ihnen, Schönste aller Blumen, diesen kleinen, bescheidenen Strauß Ihrer Artgenossen schenken?«

Mit einer angedeuteten Verbeugung wollte er mir seinen Blumenstrauß überreichen.

»Nein, Sie können die Blumen Ihrem Pferd zum Fressen geben, dann ruiniert es wenigstens nicht unseren Rasen!«

»Ah, stolz ist die schöne Maid.«

Er wandte sich zu seinem Pferd um.

»Komm, Blessie, wir zwei sind dieser jungen Dame nicht gut genug.«

Er saß mit einem sicheren und gewandten Sprung auf. Ich musste zugeben, auf dem Pferd machte er eine besonders gute Figur. Im Fortreiten wandte er sich noch einmal um.

»Adieu, meine schöne, stolze Rose, die Königin der Blumen. Mögen wir uns wieder sehen, wenn deine Dornen ihre Spitzen verloren haben.«

Mit diesen Worten warf er mir seinen Strauß in die Arme, und ich fing ihn instinktiv auf.

»Das wird hoffentlich nie der Fall sein!«, rief ich ihm hinterher.

Mit lautem Lachen galoppierte er davon.

Ich bemerkte, dass ich den Wiesenblumenstrauß noch immer in den Armen hielt. Zuerst wollte ich ihn voller

Wut auf den Boden werfen, doch dann dachte ich, dass die schönen Blumen nichts dafür konnten, einen so flegelhaften Überbringer zu haben.

Jetzt stehen sie in einer Vase vor mir auf meinem Schreibtisch. Ich bin mir nicht sicher, ob ich mich an ihrem Anblick erfreuen soll. Ich glaube, ich ärgere mich eher, denn die Gedanken an diesen unverschämten jungen Mann lassen mich nicht los. Hoffentlich werde ich diesen Bauernlümmel niemals wieder sehen!

Durkham Manor, 28. Juli 1847

Liebes Tagebuch, ich bin so froh, dass ich dich habe! Ich weiß nicht, wo ich mit meinen Gefühlen hin soll, bei dir kann ich alles loswerden!

Ich bin ja so glücklich! Ist es wirklich erst wenige Wochen her, dass ich schrieb, ich wüsste nicht, was Liebe ist? Ich bin verliebt, richtig verliebt! Oh, ich könnte tanzen, singen, lachen ... alles gleichzeitig! Es ist drei Uhr früh, vor einer Stunde hat mich Mama zu Bett geschickt.

»Kind, es war für dich ein langer Abend. Die letzten Gäste brechen auf, es ist Zeit für dich, schlafen zu gehen.«

Meine Eltern veranstalteten gestern Abend hier im Haus einen großen Ball. Vater ist fünfzig Jahre alt geworden. In den letzten vier Wochen wurde im Haus von nichts anderem als von diesem Ball gesprochen. Die Dienerschaft brachte alle Räume auf Hochglanz und schmückte die Halle mit Blumen. Die Galerie für die Musiker wurde gewienert und die Gästezimmer hergerichtet. Ich erhielt mein erstes richtiges Ballkleid. Es ist aus fliederfarbener Seide und weißer Spitze. Eine Schneiderin aus Chippenham wohnte extra zwei Wochen bei uns im Haus, um dieses Kleid anzufertigen. Ich habe noch nie so etwas Schönes besessen. Janet, meine Zofe, kam am Nachmittag zu mir, half mir beim Bad und steckte meine Haare zu einer Hochfrisur, so dass ich älter, aber dennoch sehr mädchenhaft aussah. Janet ist ein Schatz! Obwohl sie nur sechs Jahre älter ist als ich, kennt sie die neuesten Modetrends und weiß, wie die Haare von den Herrschaften in London gerade getragen werden. Sie hat aber auch ihre Augen und Ohren überall und erfährt alles.

So hübsch von Janet zurechtgemacht, verließ ich mein Zimmer, um in die zum Ballsaal umfunktionierte Halle hinunterzugehen.

»Marian, du bist, neben deiner Mutter natürlich, heute Abend die Schönste!«

Vater schloss mich gerührt in seine Arme. Mamas Blick ruhte stolz auf mir.

»Schade, dass Lord Elkham heute nicht unser Gast sein kann. Er würde sich bestimmt noch einmal in meine kleine Tochter verlieben. Aber dringende Geschäfte in London lassen es leider nicht zu, uns zu besuchen.«

Ich war gar nicht so enttäuscht, dass Abraham an dem Fest nicht teilnehmen konnte. Es war der erste Ball meines Lebens! Ich wollte mich amüsieren, vielleicht sogar ein wenig flirten, und die Anwesenheit Lord Elkhams hätte mich nur daran erinnert, dass ich schon verlobt war und in einem knappen Jahr Ehefrau sein würde.

Ich stand neben meinen Eltern in der Halle, um die Gäste zu empfangen. Alles, was Rang und Namen hatte, war geladen worden. Die meisten Gäste waren schon eingetroffen, als ich glaubte, im Erdboden versinken zu müssen!

Ein älterer Herr, auf einen Stock gestützt, betrat in Begleitung eines jungen Mannes die Halle und kam auf uns zu. Mein Herz tat einen Sprung. Der junge Mann war derjenige, dem ich vor einigen Tagen im Park begegnet war. Aber wie sah er heute aus! Von Kopf bis Fuß elegant und kostbar gekleidet! Die blaue, mit Goldfäden bestickte Weste passte ausgezeichnet zu seinen blauen Augen.

Die beiden Herren waren soeben bei uns angelangt, als meine Mutter erfreut ausrief:

»Sir Talbot, wie freuen wir uns, dass Ihre Gesundheit es Ihnen erlaubt hat, uns heute die Ehre zu geben.« Zu mir gewandt fuhr sie fort »Marian, darf ich dir Sir Fox Talbot, den Besitzer von Laccok Abbey, vorstellen? Und der junge Mann ist ...«

»... mein Neffe und einziger Erbe von Laccok Abbey, William Talbot«, beendete Sir Talbot den Satz. »Er hat schon früh seine Eltern verloren, auch ich habe sonst keine Familie mehr. So sind wir die letzten zwei Talbots. Als Offizier Ihrer Majestät hält sich William hauptsächlich in den Kolonien in Indien auf. Doch nach einer Verwundung vor drei Monaten hat er Urlaub bekommen und wohnt für einige Zeit bei seinem alten Onkel.«

William Talbot hatte mich während der Rede seines Onkels nicht aus den Augen gelassen. Ich wünschte, eine Maus zu sein und einfach im nächstbesten Loch verschwinden zu können. Nun nahm er auch noch meine Hand, küsste sie formvollendet und sagte, an meine Mutter gewandt:

»Lady Blathwayt, darf ich um den ersten Tanz mit Ihrer bezaubernden Tochter bitten?«

Er war ein hervorragender Tänzer. Sicher führte er mich über die Tanzfläche. Ich muss zugeben, noch nie hatte ich einen Tanz so genossen wie diesen. William lächelte mich an.

»Darf ich heute behaupten, dass Sie die schönste Blume im ganzen Saal sind?«

Zu meinem Ärger errötete ich.

»Es tut mir Leid, Lord Talbot. Ich hatte keine Ahnung …«

»… dass ich ein reicher Erbe bin, nicht wahr?«

Er hatte mich beschämt, darum ging ich zum Angriff über.

»Aber es ist trotzdem Tatsache, dass Sie sich auf unserem Land aufgehalten haben und dass Sie gekleidet waren wie ein Bauernlümmel!«

Er lachte, seine blauen Augen blitzten.

»Wissen Sie, kleine Marian … nein, Sie wissen nicht, wie Indien sein kann, woher auch. Diese Hitze, dieser Dreck! Und ich als Offizier Ihrer Majestät immer korrekt gekleidet mit meiner schmucken Uniform. Wenn ich dann in unser gutes, altes England zu meinem Onkel aufs Land komme, bin ich froh, wenn ich alle Konventionen abstreifen, mich auf mein Pferd schwingen und einfach ohne Ziel durch diese herrliche Gegend hier reiten kann. Aber Sie haben Recht, ich hätte mich Ihnen vorstellen sollen. Was ist eigentlich aus den schönen Blumen geworden, die ich Ihnen überreichte?«

Es war mir nicht möglich, diesem Mann noch böse zu sein. Fast gegen meinen Willen sagte ich:

»Ich habe sie in eine Vase in mein Zimmer gestellt. Aber bilden Sie sich nichts darauf ein!«

Wir tanzten noch eine Weile schweigend. Ich beobachtete meine Eltern und die anderen Gäste aus den

Augenwinkeln heraus. Alle schienen sich prächtig zu amüsieren. Ich wünschte mir nur, nicht so schrecklich unerfahren im Umgang mit Männern zu sein, denn ich wusste wirklich nicht, wie ich William Talbot für den Rest des Abends an mich fesseln konnte. Ja, das wollte ich! Mir war längst klar geworden, dass ich mich in ihn schon bei unserer ersten Begegnung unter der alten Eiche verliebt hatte.

William nahm meinen Arm und führte mich durch die hintere Halle auf die Terrasse hinaus. Es war eine warme, mondhelle Nacht. Einige Paare hatten den Ballsaal ebenfalls verlassen und wandelten untergehakt im Garten. Das Mondlicht spiegelte sich im Wasser des Teiches, der hinter dem Rosengarten lag.

»Lass uns dort hinuntergehen.«

Stumm folgte ich William. Am Teich angelangt, nahm er mich in die Arme und küsste mich. Ich konnte, nein, ich wollte mich nicht wehren. Es war alles zu unwirklich. Die laue Nacht, die Musik, die leise vom Haus her zu uns herüberwehte, Williams Arme, die meinen Körper zärtlich umfangen hielten, und seine Stimme, die mir lauter Koseworte zuflüsterte. Ich wusste in diesem Augenblick nur: Ich liebe diesen Mann! Ich liebe William Talbot. Und niemals würde ich die Frau von Lord Elkham werden können!

Jetzt, in der Stille meines Zimmers, nachdem ich diese Zeilen niedergeschrieben habe und ruhiger über den vergangenen Abend nachdenken kann, habe ich keine Angst mehr vor der Zukunft. Ich bin sicher, meine Eltern werden mich verstehen. Ich werde mit ihnen sprechen und ihnen klarmachen, wie sehr ich William liebe;

William ist ebenfalls reich, gebildet und besitzt gute Manieren. Ich weiß, dass meine Eltern den alten Lord Talbot sehr schätzen. Außerdem liegt Laccok Abbey nicht weit von Durkham Manor entfernt, so dass ich mich nicht von meinen Eltern trennen müsste. Ich müsste nicht fort in das weit entfernte, raue und sagenumwobene Cornwall. Natürlich denke ich auch an Lord Elkham. Aber er muss es doch verstehen! Er ist über zwanzig Jahre älter als ich. Ich mag ihn, ich dachte wirklich, ich könnte an seiner Seite ein ruhiges und gutes Leben führen, aber nun liebe ich William und will mit ihm mein Leben verbringen. William sagte, er müsse noch einmal nach Indien, dann sei seine Dienstzeit abgelaufen. Sein Onkel freut sich schon sehr auf die Zeit, wenn er William in die Geschäfte von Laccok Abbey einführen kann, und er ist sicher, dass er mich willkommen heißen wird. William will so schnell wie möglich mit meinen Eltern sprechen, er wollte es am liebsten noch heute, aber ich redete es ihm aus. Nein, ich habe William nichts von meiner Verlobung mit Lord Elkham erzählt. Das will ich zuerst mit meinen Eltern in Ordnung bringen. Ich bin sicher, sie werden mich verstehen!

Durkham Manor, 25. August 1847

Bis heute habe ich nicht mit meinen Eltern sprechen können. Gleich am Morgen nach dem Ball geschah etwas Schreckliches. Wir saßen beim Frühstück und unterhielten uns über den vergangenen Abend, als ein Bote eintraf und meinem Vater eine Nachricht überreichte. Während des Lesens erbleichte mein Vater.

»Unser Haus in London ist abgebrannt«, sagte er mit tonloser Stimme.

»Oh, mein Gott! Weshalb?«

»Man weiß es noch nicht. Aber es gab zwei Tote. Claire, wir müssen sofort nach London fahren!«

Meine Mutter sprang auf.

»Ich veranlasse alles Notwendige. Morgen früh können wir fahren. Doch wo sollen wir jetzt wohnen?«

Vater sah noch einmal auf den Brief in seiner Hand.

»Die Nachricht ist von MacGywer. Er bietet uns Unterkunft in seinem Haus an.«

MacGywer! Mich durchfuhr ein Schrecken. Ich hatte die Familie vor einiger Zeit kennen gelernt und fand sie einfach schrecklich! Es gab damals sofort Streit zwischen mir und den beiden Töchtern der MacGywers. Sie waren selbstsüchtig, eitel und hatten nur Kleider, Schmuck und Männer im Kopf.

»Vater«, bat ich deswegen, »ich weiß, wie wichtig es ist, dass ihr nach London reist. Aber bitte, lasst mich in Durkham Manor bleiben! Ich möchte wirklich nicht noch einmal mit dieser Familie zusammentreffen.«

Vater konnte sich in Erinnerung der damaligen Streitereien ein Schmunzeln nicht verkneifen. Mama seufzte.

»Es ist mir auch nicht recht, die Gastfreundschaft dieser Leute in Anspruch nehmen zu müssen. Vielleicht können wir alle Formalitäten rasch regeln und brauchen nicht allzu lange in London bleiben. Aber Marian hier lassen? Ich weiß nicht recht.«

»Ach Claire, unsere Tochter ist kein Kind mehr. Sie heiratet nächstes Jahr und wird uns verlassen. Ich finde, sie muss uns nicht unbedingt begleiten. Ich verstehe vollkommen, dass Marian hier bleiben möchte. Und an dem schrecklichen Brand ändert es auch nichts, ob sie uns begleitet oder nicht.«

Als Vater meine Heirat erwähnte, musste ich sofort an William denken. Ich konnte jetzt unmöglich nach London reisen! William war hier und würde bald wieder zurück nach Indien müssen. Wenn ich jetzt meine Eltern begleitete, dann könnte es sein, dass ich William vielleicht nicht wieder sah. Bei diesem Gedanken bekam ich sofort ein schlechtes Gewissen meinen Eltern gegenüber. Aber jetzt war nicht der richtige Zeitpunkt, mit ihnen über William zu sprechen. Sie hatten gerade einen nicht unerheblichen finanziellen Verlust erlitten, denn in unserem Londoner Stadthaus befanden sich wertvolle Teppiche und Gemälde, die wohl mitverbrannt waren.

»Sei mir nicht böse, Mama, aber ich möchte das Haus lieber so in Erinnerung behalten, wie ich es zuletzt sah, und nicht als Ruine. London ist um diese Jahreszeit auch schrecklich heiß und schmutzig. Lasst mich bitte hier.«

Meine Eltern erlaubten mir schließlich, in Durkham Manor zu bleiben. Ich musste ihnen nur versprechen, niemals allein auszureiten, sondern immer einen Stallburschen mitzunehmen. Vorsichtig versuchte ich, die Sprache auf William zu bringen.

»Lord Talbots Neffe, ich glaube er heißt William, hat ich gestern auf dem Ball gefragt, ob ich wohl mal mit ihm ausreiten und ihn und seinen Onkel in Laccok Abbey besuchen würde. Darf ich?«

Mama überlegte kurz.

»Ach ja, dieser nette junge Offizier aus Indien, nicht wahr? Er machte einen guten Eindruck. Ja, Kind, besuch ihn und den alten Lord. Ach, welches Kleid soll ich bei dieser Hitze für die Reise tragen ...?«

Schon waren die Gedanken meiner Mutter wieder bei der bevorstehenden Fahrt. Mich plagte ein schlechtes Gewissen, als meine Eltern bei Sonnenaufgang abfuhren. Niemals zuvor hatte ich ein Geheimnis vor ihnen gehabt, und nun fieberte ich dem Moment entgegen, in dem ich mich mit dem Mann, den ich liebte, treffen konnte.

Auch William war betroffen, als er von dem Brand erfuhr, doch konnte er ein wenig Freude nicht verhehlen.

»Jetzt können wir uns treffen, wann immer wir wollen. Wir haben den ganzen Tag für uns.«

Die Zeit, die nun folgte, wurde die glücklichste in meinem Leben. William und ich ritten jeden Morgen aus. Meistens picknickten wir unterwegs oder kehrten in ein Gasthaus ein. Abends unternahmen wir lange Spaziergänge in der untergehenden Sonne und sprachen von unserer Zukunft. Es würde herrlich sein, in Laccok Abbey an Williams Seite zu leben!

Tage später ritt ich nach Laccok. Lord Talbot erwartete mich zum Tee. William hatte ihm alles von uns erzählt. »Komm zu mir, Kind, künftige Herrin von Laccok Abbey!«, begrüßte mich Lord Talbot auf das Herzlichste. Er hielt mich auf Armlänge von sich fort, musterte mich von oben bis unten und nickte anerkennend.

»Ich muss sagen, mein Neffe hat einen guten Geschmack! Wenn ich dreißig Jahre jünger wäre, dann würde *ich* dich heiraten, Marian, dann wärst du gleich die Herrin. So müsst ihr zwei warten, bis ich ins Gras beiße, bis euch das hier alles gehört.«

»Onkel, ich bitte dich, sprich nicht so!«, warf William ein. »Wir hoffen beide, hier noch recht lange mit dir zusammenzuleben!«

Ich verstand mich sofort mit Lord Talbot. Seine raue, manchmal direkte Art ließ ein weiches Herz erkennen. Er erinnerte mich manchmal ein wenig an Vater. Wir sprachen an diesem Nachmittag über William und mich und wie sehr wir uns lieben, aber dass meine Eltern davon nichts wussten.

»Ach ja, der Brand in London. Schrecklich, schrecklich. Es hat Tote gegeben, nicht wahr?«

Ich nickte.

»Ja, die Hauswirtschafterin und ein Gärtner, der ihr helfen wollte.«

Wir schwiegen und ich dachte an meine Eltern, ich wusste, sie hatten sehr an diesem Haus gehangen.

»Ich bin sicher, Marian, deine Eltern werden gegen eine Verbindung mit meinem Neffen nichts einzuwenden haben. Wenn sie zurückkehren, werden William und ich mit ihnen sprechen.«

In den letzten Wochen war ich dann noch oft in Laccok Abbey. Ich habe Lord Talbot richtig lieb gewonnen. Er und William sind sich sehr ähnlich. Ich habe nur ein wenig Angst vor dem bevorstehenden Gespräch mit den Eltern. Ich hatte in den letzten glücklichen Tagen sämtliche Gedanken an Lord Elkham verdrängt. Ich hatte ihnen ja mein Wort gegeben, Lord Elkham zu heiraten. Aber jetzt will ich noch nicht daran denken. Ich will die Zeit mit William genießen, jeden Tag, jede kostbare Minute des Zusammenseins mit ihm will ich festhalten!

Durkham Manor, 2. November 1847

Es ist ein kalter Herbsttag. Die Blätter der meisten Bäume sind schon längst abgefallen und liegen verwelkt auf den Wegen des Parks. Heute hat es den ganzen Tag geregnet, es wurde gar nicht richtig hell. Die Dämmerung liegt über Durkham Manor so wie die Dämmerung über mir liegt. Ich war heute nach langer – ach wie langer Zeit – wieder oben auf dem Hügel unter der alten Eiche. Die Landschaft sieht so trostlos aus, wenn es regnet. Es hat mich viel Überwindung gekostet, dort oben zu stehen. Erinnerungen überfluteten mich. Erinnerungen an Sonne, Sommer und eine Zeit, in der ich glücklich war. Liegt es wirklich erst wenige Monate zurück? Mir scheint, ein ganzes Menschenleben liegt zwischen gestern und heute, zwischen Glück und Leid.

Janet, meine Zofe, brachte mir Tee, als ich, durchgefroren und nass, von meinem Spaziergang zurückkehrte.

»Miss«, sagte sie, »ich weiß, es geht mich nichts an, aber Sie haben doch früher ein Tagebuch geführt. Sie haben wohl schon lange nichts mehr hineingeschrieben. Es ändert zwar nichts an den Dingen, aber vielleicht hilft es Ihnen ein wenig, wenn Sie alles aufschreiben.«

Ich glaube, Janet hat Recht. Ich hatte bis jetzt nur Schönes in mein Tagebuch geschrieben, ich habe alles Glück mit ihm geteilt. Warum sollte ich nicht auch versuchen, mein Leid dem Buch anzuvertrauen? Ich habe meine letzte Eintragung nicht mehr gelesen. Würde ich es tun, ich könnte es nicht ertragen. Ich habe nie gewusst, dass ein Mensch so viel weinen kann, wie ich es in den letzten Wochen getan habe. Nun, ich will so ruhig wie möglich schildern, was geschehen ist:

Meine Eltern schrieben mir regelmäßig aus London. Sie berichteten, sie hätten beschlossen, kein neues Haus zu kaufen. London sei eine große, stinkende Stadt geworden und sie würden ihren Lebensabend lieber in Durkham Manor verbringen.

Eines Nachts wurde ich durch ein Geräusch geweckt. Benommen wie ich war, brauchte ich einige Zeit, bis ich wusste, wovon ich erwacht war. Da es eine für September noch recht warme Nacht war, hatte ich mein Fenster offen gelassen. Es warf jemand kleine Steine in mein Zimmer. Ich schlüpfte in meinen Morgenmantel und eilte zum Fenster. Mein Verdacht bestätigte sich: Unten stand William! Er bedeutete mir, herunterzukommen. Ich überlegte keinen Moment, ob es schicklich war, einen jungen Mann mitten in der Nacht, nur mit Nachthemd und Morgenmantel bekleidet, im Garten zu treffen. Ich wusste, wenn William mich sprechen wollte, musste etwas geschehen sein.

William nahm mich sogleich in seine Arme. Ich bemerkte erschrocken, dass er Uniform trug.

»Was ...?«, wollte ich fragen.

»Pst, gleich. Komm erst mal vom Haus weg.«

Wir gingen hinunter zum Teich, an dem er mich zum ersten Mal geküsst hatte. Er setzte sich auf einen Stein und sah unglaublich traurig aus.

»Vor einer Stunde kam ein Bote. Es gibt Ärger in Indien. Aufständische Eingeborene überfallen eine Garnison nach der anderen. Alle Männer werden gebraucht. Ich muss zu meinem Regiment zurück.«

»Wann?«, flüsterte ich, obwohl ich die Antwort schon kannte.

»Noch in dieser Stunde.«

Ich stürzte mich in Williams Arme. Ich wollte nicht weinen, ich wollte tapfer sein, doch die Tränen kamen von alleine. William hielt mich zärtlich umfangen, er streichelte mich und küsste meinen Tränen fort.

»Ich komme wieder. Ich komme ganz bestimmt wieder, und dann werden wir sofort heiraten und ich gehe nie mehr weg.«

Immer wieder flüsterte er in mein Ohr und hörte dabei nicht auf, mich zu liebkosen.

Es kam, wie es kommen musste, und ich bereue es nicht, nein, keinen Moment dieser Nacht bereue ich! William und ich sind nun verheiratet! Was bedeuten schon die Worte eines Priesters? Wir lieben uns und wollen unser Leben miteinander teilen. In dieser Nacht, im Schatten des fahlen Mondlichts, wurden wir Mann und Frau.

Ich sah mich nicht um, als William von mir ging.

»Wir müssen nicht Abschied voneinander nehmen«, hatte er gesagt. »Wir werden uns zwar einige Zeit nicht sehen können, doch mein Herz bleibt bei dir, wie deines in meiner Brust schlägt.«

Das einzige, was ich wahrnahm, als ich durch die Terrasse die hintere Halle wieder betrat, war das Geräusch der Hufe, das sich in der Ferne verlor.

Eine Woche später kehrten meine Eltern heim.

Ich hatte mir gerade von Janet etwas kaltes Huhn und Wein zum Abendessen auf mein Zimmer bringen lassen, als ich hörte, wie eine Kutsche vor dem Haus hielt. Ich eilte ans Fenster und trotz der Dämmerung erkannte ich sofort: Es war die Kutsche von Durkham Manor! Mama und Vater waren wieder zu Hause, endlich! Am liebsten hätte ich meiner Mutter gleich alles von William erzählt, doch ich sah ein, dass sie eine lange Reise hinter sich hatten und erst einmal ein stärkendes Mahl zu sich nehmen mussten. Mein Vater verließ zuerst die Kutsche.

»Vater!«, rief ich und fiel in seine Arme.

»Marian, es ist gut, wieder zu Hause zu sein.«

Seine Stimme klang seltsam belegt und war ohne jede Freude. Ich sah mich um.

»Wo ist Mama?«

»Noch in der Kutsche. Die Diener müssen helfen, sie in ihr Zimmer zu tragen.«

Ich erschrak zutiefst. »Was ist mit ihr?« Ich riss die Tür auf und spähte in das Wageninnere.

Meine Mutter lag besinnungslos auf den weichen Polstern. Ihr Atem ging schwer und unregelmäßig. Vater nahm meinen Arm und zog mich zurück. Janet und zwei andere Dienstmädchen halfen, Mutter in das Haus zu bringen. Vater fasste unterstützend mit an, doch er erschien sofort wieder in der Halle und bat Andrews, unseren Butler, sofort jemanden nach Bath zum Arzt zu schicken. Dann setzte er sich zu mir und schob auch mir einen Brandy hin. Er leerte sein Glas in einem Zug.

»Deine Mutter ist, glaube ich, sehr krank. Die ganzen Aufregungen wegen unserem Haus, dazu noch die Meinungsverschiedenheiten mit unseren Gastgebern …

Als sie sich unwohl fühlte, meinten wir, es käme von dem ganzen Ärger und der großen Belastung, doch als es immer schlimmer wurde, konsultierten wir einen Arzt. Es kam einer, ein zweiter und auch ein dritter, doch keiner konnte eine genaue Diagnose stellen. Diese gottverdammten Kurpfuscher!« Vater war aufgesprungen und lief wie ein gefangenes Tier in der Halle auf und ab. Sein Gesicht war gerötet, und jetzt brüllte er die weiteren Worte. Doch ich wusste, so versuchte er nur, seine Sorge um Mutter zu verdecken. »Vor acht Tagen erfuhren wir dann, dass in London Fälle von Pocken aufgetreten waren. Vor vier Tagen verbreitete sich die Krankheit immer mehr, so dass wir kaum noch einen Arzt bekommen konnten, der nach Mutter schaute. Sie hatte entsetzliche Angst vor den Pocken und bestand darauf, egal wie schlecht ihr Gesundheitszustand war, sofort nach Hause zu kommen. Sie sagte tatsächlich: ›Ich möchte zu Hause sterben‹.« Die letzten Worte hatte er so laut hinausgeschrieen, dass das ganze Personal zusammenlief und sofort Getuschel aufkam.

»Pocken! Hast du gehört, wir haben die Pocken im Haus! Nein, ich kann nicht hier bleiben, ich habe Familie, mein Leben kann ich nicht aufs Spiel setzen.«

»Nein, ich auch nicht.«

»Aber es ist schrecklich, die arme Herrin!«

Ich schritt jetzt rasch ein.

»Hört zu, hört mir alle zu! Es wird niemand gezwungen, hier zu bleiben. Ihr könnt zu euren Familien gehen. Es ist noch nicht sicher, dass es wirklich die Pocken sind. Aber lasst uns jetzt bitte allein.«

Erschöpft sank ich neben Vater nieder. Wir nahmen uns gegenseitig in die Arme und versuchten, uns Trost zu spenden.

»Es ist nicht gesagt, dass Mama an den Pocken erkrankt ist. Wenn es so wäre, dann müsste man doch etwas sehen, oder?«

Wir klammerten uns an diese Hoffnung. Die ganze Nacht saß ich neben Mutters Bett, wischte ihr den Schweiß von der Stirn und gab ihr zu trinken in den Augenblicken, in denen sie das Bewusstsein wiedererlangte. Ich dachte an William.

Oh, Mama, ich muss mit dir sprechen. Es ist wichtig! Du kannst mich nicht einfach verlassen!

Am nächsten Vormittag wussten wir, dass es die Pocken waren.

Der Arzt hatte Mutter gründlich untersucht und an diesem Morgen begannen sich auch die ersten Pockenblasen aufzuwerfen.

»Lady Blathwayt leidet an einer besonders schweren Form dieser Erkrankung. Darum hat man sie auch so spät erkannt, weil die Symptome für die Pocken anfangs nicht typisch sind. Auch die Pusteln treten bei dieser Form erst relativ spät auf.« Der Arzt verbat mir energisch die weitere Pflege meiner Mutter. »Es wäre ein Wunder, wenn Sie sich in der letzten Nacht nicht angesteckt haben, einen weiteren Kontakt mit Ihrer Mutter muss ich Ihnen streng untersagen, Miss Marian.«

Ich protestierte heftig, doch auch Vater blieb hart und drohte, mich in mein Zimmer einzusperren, wenn ich dem Raum meiner Mutter nicht fernblieb.

Der Arzt schickte noch am gleichen Tag eine ältere Pflegerin, die, wie er uns versicherte, »wohl gegen alles immun sei«. Aber sie soll sehr tüchtig und umsichtig in der Pflege mit Kranken sein.

Die meiste Zeit verbrachte ich in meinem Zimmer, meine Gedanken drehten sich um Mutter und um William. Wie wohl die Zustände jetzt in Indien waren? Wann würde ich ihn wieder sehen?

Sechs Tage später starb Mama. Ich hatte sie lebend nicht mehr sehen dürfen. In der ersten Nacht hatte ich mich bei ihr nicht infiziert, wie der Arzt bei seinem letzten Besuch feststellte. Manchmal wünschte ich mir jedoch, es getan zu haben, dann könnte ich jetzt auch bald sterben und wieder bei Mama sein. Gott, vergib mir meine Gedanken!

Zu der Beerdigung erschien Lord Elkham. Sein Eintreffen lenkte mich ein wenig von meiner großen Trauer ab.

»William, oh, William«, flüsterte ich nachts in das Dunkel meines Zimmers. »Wo bist du? Ich brauche dich!«

Lord Elkham half in seiner stillen, unauffälligen Art. Mein Vater hatte seit Mamas Tod sein Zimmer nicht mehr verlassen. Er benötigte jedoch eine Unmenge von Brandy. Andrews, der einzige, der sein Zimmer betreten durfte, berichtete, dass Vater ständig betrunken war. Lord Elkham kümmerte sich um ihn, er sprach lange durch die Tür mit Vater und brachte es schließlich fertig, dass er an der Beerdigung teilnahm. Er stützte sich schwer auf meinen Arm, und der Brandygeruch, der von ihm ausging, nahm mir fast den Atem.

Abraham Elkham kümmerte sich auch um die Bewirtung der Trauergäste und wies das Personal streng an, ihren gewohnten Aufgaben nachzugehen.

Ich war so dankbar, dass er bei uns war. Wenn nur nicht dieses Eheversprechen zwischen uns gewesen wäre! Doch Abraham erwähnte es mit keinem Wort. Eine Heirat im nächsten Frühjahr kam jetzt, nach Mamas Tod, ohnehin nicht mehr in Frage. Aber wie sah es später aus?

Heute, wenn ich diese Zeilen schreibe, denke ich manchmal, dass es möglich ist, Dinge heraufzubeschwören, wenn man sich etwas zu sehr wünscht. Nur die Geschehnisse, die dann eintreffen, ereignen sich oft nicht so, wie man sich das ursprünglich gedacht hatte. Als meine Eltern in London weilten und William nach Indien abgereist war, wünschte ich mir so sehr, dass Mutter heimkäme und ich ihr mein Herz ausschütten könnte. Mutter kam heim. Jetzt bleibt mir nur noch ihr Grab, an dem ich stehen und stumme Gespräche mit ihr halten kann. Ich bin sicher, Mama weiß nun alles, von William, von mir und von unserer Liebe. Und ich weiß, sie versteht mich, wo auch immer sie sein mag.

Ich wünschte mir nun täglich, nein, stündlich, dass William heimkehrte. Ich wollte in seine Arme flüchten, allen Schmerz dieser Welt bei ihm vergessen. Das Leben in Durkham Manor hatte sich gewandelt. Vater war nun täglich morgens schon betrunken. Am Abend lag er dann meistens halb bewusstlos in seinem Zimmer. Mein Gott, ich verstand ja seine Trauer! Mama und er hatten sich immer geliebt, nie gab es Streit zwischen ihnen, und sie hatten noch so viel vor, aber ich trauerte doch auch! Ich liebte Mama kein bisschen weniger, und ich brauchte meinen Vater, seinen Trost gerade jetzt.

Ich habe einige Zeit meine Eintragungen unterbrechen müssen. Meine Tränen begannen, die Tinte zu verwischen. Ich hatte zwar geglaubt, meine Tränen seien versiegt, doch wenn ich an Mamas Tod denke, so ist mir, als wäre es erst gestern gewesen.

Das meiste Personal hatte Durkham schon während Mamas Krankheit verlassen, und täglich ging jemand, weil es niemand mehr mit meinem ewig betrunkenen und dadurch jähzornigen Vater aushielt. Lord Elkham kümmerte sich immer noch um ihn und versuchte, ihn von seinem Kummer abzulenken. Zu mir war er freundlich, still und zurückhaltend. Und doch fühlte ich mich in seiner Gegenwart unwohl. Ich meinte, er hätte mich schon längst durchschaut. Ich, die ihm versprochen war, liebte einen anderen Mann und hatte diesem auch schon angehört!

Aus diesem Grund verbrachte ich nun viel Zeit in Laccok Abbey bei Lord Talbot. Er war der einzige Mensch, der mir nach dem Tod meiner Mutter den Trost spendete, den ich brauchte. Ich konnte an der Schulter des alten Mannes liegen und weinen, soviel ich wollte. Lord Talbot hörte mir zu und fand immer beruhigende Worte. So war es auch ganz natürlich, dass ich mich ihm anvertraute. Ich sagte ihm alles, von William und mir, aber auch von meiner Verlobung mit Lord Elkham.

»Schwierig, Kind, schwierig. Eine Verlobung ist so gut wie eine Ehe. Dein Vater hat dich dem Lord versprochen. Du weißt, was es in unseren Kreisen heißt, wortbrüchig zu werden? Marian, du musst so bald wie möglich mit Lord Elkham sprechen. Sag ihm die Wahrheit, bitte ihn, dich freizugeben.«

»Dazu bin ich viel zu feige! Wenn William an meiner Seite wäre … ja. Doch Lord Elkham ist so kühl, so überlegen. Er scheint in seinem Leben immer das Richtige zu tun und strenge Moralvorstellungen zu haben. Ich glaube nicht, dass er mich verstehen würde.«

Doch auch hier schien Lord Talbot eine Lösung zu finden.

»Marian, Kind, ich sehe, dass du bei deinem Vater keine Hilfe findest. Nun, dann werde ich mal mit Lord Elkham sprechen. Ich kann mir nicht vorstellen, dass er nicht auch dein Glück möchte. Im Augenblick macht mir nur mein altes Herzleiden etwas Probleme, aber sobald ich mich wieder besser fühle, werde ich nach Durkham Manor kommen und mit Lord Elkham reden.«

Ja, so war der alte Lord! Mein Herz wurde in den

Stunden, die ich bei ihm in Laccok Abbey verbrachte, um vieles leichter. Doch zu dem versprochenen Gespräch sollte es nie kommen.

Mein Vater trank nun täglich mehr. Bald gab es keine Begegnung zwischen uns, bei der mir nicht sein brandygeschwängerter Atem auffiel, und, was noch schlimmer war, Vater verlor mehr und mehr das Interesse an Durkham Manor. Den Dienstboten blieb das natürlich nicht verborgen.

»Tut uns Leid, Miss«, sagten sie, »aber mit Ihrem Vater können wir nicht mehr arbeiten.«

»Ja, ja, er hat sich sehr verändert. Ist schon tragisch, der Tod der Mylady! Aber der Sir scheint sich gar nicht mehr zu fangen.«

»Es war immer schön bei den Blathwayts in Diensten zu stehen, doch jetzt? Ich lasse mich doch nicht von früh bis spät von einem Betrunkenen herumkommandieren!«

Solche und ähnliche Worte fielen bald täglich, und genauso oft packte ein Mitglied unseres Personals nach dem anderen seinen Koffer. Konnte schon Abraham Elkham in langen Gesprächen mit Vater nichts ausrichten, so hatte ich jeglichen Einfluss auf ihn verloren. Vater lebte in seiner eigenen Welt, einer schönen Welt, in der Mama noch am Leben war. Und die wenigen Momente, in denen er erkannte, dass sie ihn verlassen hatte, dass sie tot war, diese Momente betäubte er mit Alkohol. So war es auch an dem letzten Abend, als Abraham mit uns speisen sollte. Seine Geschäfte riefen ihn zurück nach Cornwall.

Vater aß lustlos und sprach mehr dem Glas zu als dem von der uns verbliebenen Köchin zubereiteten Mahl. Abraham und ich bemühten uns gerade, einen

Gesprächsstoff zu finden, als die Tür zum Speisezimmer aufgerissen wurde und ein Stalljunge ins Zimmer stürmte. Ich kannte ihn, er arbeitete in Laccok Abbey. Vater sprang auf, er schien auf einmal nüchtern geworden zu sein.

»Was soll das, Junge! Wie kannst du es wagen, einfach in unsere Räume einzudringen!«

Der Junge, völlig außer Atem, japste:

»Verzeihen Sie, Sir. Wollt' Sie nicht beim Dinner stören. Aber in Laccok ist etwas geschehen! War der Meinung, Sir, Sie sollten's gleich erfahren!«

Ich erhob mich langsam von meinem Stuhl.

»Beruhige dich, trink erst einen Schluck.«

Ich hatte ihm, ohne Vater anzusehen, einfach etwas von seinem Brandy eingeschenkt, den der Junge dankbar trank. Dann fuhr er fort:

»Lord Talbot hatte heute Nachmittag einen Herzanfall, jetzt ist er gestorben. Es kam zwar gleich ein Arzt, war aber nichts mehr zu machen.«

Eine eisige Faust schien sich um mein Herz zu schließen. Lord Talbot tot! Nein, das konnte, das durfte nicht sein! Bei meinem letzten Besuch schien es ihm doch gut zu gehen. Er schonte sich, mied Alkohol und Zigarren, und als wir zusammen im Garten spazierten, sagte er: »Marian, ich bin ein alter Mann, aber hier im Herzen ...«, und er hatte sich auf die Brust geklopft, »... hier bin ich noch jung. Und ich werde täglich jünger, wenn wir beisammen sind. Mein dummes Herz macht mir zwar manchmal etwas Schwierigkeiten, aber ich ignoriere es einfach. Glaub mir, Marian, wenn William nicht wäre, ich glaube, ich würde gar noch anfangen, dir den Hof zu machen.«

Oh, wie oft hatten wir zusammen gelacht! Ich hatte

den alten Mann lieb gewonnen, wie, ich schäme mich nicht, es zu sagen, wie einen Vater. Mein eigener Vater war mir da schon meilenweit entrückt.

Vater hatte sich als erster wieder gefasst. Er schien jetzt wirklich nüchtern geworden zu sein.

»Aber warum? Warum so plötzlich?«

Der Junge zuckte mit den Schultern.

»Hing wahrscheinlich mit dem Brief zusammen, den jemand heute Mittag brachte. Ich weiß das nicht so genau, ich war ja nicht dabei. Aber ich habe gehört, dass eine Nachricht aus Indien gekommen sein soll. Der Lord hat da einen Verwandten, Neffe oder so, der das ganze Haus und den Besitz einmal erben sollte. Nun, dieser Mann ist bei Kämpfen in Indien getötet worden. Diese Nachricht hat Lord Talbot wohl umgehauen. Ist ja auch nicht gerade fein, so etwas einfach in einem Brief zu schreiben, irgendwie hätte man den Lord drauf vorbereiten sollen ...«

Das Speisezimmer drehte sich immer schneller um mich. Der große Kristallleuchter schien auf mich niederzustürzen, und irgendwann fiel ich auf den Teppich und durfte in eine erlösende Ohnmacht hineingleiten.

Meine Zofe Janet benetzte meine Lippen immer wieder mit Brandy.

»Miss Marian, so wachen Sie doch auf!«

Langsam kam ich zu mir. Irgendwer hatte mich auf mein Zimmer getragen und auf mein Bett gelegt. Nur Janet war bei mir. Im Augenblick des Erwachens wurde mir schlagartig wieder bewusst, dass William tot war, gestorben fürs Vaterland und unsere Königin. Ich lachte hart auf, um gleich erneut in Tränen auszubrechen. Janet hielt meinen Kopf. Sie strich mir immer wieder übers Haar, so wie Mama, wenn ich als Kind Kummer hatte. Mama …! Der Gedanke an sie trieb mir immer mehr Tränen in die Augen. Hatte ich nicht schon genügend beim Tod meiner Mutter geweint? William, schrie mein Herz. William, du kannst mich doch nicht allein lassen!

»O Janet, was wirst du nur von mir denken«, schluchzte ich.

»Ist schon gut, Miss. Ich weiß ja, wie sehr Sie den jungen Lord Talbot geliebt haben.«

»Du weißt es?«

»Ja, Miss, ich bin nicht blind. Sie waren bald täglich zusammen. Und diese Blicke, die Sie sich immer zuwarfen.«

»Er wollte mich heiraten, sobald er aus Indien zurück gewesen wäre. Ich bin aber nie dazu gekommen, es meiner Mutter zu sagen. Und Vater …«

Janet nahm meine Hand.

»Sie haben es gerade sehr schwer, Miss Marian. Ich … ich habe auch einen Liebsten. Aber er wird mich niemals heiraten können.«

Nach diesen Worten sah ich mir meine Zofe vielleicht zum ersten Mal bewusst an. Ich wollte, ich musste mich jetzt mit ihr, mit irgendetwas anderem beschäftigen, um nicht wahnsinnig zu werden. Janet war nur sechs Jahre älter als ich. Sie war ein natürliches und frisches Mädchen, vielleicht nicht gerade das, was man landläufig als Schönheit bezeichnen würde. Doch strahlte ihr Gesicht stets etwas Gütiges aus, und ich sah sie meistens lachen.

»Erzähl mir von deinem Liebsten«, bat ich Janet.

»Oh, er ist groß, sehr groß und stark, denn er ist Schmied. Aber er ist auch das achte Kind einer armen Pächterfamilie, so dass er nie Geld besessen hat. Sam, so nenne ich ihn, eigentlich heißt er Samuel, also Sam, arbeitet in Cold Ashton beim Hufschmied. Aber Sam verdient nur gerade so viel, dass es für ihn zum Leben reicht. Ich sagte schon zu ihm, lass uns nach London gehen. Dort gibt es Fabriken, dort werden starke Männer gesucht, und ich finde bestimmt in einem Haushalt eine Stellung. Aber nein, Sam ist da altmodisch. ›Meine Janet‹, sagte er, ›wenn ich dich zum Altar führe, dann wirst du in einem hübschen, kleinen Haus wohnen, unsere Kinder großziehen und nur meine Wäsche waschen und nicht mehr die fremder Leute.‹ Na, und so sehen Sie, Miss Marian, Sam kann nichts sparen und wird nie ein Haus für uns zwei bauen können und mich deshalb niemals heiraten können.« Janet seufzte tief auf, aber trotzdem lag in ihrem Blick eine Portion Optimismus.

Mir tat es gut, zu erfahren, dass andere Menschen auch Sorgen plagten. Ich wollte mich mit Janets Problemen befassen, vielleicht ließen sie sich irgendwie lösen. Vielleicht würde es mir helfen, Williams Tod besser zu überstehen.

Am nächsten Morgen beim Frühstück erschien mein Vater zu meinem Erstaunen nüchtern. Sein Blick war klar und er gab mir sogar einen Kuss auf die Wange zur Begrüßung.

»Scheußliche Sache mit Lord Talbot, Marian. Mutter und ich hatten ihn immer sehr gemocht.«

Ich kaute an meinem Toast und blickte auf meinen Teller. Vater fuhr fort:

»Erinnerst du dich an den Ball vor einiger Zeit, Marian? Das war, bevor Mutter und ich nach London reisten. Da waren doch Lord Talbot mit seinem Neffen, wie hieß er doch gleich wieder?, bei uns als Gäste. War ein hübscher Junge, daran erinnere ich mich. Hast du nicht sogar mit ihm getanzt, Marian?«

Das war mehr, als ich ertragen konnte. Meinen Stuhl zurückstoßend, sprang ich auf und verließ weinend den Raum. Ich rannte in den Garten, es störte mich nicht, dass es regnete. Erst an dem kleinen See kam ich zum Stehen, ließ mich in das nasse Gras gleiten und weinte, weinte und weinte. Janet fand mich dort und brachte mich auf mein Zimmer zurück.

Wenige Stunden später verließ uns Abraham Elkham. Ich hatte mich soweit wieder unter Kontrolle, dass ich mich in die Halle begab, wo Vater ihn verabschieden wollte. Als ich die Treppe herunterkam, eilte mir Abraham entgegen.

»Marian, wie schön, Sie noch einmal zu sehen. Aber bitte kommen Sie, ich muss Sie einen Augenblick alleine sprechen.«

Er führte mich in einen angrenzenden Raum und schloss die Tür. Dann sprach er:

»Marian, ich weiß, es kommt in einem unpassenden Augenblick, Ihre Mutter ist gerade verstorben, Sie sind voller Trauer. Aber vor längerer Zeit schon bat ich Sie, meine Frau zu werden, und Sie willigten ein. Ich bin Ihr Freund und ich möchte immer für Sie da sein. Und ich glaube, dass Sie jetzt einen Freund brauchen können. Ich will ganz offen mit Ihnen sprechen. Wenn Ihr Vater, der wirklich mein Freund ist, sich weiter so für den Alkohol interessiert, weiß ich nicht, wie lange Sie Durkham Manor noch halten können. Vom Personal verlässt einer nach dem anderen das Haus, und niemand sorgt dafür, dass neue Leute eingestellt werden! Die Ernte steht vor der Tür. Haben Sie genügend Helfer? Wer organisiert dies alles? Ihr Vater ist bei Gott nicht in der Lage dazu. Marian, heiraten Sie mich bald, denn Sie müssen fort von hier. Kommen Sie mit mir nach Cornwall, nach Landhydrock Hall. Dort will ich versuchen, Sie alles Leid vergessen zu lassen und Sie wieder zum Lachen zu bringen.«

Es war eine lange Rede für Abraham gewesen, nun atmete er hörbar auf und sah mich gespannt an.

Er hatte ja recht, oh, so recht! Wäre es nicht wirklich das Beste für mich, alles hier zu verlassen, alle Brücken hinter mir abzubrechen, die mich an meine Mutter und auch an William erinnerten? William! Wäre nur nicht immer dieser ziehende Schmerz in meiner Brust, sobald ich an ihn dachte! War es denn nicht schon lange geplant gewesen, dass ich Lady Elkham werden sollte? Hatte es nicht auch Mutter so gewollt, dass ich diesem anständigen und soliden Mann in sein Haus in den westlichen Zipfel Englands folgen sollte? Was hielt mich noch hier? Ein ständig betrunkener Vater, der niemals daran dachte, dass auch seine einzige Tochter Kummer haben könnte. Und dann William, immer wieder William ... Laccok Abbey hatte keinen Erben mehr. Es gehörte niemandem. Sollte ich hier sitzen und zusehen, wie dieses Anwesen ebenso verfiel wie vielleicht sogar Durkham Manor, das Haus, das ich liebte, heruntergewirtschaftet von einem Mann, der Brandy mehr liebte als seine Tochter und sein Land? Ich sah auf und blickte in Abrahams ehrliche und offene Augen.

»Ja, Abraham, ich möchte, sobald es die Schicklichkeit erlaubt, Ihre Frau werden.«

Natürlich küsste er mich. Wir hatten ja gerade unser Eheversprechen erneuert. Er küsste mich sanft und zärtlich, als wäre ich zerbrechlich. Doch vor meinen Augen erschien in diesem Moment nur Williams Bild.

Durkham Manor, 12. November 1847

Vor erst zehn Tagen hatte ich Abraham gesagt, dass er alles für unsere Hochzeit vorbereiten könne. Er würde seine Geschäfte erledigen und dann alles weitere in die Wege leiten. Meinem Vater teilten wir sogleich unseren Entschluss mit, doch er war so betrunken, dass ich wahrscheinlich hätte sagen können, ich heirate den Prinzen von Wales, er hätte es nicht registriert. Abraham fuhr also wieder fort und ich ging in den Park hinaus zu meinem Lieblingsplatz unter der alten Eiche. Dort fand mich Janet, die mir riet, all meinen Kummer meinem Tagebuch anzuvertrauen. Ich bin froh, es zu haben. Auch wenn so ein Buch die Tatsachen nicht ändern kann.

Es war an dem Tag, nachdem Abraham uns verlassen hatte. Mich fror, das Feuer in den Kaminen war heruntergebrannt und es gab kein Personal mehr für diese Arbeiten. Janet half mir, in meinem Zimmer ein Feuer zu entzünden, doch auch als es schließlich glückte, wollte mir nicht richtig warm werden. Janet brachte mir heißen Tee. Als auch dieser nicht wirkte, kam sie mit einem Glas Brandy.

»Miss Marian, trinken Sie. Wenn man davon nicht zuviel nimmt, wirkt es manchmal Wunder.«

Skeptisch kippte ich den Alkohol hinunter. Und wirklich, ich merkte, wie wohltuend er durch meine Adern floss und mir sogleich wirklich wärmer wurde. Doch kaum hatte der Brandy meinen Magen erreicht, wurde mir übel. Gerade noch rechtzeitig erreichte ich mein Nachtgeschirr und erbrach mich. Mir war sterbenselend! Janet machte sich Vorwürfe, ich beruhigte sie.

»Ist schon gut, Janet. Wenn ich keinen Alkohol vertrage, werde ich nie so werden wie mein Vater.«

Ich ging an diesem Abend früh zu Bett. Doch erst ein spät eintretender, unruhiger Schlaf erlöste mich von meiner Übelkeit. Auch am nächsten Morgen ging es mir nicht besser. Ich fühlte mich zwar frisch und ausgeruht, doch kaum war ich aufgestanden und ans Fenster getreten, stieg die Übelkeit erneut in mir auf, und ich musste wieder erbrechen. Erschöpft lehnte ich mich an die Wand. So fand mich dann wenig später Janet, die mich wecken wollte.

»Meiner Seel, Miss Marian!«, rief sie. »Sie sehen aus wie der Tod persönlich! Schnell wieder ins Bett, bis es Ihnen besser geht.«

Sie führte mich ins Bett und deckte mich fürsorglich zu. Ich musste an Sam, ihren Schmied, denken. Er würde einmal eine hervorragende Frau bekommen.

Ab diesem Tag war es jeden Morgen das gleiche. Ich erwachte und fühlte mich blendend, doch sobald ich aufstehen wollte, war sie wieder da, die Übelkeit. Nicht jeden Morgen musste ich mich übergeben, dennoch machte mir dieses Unwohlsein sehr zu schaffen. Zudem war ich traurig und niedergeschlagen. Janet hatte meinen Vater informiert, dass ich erkrankt sei, doch er besuchte mich nicht einmal. Gegen Mittag verließ ich meine Räume und machte, wenn es das Wetter zuließ, einen Spaziergang im Park. Danach fühlte ich mich besser und dachte, ich hätte die Krankheit überstanden, doch am nächsten Morgen war wieder alles beim Alten. Langsam bekam ich Angst. Vorgestern nun bat ich Janet, als ich morgens wieder einmal das gesamte Frühstück hatte erbrechen müssen, nach einem Arzt zu schicken. Sie setzte sich zu mir aufs Bett und sah mich lange an.

»Es geht mich nichts an, Miss Marian. Aber ich mache mir so meine Gedanken. Ihre Übelkeit, Miss, ich glaube nicht, dass Sie ernstlich erkrankt sind.«

Schwach richtete ich mich auf.

»Was meinst du, Janet? Bitte, sprich, was ist mit mir los?«

»Na, war alles ein bisschen viel für Sie in der letzten Zeit. Und jetzt die Aufregung wegen der Hochzeit. Da kann schon einmal etwas durcheinander kommen.«

Sie hatte während ihrer Worte eine Ecke meiner Bettdecke immer wieder zwischen ihren Fingern gedreht und mich nicht angesehen. So wusste ich, dass das nicht alles war, was sie sagen wollte.

»Und Janet, was noch?«

Sie zögerte, doch dann platzte sie heraus:

»Ich bin sicher, Sie sind schwanger, Miss. Meine Mutter ist Hebamme, ich habe schon viele schwangere Frauen erlebt.«

Ich sank in die Kissen zurück. Schwanger! Mein Gott, warum hatte ich daran nicht selbst gedacht! Ja, meine monatlichen Blutungen hatten schon einige Zeit ausgesetzt, aber ich hatte dies auf meinen Kummer und auf die ganzen Aufregungen geschoben. Ein Kind von William! Vielleicht sogar einen Sohn, der, wenn er erwachsen wäre, genauso aussehen würde wie sein Vater! In Gedanken daran lächelte ich.

»Es stimmt also, Miss Marian«, hörte ich Janet sagen. »Sie erwarten sein Kind!«

Durkham Manor, 26. November 1847

In diesen Tagen ist mir Janet eine liebe Freundin geworden. Eine Zofe! Obwohl meine Mutter Zeit ihres Lebens eine herzensgute Frau gewesen war, zu allen Menschen gerecht, so hatte sie doch stets darauf geachtet, dass die Grenzen zwischen Herrschaft und Personal gewahrt wurden. Ja, man konnte freundlich und nett zu seinen Angestellten sein, einer Zofe auch manchmal etwas Tratsch und Klatsch anvertrauen und ihr dann zu Weihnachten die eigenen Kleider, die man nicht mehr tragen mochte, schenken, aber eine freundschaftliche Beziehung zwischen Adel und Personal gab es nicht. Ich war froh, dass Janet da war, hatte ich doch nie eine gleichaltrige Freundin besessen. Eine Freundin, die jetzt, in der schwersten Zeit meines Lebens, mir beistand, mich tröstete und mit mir eine Lösung suchte.

»Miss Marian, eines ist klar: Lord Elkham wird Sie nicht heiraten, wenn er erfährt, dass Sie ein Kind von einem anderen Mann erwarten.«

»Aber was soll ich bloß tun? Ihm etwa mein Kind unterschmuggeln? Nein, das kann ich nicht! Zudem – dazu wäre es schon zu spät. Selbst Lord Elkham als Mann würde stutzig werden, wenn sechs Monate nach unserer Vermählung der Nachwuchs da wäre.«

Diese Idee wurde also wieder verworfen.

Mir geht es inzwischen von Tag zu Tag besser. Janet, deren Mutter in einem kleinen Dorf im Norden Englands als Hebamme für Mensch und Tier fungiert, meinte:

»Frauen, denen in den ersten drei Monaten der Schwangerschaft sehr übel ist, bekommen die schönsten Kinder!«

Janet weiß auch, welche Nahrung für mich am besten ist. Sie drängt mich dazu, täglich lange Spaziergänge zu unternehmen. Wenn es regnet, so achtet sie darauf, dass ich gut angezogen bin.

»Miss, frische Luft ist gut für das Baby. Aber Sie selber, Miss, Sie dürfen sich nicht erkälten.«

Vor einigen Tagen, als ich von einem Spaziergang zurückkehrte und mir Janet einen heißen Tee servierte, meinte ich niedergeschlagen:

»Ach, Janet, ich glaube, du solltest dir gar nicht so viele Gedanken um mich machen. Wäre es denn nicht am besten, das Kind würde niemals geboren? So viele Frauen erleiden eine Fehlgeburt, weil sie niemanden haben, der sich so aufopfernd um sie kümmert, wie du es tust. Wenn ich das Kind verlieren würde, dann könnte ich, wie geplant, Lord Elkham heiraten und vielleicht würde dann mein Leben wieder gut.«

Daraufhin stand Janet auf und verließ mein Zimmer, etwas, was sie nie tat, ohne dass ich es ihr erlaubt hatte. Ich sah sie gestern und heute nur, wenn ich sie ausdrücklich zu mir rief, und dann war sie wortkarg und erledigte nur die ihr aufgetragenen Aufgaben. Heute nach dem Abendessen rief ich Janet und fragte sie:

»Wie lange willst du noch beleidigt sein?«

»Miss Marian«, antwortete sie, »meinetwillen entlassen Sie mich, es ist mir egal. Aber ich werde es nicht akzeptieren können, dass Sie Ihr Kind nicht wollen. Kinder sind das schönste Geschenk Gottes, auch wenn manche Beziehung so traurig endet wie die des jungen Lord Talbots und Ihre. Miss, ich werde Ihnen immer treu dienen, doch dürfen Sie nie wieder so sprechen. Versuchen Sie Ihr Kind jetzt schon zu lieben.«

Mir liefen die Tränen über die Wangen. Plötzlich lagen Janet und ich uns in den Armen.

»Aber ich liebe dieses Kind doch! Oh, wie sehr ich es liebe!«

Die Sonne ist nun gerade im Begriff, völlig zu versinken. Zum Schreiben habe ich mir eine Kerze anzünden müssen. Gerade hatte ich innegehalten und mein Blick schweifte über die Felder von Durkham Manor. Ein herrlicher Novembertag geht zu Ende. Der Horizont färbt sich rot. Obwohl es kühl ist, habe ich mein Fenster noch geöffnet. Bis hierher höre ich das Blöken der Schafe. Es gibt immer wieder einen Morgen. Janet hat ja so Recht! Ich bin Gott dankbar, dass er mir, auch wenn er mir William genommen hat, ein Kind von ihm schenkt. Manchmal bedaure ich es, dass ich kein Bild von William besitze, doch ich sage mir, sein Kind wird sein Ebenbild sein, er wird in ihm weiterleben.

Meinem Vater habe ich noch nichts von meinem Zustand gesagt. Wann auch? Unser Leben ist ein eintöniges Nebeneinanderher geworden. Ich glaube, er hat es gar nicht bemerkt, dass ich mich nun besonders schone und auch andere Mahlzeiten zu mir nehme als er. Er tut mir so Leid, aber ich kann einfach nicht mehr wie früher Liebe für ihn empfinden. Es ekelt mich an, wenn ich seinen Brandyatem rieche, von dem mir in meinem Zustand übel wird. Er würde mich nicht verstehen, sondern mir Vorwürfe machen, dass ich Schande über die Familie gebracht habe, und dabei würde er erneut zum Glas greifen. Nein, ich muss versuchen, mein Leben selbst in die Hand zu nehmen, für mich und mein Kind. Ich habe ein Zuhause, Durkham Manor, das ist mehr, als viele Frauen in ähnlicher Situation besitzen. Nein, ich lasse mich nicht unterkriegen! Mein Kind – Williams Kind – und ich, wir werden es schaffen!

Ruthwell Village, 26. Dezember 1847

Weihnachten! Es schneit in dichten Flocken, die ganze Welt scheint unter einem weißen Laken begraben zu sein. Soeben sind wir aus der Kirche zurückgekehrt. Ma Brewster brühte uns einen heißen Tee auf, wir saßen noch ein Weilchen zusammen, dann äußerte ich den Wunsch, mich zurückzuziehen.

»Ich möchte nun alles niederschreiben, Janet.«

Jetzt prasselt ein behagliches Feuer im Kamin meines kleinen, sauberen Zimmers. Ich sitze am Fenster, schaue in die Nacht, dem Schneetreiben zu und versuche meine Gedanken zu sammeln. Was mache ich hier, wie komme ich hierher? In dieses kleine Dorf, Ruthwell Village, an der Küste der Irischen See im Norden Englands. Noch nie habe ich in einem so kleinen Haus gelebt! Alles ist schief in dieser Hütte und die Balken biegen sich an der Decke. Mein Zimmer ist gerade so groß, dass ein Bett, ein Tisch und ein Stuhl hineinpassen. Die wenigen Kleider, die ich mitgenommen habe, hängen in dem Wandschrank drüben in Janets Zimmer. Aber alles hier in diesem Haus ist sauber und strahlt Gemütlichkeit aus. Das liegt vor allem an Janets Mutter, welche hier im Dorf nur ›Ma Brewster‹ genannt wird. Sie ist eine kleine, etwas rundliche Frau mit roten Bäckchen und einem Lächeln auf den Lippen. Sie ist hier in Ruthwell die Hebamme für alle anfallenden Geburten, egal ob Tiere oder Menschen. So lebt sie seit dem frühen Tod ihres Mannes als angesehene Frau in einer hilfsbereiten Dorfgemeinschaft. Ihre zweite Tochter Mary-Sue, Janets ältere Schwester, lebt mit ihrer Familie ebenfalls hier im Dorf. Das tröstete Ma Brewster darüber hinweg, dass Janet vor drei Jahren in den Süden gegangen war, um dort Arbeit zu finden. Umso größer war jetzt natürlich die Wiedersehensfreude, als Janet und ich letzte Woche hier ankamen. Es war eine lange und beschwerliche Reise gewesen, immer wieder durch Schneestürme unterbrochen. Aber ich glaube, ich muss ein wenig weiter zurückgreifen:

Nachdem ich mich nach Janets Strafpredigt dazu entschlossen hatte, mit meinem Kind in Durkham Manor zu leben und mich nicht um das Gerede der Nachbarn zu kümmern, ging es mir sofort besser. Ich wandte mich wieder mehr unserem Heim zu und versuchte, nicht in ewiger Trauer zu versinken, wie es Vater tat. Was geschehen war, war geschehen und nicht mehr zu ändern, so weh es auch tat. Ich befahl den uns noch verbliebenen Dienstboten, drei an der Zahl, einen Großputz des Hauses, vom Dachboden bis zum Keller. Soweit es mein Zustand zuließ, überwachte ich diese Arbeiten und beteiligte mich auch daran. Ich beschäftigte mich mit den Büchern, die Vater seit Mamas Tod stark vernachlässigt hatte. Doch hier kam ich alleine nicht weiter. So versuchte ich zwei- oder dreimal mit Vater zu sprechen.

»Vater, aus den Büchern ersehe ich, dass Durkham nicht mehr viele Mittel zur Verfügung stehen. Was sollen wir tun?«

Zum ersten Mal wurde mir bewusst, dass der ganze Luxus, in dem ich meine Kindheit und Jugend verbracht hatte, ja irgendwie finanziert werden musste. Vater war zwar immer wieder für einige Zeit nach London gereist, in ›Geschäften‹, aber welcher Art diese Geschäfte waren, dafür hatte ich mich nie interessiert. Darauf angesprochen, entgegnete er:

»Ist alles verkauft, Kind. Muss nie mehr nach London, dorthin, wo ich deine Mutter geheiratet habe, wo sie sich diese schreckliche Krankheit geholt hat.«

»Verkauft! Aber wo ist das Geld?«

»Geld, Geld! Wir müssen alle irgendwann sterben, wozu brauchen wir da Geld?«

Dann griff er wieder zu seiner Brandyflasche und war den Rest des Tages nicht mehr ansprechbar.

In meiner Not, da ich nicht mehr weiter wusste, wandte ich mich an Abraham Elkham. Ich schrieb ihm und bat ihn umgehend, sowie es seine Zeit erlaubte, nach Durkham Manor zu kommen. Ich benötigte seine Hilfe. Er antwortete sofort und versprach, sich in den nächsten Tagen auf den Weg zu machen. Ich hatte Angst vor dieser Begegnung, denn ich wollte Abraham nun endlich reinen Wein einschenken, ihm sagen, dass ich ihn unmöglich würde heiraten können, da ich das Kind eines anderen Mannes erwartete, eines Mannes, den ich noch immer liebte. In diesen Tagen, als ich auf das Eintreffen Abrahams wartete, fiel mir auf, dass Janet immer ruhiger wurde.

Als ich sie schließlich fragte, ob sie Kummer hätte, brach sie in Tränen aus, was mich doch etwas aus der Fassung brachte. Bisher war immer sie es gewesen, die mich getröstet hatte, die gesagt hatte: »Miss Marian, es gibt immer einen Weg.«

»Es ist wegen Sam, Miss. Ich glaube, wir werden niemals heiraten können. Die Aufträge in der Schmiede werden immer weniger, so dass Sam jetzt noch weniger Lohn bekommt. Es reicht gerade, dass er sich ernähren kann.«

Nun nahm ich Janet tröstend in die Arme. Wenn ich ihr nur helfen könnte! Doch so, wie ich die Geldreserven von Durkham überblickte, stand es um uns nicht gut. Vielleicht würde Abraham Elkham einen Weg finden. Ja, wenn ich ihn heiraten würde, würde ich die finanziellen Mittel besitzen und Sam und Janet zu einer eigenen Schmiede verhelfen können. Aber ich wusste, dass dies unmöglich war.

Drei Tage später traf Abraham in Durkham Manor ein. Es war der Tag, an dem mein Vater starb. Es bereitet mir heute keine Schwierigkeiten mehr, über den Tod zu schreiben, hatte er doch in den letzten Monaten viel zu oft meinen Weg gekreuzt.

Vater hatte wieder einmal viel zu viel getrunken. In der Abenddämmerung kam er plötzlich auf den Gedanken auszureiten. Meine Warnungen überhörte er völlig.

»Vater, es hat den ganzen Tag über geregnet. Jetzt am Abend zieht Frost übers Land, alle Wege und Wiesen werden vereist sein.«

Er tat meine Bemerkung mit einer Handbewegung ab, nahm noch einmal einen großen Schluck Brandy und strebte den Stallungen zu. Zwei Stunden später brachten ihn die Leute aus dem Dorf. Sein Pferd war auf dem vereisten Weg gestrauchelt und hatte Vater so unglücklich abgeworfen, dass er sich das Genick gebrochen hatte. Noch als die Leute um seine Bahre in der Halle standen, traf Abraham ein. Wortlos erfasste er die Situation. Er ging einfach auf mich zu und legte seine Arme um mich. Ich lehnte mich an ihn, presste mein Gesicht an seine Brust – doch ich konnte nicht weinen, nicht mehr. Abraham strich mir übers Haar, er sprach noch immer kein Wort. Ich glaube, dies war der Moment, als ich das erste Mal mehr als nur Freundschaft für Abraham zu empfinden begann.

Erst nach der Beerdigung meines Vaters sprachen Abraham und ich ausführlich miteinander. Von meiner Schwangerschaft hatte ich ihm noch nichts gesagt. Ich war jetzt Anfang des fünften Monats und mein Bauch begann sich zu runden. Ich hatte jedoch durch die letzte Zeit sehr viel an Gewicht verloren, so dass mir alle meine Kleider zu weit waren und meine Figur geschickt kaschierten. Ich wusste aber, bald musste ich ihm alles gestehen.

Wir hatten ein leichtes Abendessen zu uns genommen. Die Trauergäste waren alle gegangen und wir saßen allein in Vaters Arbeitszimmer. Abraham hatte zahlreiche Bücher vor sich ausgebreitet. Er sah sehr besorgt aus.

»Marian, es hat keinen Sinn, lange um den heißen Brei herumzureden, Sie würden es spätestens morgen bei der Testamentseröffnung erfahren. Ihr Vater hat sein gut gehendes Geschäft mit der East India Company in London vor kurzer Zeit zu einem Schleuderpreis weit unter Wert verkauft. Das Geld aus diesem Verkauf ist längst verbraucht, für Steuern und laufende Kosten für Durkham Manor. Sonstige Gelder fließen nicht ein, so dass es nicht möglich sein wird, Durkham weiter zu halten.«

Obwohl ich es geahnt hatte, traf es mich jetzt wie ein Keulenschlag. Durkham Manor, mein Zuhause, sollte ich verlieren?

»Gibt es keine Möglichkeit?«

»Natürlich. Da wir beide die Absicht haben, in Kürze zu heiraten, werde ich in Zukunft für die Steuern und Kosten für Durkham Manor aufkommen. Ständig anwesendes Personal wird nicht nötig sein, da wir in Cornwall auf Landhydrock Hall leben werden.

Ich werde einen Inspektor für Durkham einsetzen, der hier regelmäßig nach dem Rechten sehen wird und uns dann Bericht erstattet.«

Mir lief es kalt den Rücken hinunter. Die Hochzeit! Jetzt war der Moment gekommen, ihm die Wahrheit zu sagen! Dass ich ihn nicht heiraten würde, sondern hier mit meinem Kind leben wollte. Hier? In Durkham Manor? Aber wie konnte ich das? Hatte ich denn nicht gerade erfahren, dass ich allein das Haus unmöglich würde halten können? Selbst wenn ich alle Dienstboten entlassen und die angrenzenden Ländereien verkaufen würde. Die Steuern wären da, Jahr für Jahr, und ich hatte keinerlei Einkünfte. Abraham Elkham bemerkte nichts von meiner Verzweiflung.

»Marian, ich weiß, dass Sie Zeit brauchen, dies alles zu verkraften. Das Schicksal hat Sie hart gebeutelt in den letzten Monaten. Erst der Tod Ihrer Mutter, dann der Ihres Vaters und gleichzeitig die Mitteilung, dass Ihr Zuhause und Ihr Heim vom Bankrott bedroht sind. Marian, Sie wissen, wie sehr ich Sie liebe und verehre. Wir sind einander versprochen, und ich bin froh, dass ich hier sein kann, um Ihnen zu helfen, soweit es meine Mittel zulassen. Wir werden zwar die meiste Zeit auf Landhydrock Hall leben, doch wenn mich meine Geschäfte nach London führen, so werden wir hier in Durkham Manor ein paar Tage verweilen können.«

Ich hatte in die Flammen des lodernden Kaminfeuers

gestarrt und ihm gar nicht richtig zugehört. Vor meinem Auge tauchte Durkham Manor auf, in zehn, in zwanzig Jahren. Es würde aussehen wie heute, dank Abrahams Hilfe; sprich: seinem Geld! Oh ja, er hatte Geld, er war sehr vermögend und wollte mich heiraten. Jetzt sah ich mich in den Mauern, die immer mein Heim gewesen waren. Allein würde ich hier leben, allein mit meinem Kind und würde nicht wissen, woher ich die nächste Nahrung für mein Baby nehmen sollte. Die Nachbarn, früher unsere Freunde, würden mich meiden, würden ›die Schlampe mit dem unehelichen Kind‹ nicht mehr über ihre Schwelle lassen. Oh, ich konnte mir das alles nur zu gut vorstellen. Sittlichkeit und Moral waren heute unter unserer Königin das höchste Gut auf Erden. Führte sie denn nicht ein tadelloses und vorbildliches Leben? Wie passte da eine Frau mit einem unehelichen Kind in das Bild eines wohlsituierten Landlebens? In der Stadt, da war es etwas anderes. Aber sollte ich etwa nach London gehen? Was konnte ich dort tun? Zugegeben, ich war intelligent, für mich allein würde ich bestimmt irgendwo eine Stellung in einem Haushalt finden können. Doch was wäre mit meinem Kind? Vielleicht könnte ich mich als Witwe ausgeben?

»Marian, verzeihen Sie bitte«, wurde ich in meinen Gedanken unterbrochen. Ich schreckte auf und sah Abraham an, ich hatte seine Anwesenheit völlig vergessen.

»Ich rede und rede, und dabei können Sie sich kaum noch auf den Beinen halten.«

Er klingelte nach Janet. Erstaunlich rasch erschien diese. Ich hatte den Verdacht, dass sie vielleicht an der Tür gelauscht haben könnte.

»Janet, begleite Miss Marian zu Bett und bring ihr noch eine warme Milch, damit sie gut schläft. Ich werde morgen pünktlich zur Testamentseröffnung wieder anwesend sein.«

Abraham küsste meine Hand und verließ uns. Er hatte diesmal nicht, wie üblich, eines der Gästezimmer im Haus bezogen, sondern sich im Gasthof im Dorf eingemietet. Jetzt, da ich allein in Durkham Manor wohnte, wäre es anstößig gewesen, hätte er die Nacht mit mir unter einem Dach verbracht.

Ich ließ mich von Janet bereitwillig zu Bett bringen. Dabei fiel mir auf, dass ihre Augen blitzten.

»Du hast gelauscht!«, sagte ich ihr auf den Kopf zu.

»Nur ein bisschen, ein kleines bisschen, Miss.«

Dass sie es eingestand, erstaunte mich, aber ich war zu müde, zu erschöpft, um sie deswegen zu tadeln.

Als ich im Bett lag und folgsam meine Milch trank, bemerkte ich, dass Janet noch etwas auf dem Herzen hatte. Ich ermunterte sie, zu sprechen.

»Miss, ich habe gehört, dass für Durkham Manor kein Geld mehr da ist. Aber wenn Sie Lord Elkham, er ist übrigens ein feiner Mensch, also, wenn Sie ihn heiraten täten, dann wäre doch alles wieder gut.«

»Wie kann ich das mit Williams Kind unter meinem Herzen?«

»Abwarten, Miss. Ich habe da vielleicht eine Idee.«

Ich richtete mich auf.

»Janet, was führst du im Schild?«

Sie lächelte verschmitzt und geheimnisvoll.

»Miss Marian, ich mag Sie. Ich mag Sie sogar sehr gern. Ich weiß, ich bin nur eine Zofe und sollte so etwas nicht zu Ihnen sagen. Aber ich will Ihnen helfen. Und, wer weiß, vielleicht helfe ich mir auch ein bisschen damit.«

Mit diesen Worten wünschte sie mir eine gute Nacht und verließ mein Zimmer. Einige Zeit grübelte ich über ihre Worte nach, doch dann tat die warme Milch ihre Wirkung, und ich versank in einen tiefen und traumlosen Schlaf.

Die nächsten Tage strichen an mir vorbei. Ich aß, trank und schlief, aber sonst nahm ich von meiner Umgebung kaum etwas wahr. Abraham besuchte mich täglich für einige Stunden. Dann sprach er über unsere gemeinsame Zukunft. Ich hatte noch immer nicht den Mut gefunden, ihm die Wahrheit zu gestehen. Dabei wurde es täglich schwieriger, meinen Zustand zu verbergen.

Die Testamentseröffnung brachte zutage, was Abraham mir schon mitgeteilt hatte. Ich war so gut wie mittellos geworden. Das noch vorhandene Geld reichte gerade, um das restliche Personal bis Ende des Monats zu entlohnen. Dann würden auch sie gehen. Alle, bis auf Janet.

»Miss, ich muss bei Ihnen bleiben«, sagte sie zu mir. »Darf ich Ihnen in den nächsten Tagen einmal Sam vorstellen?«

Ich nickte abwesend, mir war alles egal.

Abraham bedrängte mich nun immer mehr.

»Marian, ich weiß, Sie sind noch in Trauer. Aber ich glaube, dass es im Sinn Ihrer Eltern gewesen wäre, wenn wir jetzt unsere Heirat vorantreiben würden. Was wollen Sie denn Ende des Monats hier ganz alleine machen?«

Er hatte ja so Recht. Ich musste mir zudem eingestehen, dass ich mir nichts sehnlicher wünschte, als Abraham zu heiraten und mit ihm nach Cornwall zu gehen. Nur fort von hier, fort von Durkham Manor! Ging ich durch die Gänge des Hauses, so sah ich in jeder Ecke die Gesichter meiner Eltern, hörte das helle Lachen meiner Mutter oder das dumpfe Poltern meines Vaters. Jeder Raum, selbst jeder Gang barg Erinnerungen. Kam ich in den Garten, zum Teich, so wurde es noch schlimmer. Hier schien William gegenwärtig zu sein. Die Erinnerung an laue Sommernächte, an sein Gesicht, seine zärtlichen Hände, drohte mich zu überwältigen. Nein, ich musste fort von hier, so bald wie möglich.

Die Idee war verrückt, es konnte einfach nicht gut gehen! Janet hatte am Nachmittag Sam mitgebracht. Sie bereitete für uns den Tee und dann saß sie mir mit spannungsgeladenem Gesicht gegenüber. Die ganze Zeit schon hatte ich gemerkt, dass sie etwas im Schilde führte. Aber wie konnte sie mir helfen und was hatte Sam damit zu tun? Ich betrachtete Sam ein wenig genauer. Er war sehr groß, mindestens ein Meter neunzig und von kräftiger Statur, ohne dabei grob oder derb zu wirken. Seinen Händen sah man an, dass sie gewohnt waren, zuzupacken. Sein Gesicht wirkte sensibel, offen und ehrlich. Sein rotes Haar stand ihm etwas wirr um den Kopf, auf der Nase tanzten zahlreiche Sommersprossen und dunkelgrüne Augen vervollständigten sein irisches Aussehen. Darauf angesprochen, berichtete Sam bereitwillig, dass seine Großeltern Iren gewesen waren. Ich beobachtete Janet, wie sie Sam Tee einschenkte und ihm Gebäck reichte. Sie tat es mit so viel Liebe und Zärtlichkeit, dass mir das Herz wehtat. Sam rutschte derweil unruhig auf seinem Sessel hin und her. Er war es nicht gewohnt, bei Damen zum Tee zu sein.

»Ich glaube, dir wäre ein Bier lieber, nicht, Sam?«

Seine Augen leuchteten auf.

»Oh, Miss, ich will nicht unverschämt sein, aber aus Tee habe ich mir noch nie viel gemacht.«

Janet schmollte ein wenig, doch dann machte sie sich auf, ein Bier zu holen, und schon wenig später begann sich Sam deutlich zu entspannen.

Nun wollte ich endlich wissen, was dies alles zu bedeuten hatte, und auch Janet konnte sich kaum noch beherrschen.

»Also Janet, bevor du platzt, was hast du denn auf dem Herzen?«

Sie bekam einen roten Kopf, doch dann begann sie:

»Miss Marian, verzeihen Sie, aber ich weiß nun mal über alles hier Bescheid, und ich habe auch Sam in einiges eingeweiht.«

»Wie konntest du das tun!«, rief ich erbost.

»Ich bitte Sie, Miss Marian, hören Sie mir weiter zu! Es ist ganz klar, dass es das Beste wäre, wenn Sie Lord Elkham heiraten würden. Sie wären versorgt, und Durkham Manor käme nicht in fremde Hände. Doch da ist ein Problem: Sie erwarten ein Kind von einem anderen Mann.«

»Was du nicht sagst!«, zischte ich sie an. Mir war es schrecklich peinlich, dies vor einem Mann zu erörtern. Am liebsten hätte ich sie beide auf der Stelle rausgeworfen. Andererseits war ich neugierig, was sich Janet wohl ausgedacht hatte. Darum ließ ich sie weiterreden.

»Also, Sie sagen Lord Elkham, dass Sie ihn heiraten werden. Nur noch nicht gleich, denn, verständlicherweise, bräuchten Sie erst einmal ein wenig Abstand. Sie würden für einige Zeit entfernte Verwandte im Norden besuchen wollen.«

»Aber ich habe keine Verwandten im Norden, ich habe überhaupt keine Verwandten mehr!«

»Ich weiß. Sie fahren ja auch mit mir zu meiner Mutter. Sie ist eine prima Hebamme. Jetzt ist die Reise für Ihren Zustand noch nicht zu anstrengend, wir dürfen aber nicht mehr lange warten. Dort bekommen Sie in aller Ruhe und bei bester Pflege Ihr Kind. Dann schreiben Sie Lord Elkham einen rührseligen Brief. Ihre Zofe hätte sie begleitet und auf der Reise hätten Sie feststellen müssen, dass diese sich in anderen Umständen befunden habe. Inzwischen hat die Zofe ihr Kind bekommen, und ein Mann, der sie heiratet, ist auch da. Nur haben die beiden keinen Penny. Der Mann ist jedoch ein guter, fleißiger Schmied. In Cornwall, wo Sie leben werden, gibt es vielleicht irgendwo ein Dorf, in dem ein Schmied benötigt wird. So werden also Sam und ich mit Ihrem Kind immer in Ihrer Nähe leben. Sie können das Kind sehen, wann immer Sie es wollen. Es ist doch verständlich, dass eine Lady ihre frühere Zofe ab und zu besucht. Niemand wird Verdacht schöpfen. Miss, das ist die beste Lösung für alle Probleme.«

Das musste ich erst einmal verkraften.

»Und was meint Sam dazu? Ein fremdes Kind großzuziehen?«

Sam sah mich schüchtern an.

»Miss Marian, Janet und ich wünschen uns viele Kinder. Ich weiß, wie gern meine Janet Sie hat. Sie würde sich ein Bein für Sie ausreißen, wenn es sein müsste. Sie meint, es sei vielleicht die einzige Möglichkeit, dass ich zu einer eigenen Schmiede komme. Aber ich sehe ein, es ist sehr anmaßend, Sie darum zu bitten, uns ein Haus zu besorgen.«

Ich winkte ab.

»Nein, daran liegt es nicht. Soweit es in meiner Macht steht, werde ich mich um ein schönes Heim für euch kümmern. Glaubt nicht, ich würde jemals vergessen, was Janet die letzten Monate für mich getan hat! Aber die Idee ist zu phantastisch! Das kann niemals gut gehen! Ich soll mein Kind fortgeben, das Kind, das ich jetzt schon so sehr liebe! Niemals! Vergesst dieses Gespräch am besten. So, und jetzt will ich allein sein. Bitte geht!«

In der folgenden Nacht wälzte ich mich von einer Seite auf die andere. Ich tat kein Auge zu. Immer wieder gingen mir Janets Worte durch den Kopf. Mein Kind fortgeben, zu fremden Menschen! Plötzlich durchfuhr es mich heiß! Da, da war ein Treten in meinem Bauch, ich spürte es ganz genau! Glücklich legte ich die Hände auf meinen Bauch. Deutlich spürte ich zum ersten Mal die Bewegungen meines Kindes. Ich weinte, vor Rührung über dieses Erlebnis, aber auch vor Sorge um die Zukunft. Hatte Janet denn nicht Recht? Was konnte ich diesem kleinen Wurm, wenn es geboren war, schon bieten? Ich würde gezwungen sein, mir meinen Lebensunterhalt selbst zu verdienen. Nein, davor hatte ich keine Angst. Aber wie würde mein Kind aufwachsen? Und es würde mit dem Makel einer unehelichen Geburt behaftet sein. Die Idee, mich als Witwe auszugeben, hatte ich wieder verworfen. Irgendwann würde jemand kommen und entsprechende Papiere verlangen, die ich nicht vorweisen konnte. Welche Zukunft hätte mein Kind?

Und welche Zukunft würde es als Kind eines Schmiedes haben? In einem kleinen Dorf in Cornwall könnte es heranwachsen, es würde Freunde haben, vielleicht viele Geschwister, und es würde Liebe bekommen. Liebe zweier Menschen, die es ›Mutter‹ und ›Vater‹ nennen würde. Denn dass Janet und Sam mein Kind lieben würden, daran zweifelte ich keinen Augenblick. Ich lag da und grübelte und grübelte. Und erst als der Morgen schon lange durch das Fenster gekrochen kam, war meine Entscheidung gefallen.

Ja, so kam es, dass ich jetzt, am Weihnachtsabend, in diesem kleinen Dorf bin. Es war ein fröhlicher Abend gewesen! Wenn manchmal wehmütig die Erinnerung an vergangene Weihnachten mit meinen Eltern aufkommen wollte, wurde diese sofort von der kleinen Daisy, Mary-Sues vierjähriger Tochter, verscheucht. Sie war ein so entzückendes Kind. Als Ma Brewster den großen Plumpudding anschnitt, jauchzte sie vor Vergnügen. Dann fand Daisy in ihrem Stück auch noch den Penny, das hieß, sie war jetzt Königin für diesen Abend und wir ihre Untertanen. Wir mussten ab sofort alles tun, was sie von uns verlangte. Meine Eltern hatten dieses Spiel mit mir auch immer an Weihnachten gespielt, und im Bruchteil einer Sekunde schienen mir die Tränen zu kommen. Doch da wollte Daisy schon ›Dinge raten‹ spielen, und ich kam auf andere Gedanken. Natürlich gewann die Kleine alle Spiele. Sie strahlte, lachte und begann zu singen. Bald waren wir alle in ihr Lied eingefallen. Wir sangen die alten Weihnachtslieder, sahen den Flammen zu, die um den Julscheit im Kamin züngelten, und an diesem Abend war ich glücklich. Wenn es doch immer so bleiben könnte!

Ma Brewster hatte nicht viele Fragen gestellt, als Janet und ich bei ihr eintrafen. Sie war so gütig, so lieb zu mir gewesen, dass meine Geschichte nur so aus mir heraussprudelte. Als sie hörte, dass Janet mein Kind als das ihrige aufziehen sollte, bemerkte sie:

»Meine Janet wird Ihr Kind so lieben, als wäre es ihr eigenes, Miss. Dafür halte ich meine Hand ins Feuer. Janet ist ein gutes Mädchen.«

Irgendwie fühlte ich mich nach diesen Worten beruhigt und redete mir ein, das Richtige zu tun.

Abraham hatte ich mitgeteilt, dass ich Abstand von allen Geschehnissen der letzten Zeit bräuchte und mich entschlossen hätte, Bekannte im Norden zu besuchen. Er hatte dafür sehr viel Verständnis gezeigt. Zum Glück hinderten ihn seine Geschäfte daran, mich zu begleiten, was ich fast befürchtet hatte. Mein Kind wird etwa Mitte April auf die Welt kommen, so dass ich Abraham jetzt fest zugesagt habe, im Juni seine Frau zu werden. Die Hochzeit wird auf Landhydrock Hall stattfinden. Die Freude, dass ich mich endlich zu einem Termin entschieden hatte, stand Abraham deutlich ins Gesicht geschrieben. Warum fühlte ich mich nur so schlecht, als ich mich von ihm verabschiedete?

Ruthwell Village, 2. April 1848

Der Frühling ist praktisch über Nacht gekommen. Schon die letzten Tage hatte es getaut, und als ich heute Morgen aus dem Fenster sah, schien die Sonne, und die Wiesen waren mit einem leichten Grün überhaucht. Ich liebe den Frühling, die Jahreszeit, in der die ganze Welt neu zu entstehen scheint.

Die letzten Monate waren hart und kalt. Doch die Liebe und Herzlichkeit der Brewsters ließen mich auch das durchstehen. Nun wird es bald soweit sein. Ma Brewster meint, noch ungefähr drei Wochen. Ich fühle mich von Tag zu Tag träger und unförmiger. Die einfachsten Tätigkeiten, wie mich anzuziehen, fallen mir immer schwerer. Gott sei Dank ist Janet immer um mich und hilft mir, wo sie nur kann.

Gestern habe ich an Abraham geschrieben. Ich teilte ihm mit, dass meine Zofe Janet – er erinnere sich doch sicher an sie? – sich leider in gewissen Umständen befinden würde.

›Der Vater des Kindes, ein Schmied, ist sofort bereit, Janet zu heiraten, aber sie haben kein Geld, um einen Hausstand zu gründen. Lieber Abraham, Janet hat mir während der Zeit, als meine Eltern starben, sehr geholfen und nahe gestanden. Vielleicht gibt es in Cornwall, in der Umgebung von Landhydrock Hall, ein Dorf, das einen guten Schmied benötigt? Würdest Du ihnen nicht ein Haus besorgen, in dem die kleine Familie dann glücklich leben könnte?‹

Es war seltsam, aber je weiter ich schrieb, umso mehr glaubte ich selbst daran, dass nicht ich, sondern Janet wirklich ein Kind erwartete. Als ich geendet hatte, machte ich den Brief sofort zum Versand fertig, ohne ihn noch mal durchzulesen, sonst hätte ich ihn vielleicht doch wieder zerrissen. Ich fühle mich so schuldig, den Mann, den ich in Kürze heiraten werde, anzulügen.

Jetzt werde ich mit Janet einen kleinen Spaziergang unternehmen. Aufgrund meiner Trägheit werden wir zwar nur langsam vorwärts kommen, aber ich freue mich darauf, die Frühlingssonne auf meinem Gesicht zu spüren. Oh, ich bin wirklich froh, wenn es jetzt bald soweit ist!

Ruthwell Village, 25. April 1848

Ich will versuchen, nur ein paar Zeilen zu schreiben. Janet hat mir mein Tagebuch und die Feder gebracht. Sie versteht, dass ich gerade jetzt meine Gefühle loswerden muss.

Ich habe eine Tochter! Eine kleine, gesunde, hübsche, rosige Tochter! Es ist das schönste Kind auf der Welt, aber ich glaube, für jede Mutter ist ihr Kind das schönste. Es hat sich gelohnt, es hat sich alles gelohnt für dieses Kind. Was soll's, dass ich bei der Geburt beinahe gestorben wäre! Ma Brewster hat mir das Leben gerettet. Meine kleine Tochter wollte einfach nicht das Licht dieser Welt erblicken. Drei Tage und Nächte lag ich in den Wehen, aber ich habe alle Schmerzen ertragen. Unaufhörlich sagte ich mir: »Du musst es schaffen, dieses Kind muss es unbedingt schaffen!«

Irgendwann habe ich dann angefangen, Blut zu verlieren. Die Laken, die Decken, das ganze Bett war voller Blut. Doch Ma Brewster blieb ganz ruhig und kämpfte um unser beider Leben. Sie rettete beide. Meine kleine Tochter ist gesund und auch ich werde bald wieder auf der Höhe sein, ich fühle mich nur noch so schwach. Ich muss jetzt aufhören zu schreiben, ich bin so unendlich müde.

Ruthwell Village, 2. Mai 1848

Heute geht es mir schon ganz gut. Es ist ein herrlicher Frühlingstag und ich sitze mit der kleinen Celeste im Garten. Die Sonne scheint vom wolkenlosen Himmel und ich lausche dem Zwitschern der Vögel.

Celeste habe ich meine Tochter genannt. Sie ist so schön mit ihren schwarzen Haaren und den blauen Augen, Williams Augen. Ich weiß, jeder Säugling hat am Anfang blaue Augen. Aber auch wenn die Farbe später in braun oder schwarz wechseln wird, meine Celeste wird einmal eine Schönheit werden! Celeste war der Name von Williams Mutter, er hatte mir das einmal erzählt. Sie muss ebenfalls sehr schön gewesen sein, und William hatte sie sehr geliebt.

Janet kümmert sich rührend um Celeste. Ich bin nun überzeugt, dass sie eine gute und liebevolle Mutter für meine Kleine werden wird. Natürlich schmerzt mein Herz bei dem Gedanken, doch ich habe noch einige Tage, bis ich mich von Celeste trennen muss.

Abraham antwortete mir umgehend auf meinen Brief. Er schrieb, dass er eine kleine Schmiede mit Wohnhaus in dem Dorf Helland gekauft hätte. Das Dorf liegt unmittelbar unterhalb von Landhydrock Hall und es gibt dort sogar eine kleine Schule. Die Schmiede ließe er mit den modernsten Werkzeugen ausstatten. Das kleine dazugehörige Haus möge jedoch Janet nach ihrem Geschmack und ihren Vorstellungen einrichten. Das Grundstück besitzt einen großen Obst- und Gemüsegarten und liegt zentral im Dorf.

Als Janet diese Zeilen las, brach sie in Tränen aus. Sie lag in meinen Armen und schluchzte.

»Miss Marian, ich danke Ihnen! Ich werde Ihnen mein ganzes Leben lang dankbar sein! Und für Ihre Tochter werde ich die beste Mutter der Welt sein.«

Ja, ich glaube, meine Entscheidung war die richtige. Ich werde bald eine verheiratete Frau sein, die Frau eines Lords. Wahrscheinlich werde ich auch mit ihm Kinder haben, und irgendwann wird die Erinnerung an William und Celeste vielleicht sogar verblassen.

Durkham Manor, 4. Juni 1848

Morgen werde ich mit Abraham nach Landhydrock Hall reisen. Am 11. Juni wird unser Hochzeitstag sein. Abraham hat alles vorbereitet. Es ist ein seltsames Gefühl, ganz allein in Durkham Manor zu sein. Die Dienstboten sind alle fort, die meisten Räume sind schon verschlossen worden. Heute Nacht und morgen kommt eine Frau aus dem Dorf, damit ich nicht alleine die Nacht verbringen muss.

Vorgestern heirateten Janet und Sam in der Dorfkirche, gleichzeitig wurde Celeste getauft. Es gab natürlich viel Wirbel und Klatsch, dass ein Kind bei der Hochzeit der Eltern getauft wurde. Aber Janet machte es nichts aus. Sie hat das Dorf für immer verlassen und wird mit ihrer Familie in Cornwall ein neues Leben beginnen. Sie brachen unmittelbar nach der Trauung auf, Janets Wangen waren ganz gerötet vor lauter Aufregung. Ich hatte noch kurz vor der Abfahrt mit ihr gesprochen und ihr noch einmal für alles gedankt, was sie, Sam und ihre

Mutter für mich getan hatten. Noch deutlich erinnere ich mich an den Abschied von Ma Brewster, ich verließ eine gute Freundin dort im Norden Englands. Und ich teilte Janet meinen in den letzten Tagen gefassten Entschluss mit.

»Ich hatte sehr viel Zeit zum Nachdenken. Janet, du und Sam, ihr werdet meiner Tochter gute Eltern sein, davon bin ich überzeugt. Ich werde versuchen, mir an Lord Elkhams Seite ein neues Leben aufzubauen, dazu gehört, dass ich mit der Vergangenheit abschließe. Ich werde nie vergessen können, wenn ich immer wieder an alles erinnert werde. Darum habe ich mich schweren Herzens entschlossen, Celeste niemals wieder zu sehen! Sie ist euer Kind, sie soll und wird als eure Tochter aufwachsen und, so lange ich am Leben bin, niemals erfahren, wer ihre wirkliche Mutter ist. Janet, in Helland wird es auch neugierige und tratschsüchtige Menschen geben wie überall. Glaubst du nicht, es würde Gerede geben, wenn ich den Schmied und dessen Frau regelmäßig besuchte? Auch wenn du meine Zofe gewesen bist, so ist es nicht üblich, dass eine Lady Elkham sich auf so freundschaftliche Basis mit einer Angestellten stellt.«

Janet sah mich erstaunt an, dann erhob sie sich schnell. »Ich verstehe, Miss. Ab sofort kennen wir uns nicht mehr, egal was geschehen mag.«

Es klang ein wenig bitter, aber ich sah Verständnis in ihren Augen. Ich konnte nicht anders handeln. Ich durfte zu ihr und meinem Kind in Zukunft keinen Kontakt mehr haben. Denn ich wollte vergessen, dass ich mein Kind verloren hatte.

Janet sah mich noch einmal an, dann verließ sie das Zimmer, das Haus und mein Leben. Sollten wir uns in

Zukunft in Cornwall begegnen, würden wir wie zwei Fremde aneinander vorübergehen.

Durkham Manor, 5. Juni 1848

Ein letztes Mal werde ich in mein Tagebuch schreiben. Dann wird dieses Buch ein Teil meiner Jugend gewesen sein, die in wenigen Stunden zu Ende geht. Mein neues Leben, das Leben einer erwachsenen Frau, wird in dem Augenblick beginnen, da ich in Abrahams Kutsche steigen und wir Richtung Cornwall rollen werden.

Das Leben scheint manchmal eine einzige Posse zu sein! Da denkt man, man hat genau das Richtige getan, doch dann kommt irgendetwas, das alles wieder ins Schwanken bringt. Ich habe mein Kind verleugnet, ich habe es anderen Menschen überlassen, die es wie ihr eigenes aufziehen werden. Meine Tochter wird niemals erfahren, wer ihre Mutter oder ihr Vater war. Und was werde ich in Zukunft sein? Ich werde ebenfalls die Mutter eines fremden Kindes sein! Dies klingt unglaublich, und doch ist es eine Tatsache, mit der ich fertig werden muss.

Gestern Abend bat mich Abraham nach dem Essen um ein Gespräch. Er wirkte sehr ernst und bedrückt. Erneut dachte ich, dass es mir einmal möglich sein wird, diesen Mann irgendwann zu lieben. Auf jeden Fall will ich ihm eine gute Frau sein. Doch was er mir dann zu sagen hatte, verschlug mir einen Moment die Sprache.

»Marian, ich muss dir, bevor du mir dein Jawort gibst

und dein Leben in Zukunft mit mir teilen wirst, ein Geständnis machen. Ich habe Schuld auf mich geladen, große Schuld, und hoffe auf deine Vergebung, vielleicht nicht auf dein Verständnis, denn es ist sehr viel, was ich von dir verlangen möchte. Es wird ein großes Opfer für dich sein, doch ich hoffe, dass deine Liebe zu mir groß genug sein wird, dieses Opfer zu bringen.« Abraham machte eine kurze Pause. »Marian, ich finde, eine Ehe darf man nicht auf Lügen aufbauen, und so muss ich dir leider gestehen, dass ich ein Kind habe, ein uneheliches Kind. Es ist ein kleiner Junge.«

Mein Lachen klang hysterisch, aber ich konnte nicht anders. Ich lachte und lachte. Nie werde ich Abrahams ungläubiges Gesicht vergessen. Ich nahm ein Kissen vom Sofa, schlug darauf ein und lachte so lange, bis mir die Tränen kamen.

Abraham stand der Situation völlig hilflos gegenüber.

»Liebling, ich wusste, dich würde diese Eröffnung erschüttern, aber ich bitte dich, hör mich zu Ende an.« Ich wischte meine Tränen fort und versuchte, mich soweit zusammenzunehmen, dass ich Abraham in Ruhe folgen konnte.

»Es war vor nicht ganz zwei Jahren, da kam ein junges Mädchen nach Landhydrock Hall. Sie war jung, sie war hübsch und sie war lebenslustig. Vor allen Dingen ließ sie mich keinen Moment daran zweifeln, dass sie mich interessant fand. Ob sie wirklich mich oder nur mein Geld meinte, weiß ich bis heute nicht. Nun ja, ich bin ein Mann, damals ein sehr einsamer Mann. Ich gebe zu, ich sehnte mich nach der Nähe einer Frau. Ich war ein alter Tor! Das Mädchen hatte leichtes Spiel mit mir. Es kam, wie es kommen musste: Unsere Romanze blieb nicht ohne Folgen. Sie gebar mir einen gesunden Sohn.

Sie bewohnte dann in der Nähe von London ein kleines Haus und gab sich als Witwe aus. Finanziell unterstützte ich sie großzügig, und ich hätte auch für eine gute Ausbildung meines Sohnes gesorgt. Leider starb sie vor wenigen Wochen an einer Lungenentzündung, die besten Ärzte konnten ihr nicht mehr helfen. Sie hat keine Verwandten, die meinen Sohn aufnehmen könnten. Ich kann den Gedanken, dass mein Sohn in ein Waisenhaus soll, nicht ertragen. Ich möchte, dass Simon, so ist der Name meines Kindes, in Zukunft bei uns im Schloss aufwächst und dich als seine Mutter betrachtet. Er ist jetzt etwas über ein Jahr alt, so dass er keinerlei Erinnerung an seine richtige Mutter haben wird. Ich habe Simon schon nach Landhydrock bringen lassen, meine Dienstboten sind verschwiegen und loyal. Sollte es Gerede in den umliegenden Dörfern geben, so ist der Kleine eben ein vorzeitiges Produkt unserer Liebe. Unsere Hochzeit wurde nur durch die Trauerfälle in deiner Familie verzögert.

Marian, wärst du zu diesem Opfer bereit? Könntest du einem hilflosen, kleinen Kind eine liebevolle Mutter sein?«

Ich sagte ja, ich sagte zu allem ja. Ich war zu schwach, mich dagegen aufzulehnen. Ich hatte mein Kind verraten und fortgegeben, um jetzt das Kind einer fremden Frau großzuziehen! Oh, wie hart kann das Leben sein! Ich werde diesem Jungen eine liebevolle Mutter sein. Vielleicht kann ich so etwas von der Schuld abtragen, die ich an Celeste begangen habe. Natürlich hätte ich nun Abraham auch meine Geschichte gestehen können, doch ich war schlichtweg zu feige dazu. Was wäre, wenn er mich nicht verstand? Ja, dass ein Mann voreheliche

Beziehungen unterhält, dass aus diesen Beziehungen auch Kinder hervorgehen, das ist mehr oder weniger normal. Passiert so etwas aber einer Frau, dann wird sie als leichtes Mädchen abgestempelt. Hätte Abraham mir denn geglaubt, dass ich mich William aus Liebe hingegeben habe? Wäre es eine Entschuldigung für mich gewesen, dass William mich geheiratet hätte, wenn er nicht in Indien gefallen wäre? Nein, ein anständiges Mädchen aus gutem Haus tat ›so etwas‹ vor der Hochzeit einfach nicht. Ich fühlte mich schwach und ausgebrannt, zu schwach, um zu protestieren und um mein Kind zu kämpfen.

Nun sitze ich hier in meinem Zimmer. Alle Möbel im ganzen Haus sind schon mit weißen Tüchern verhängt. Es sieht aus, als habe der Tod sein Leintuch über Durkham Manor gebreitet. Meine Sachen sind gepackt und stehen fertig zum Verladen in der großen Halle. Ich blättere in meinem Tagebuch die Seiten nach vorne. War es wirklich erst ein Jahr her, dass Mutter es mir gegeben hat? Bitter lache ich auf. Damals glaubte ich, in meinem Leben würde nie etwas geschehen, was wert wäre, in diesem Buch eingetragen zu werden. Und wie viel ist inzwischen geschehen! Das kleine Mädchen von damals ist eine Frau geworden. In wenigen Tagen werde ich ›Lady Marian Elkham‹ sein. Ich werde einen kleinen Jungen, dessen Mutter ich nie gekannt habe, in meinem Sinn erziehen und ihm Liebe entgegenbringen, derweil mein Kind, meine Celeste, nicht weit von mir von einer anderen Frau geliebt wird. Sie wird zu Janet ›Mama‹ und zu Sam ›Papa‹ sagen, aber ich glaube, meine Entscheidung, jeglichen Kontakt zu Janet zu vermeiden, war dennoch richtig.

Celeste, allerliebste Celeste, solltest du diese Zeilen jemals lesen, glaube mir: Ich liebe dich mehr als mein Leben, mehr als irgendetwas auf dieser Welt. Es geschah nur zu deinem Besten, ich hätte dir keine Zukunft bieten können. Aber ich werde immer an dich denken und hoffen, dass das weitere Leben mir bestätigt, das Richtige getan zu haben.

Ein letztes Mal sehe ich mich in meinem Zimmer um. Jede Einzelheit scheint sich in mein Gedächtnis zu graben. Hier habe ich also siebzehn Jahre lang gelebt und gelacht. Hier habe ich die letzten Monate unendlich viele Tränen vergossen. Jetzt höre ich, wie die Kutsche von Landhydrock vorfährt.

Der Kutscher verlädt mein Gepäck, Abraham wird in der Halle stehen und mich erwarten. Wir werden Durkham Manor verschließen, die lange Auffahrt über die Hügel hinauffahren und dann das große Tor passieren. Ich werde nicht zurückschauen und ich werde hierher niemals zurückkehren. Durkham Manor gehört zu einem Leben, das für mich vorbei ist. Mein Leben beginnt nun in Landhydrock Hall, meinem neuen Zuhause. Ich habe letzte Nacht intensiv gebetet. Ich habe Gott angefleht, mir die Kraft zu geben, die Liebe, die Abraham mir entgegenbringt, zu erwidern und ihm eine gute Frau zu sein. Ich glaube, ich muss die Kraft dazu aufbringen, sonst wäre alles umsonst gewesen.

Dieses Tagebuch werde ich zurücklassen. Ich möchte niemals mehr in den Seiten blättern und Erinnerungen heraufbeschwören. In meinem Schreibtisch, ganz hinten in der Schublade, ist eine kleine Vertiefung. Dorthin werde ich es legen. So Gott will, wird irgendwann jemand dieses Buch finden. Dann habe ich an den Leser oder die Leserin eine große Bitte:

Verdamme mich nicht, verzeih mir und versuche, mich zu verstehen.

Es ist Zeit, ich werde nun gehen und meine Kindheit, meine Jugend hier in einer Schreibtischschublade zurücklassen.

Alles klärt sich

Meine Tränen tropften auf das Papier und verwischten die Buchstaben. Schnell schloss ich das Tagebuch. Ich war wie betäubt, ich wollte schreien, toben, doch ich konnte einfach nur weinen. Da lag die Beichte, die Schuld meiner Mutter in meinen Händen. Ein Tagebuch, begonnen von einem jungen, unschuldigen Mädchen, beendet jedoch von einer erfahrenen Frau. Nun begann ich, den immer leicht umflorten Blick meiner Mutter zu verstehen. Doch etwas gab dieses Tagebuch preis, eine Tatsache, die ich kaum glauben konnte, ohne dass mein Herz schneller schlug und mein Blut rascher durch die Adern fließen ließ. Er ist nicht mein Bruder! Simon ist nicht mein Bruder!

Immer und immer wieder sagte ich es leise vor mich hin, denn erst jetzt begann ich es wirklich zu glauben. Simon war das Kind eines Dienstmädchens, er war mit mir überhaupt nicht verwandt! Ich schämte mich meiner Liebe zu ihm nun nicht mehr. Hatte ich nicht von Anfang an gewusst, dass meine Gefühle für ihn keinesfalls schwesterlich waren? Hätte ich mich wirklich so irren sollen? Nein, ich war mir meiner Liebe zu Simon immer so sicher gewesen.

Das Tagebuch legte ich zurück in die Schublade und

plötzlich sah ich das Zimmer mit anderen Augen. Hier hatte meine Mutter geweint, als sie erfuhr, William Talbot sei tot. Hier in diesem Bett hatte sie die Gewissheit erhalten, in anderen Umständen zu sein. Nein, ich war ihr nicht böse, ich verdammte sie auch nicht. Meine Kindheit war glücklich. Ich hätte mir keine besseren Eltern wünschen können als Janet und Sam.

»Mutter, du hast das Richtige getan«, flüsterte ich in das Zimmer hinein. Plötzlich war mir, als wäre sie hier, als könne sie mich sehen und verstehen und als würde sie mir danken für mein Verständnis. Bald darauf forderte die Natur ihr Recht und ich versank in einen tiefen Schlaf.

Als ich erwachte, war es dunkel im Zimmer, die Kerzen waren erloschen. Ich ging ans Fenster und spähte durch die Ritzen der Balken. Draußen war es schon heller Tag geworden. Langsam machte sich Panik in mir breit. Wie lange sollte ich hier noch als Gefangene bleiben?

Wenig später hörte ich Lärm, aufgeregte Stimmen, Gepolter und am Ende sogar einen Schuss. Leichtfüßig lief jemand die Treppe hinauf.

»Cellie, Cellie, wo bist du?«

Mein Herz tat einen Sprung, als ich Kates Stimme erkannte. Schnell lief ich zur Tür und hämmerte so laut wie ich konnte dagegen.

»Hier, Kate, ich bin eingeschlossen!«

Wenige Augenblicke später wurde die Tür geöffnet und ich fiel Kate in die Arme.

»Ist ja gut, es ist vorbei«, tröstete sie mich. »Haben sie dir etwas getan?«

Ich schüttelte den Kopf. Erst jetzt bemerkte ich, dass

das Haus voller Menschen war. Erleichtert erkannte ich etliche Polizisten. Fragend sah ich Kate an. Sie erzählte mir: »Als ich in der Nacht erwachte und dein Bett leer vorfand, war mir sofort klar, dass du nach Durkham Manor gegangen bist. Da du so spät in der Nacht noch fort warst, vermutete ich dich in Schwierigkeiten. Ich weckte unsere Wirtsleute. Zuerst waren sie verärgert über die Störung, aber ich beschwor Mr. Clifton, mit mir zum Haus zu gehen. Besonders seine Frau war natürlich ganz dagegen. Erst als ich erklärte, dass ich eben auch allein gehen würde, ließ sich der Wirt überzeugen. Doch er schickte seinen Burschen in die nächste Stadt, die Polizei zu informieren. Diesmal mussten sie wohl kommen, denn es wurde ein Mensch vermisst. Mr. Clifton trommelte dann alle seine Freunde aus dem Dorf zusammen und wir warteten auf die Polizei. Oh, Cellie, es waren bange Stunden, am liebsten wäre ich wirklich allein hierher gekommen, denn ich spürte, du warst in Gefahr! Doch sie hinderten mich daran. Wenn dir etwas geschehen wäre, ich hätte es mir mein Leben lang nicht verziehen! Ist dir auch wirklich kein Leid angetan worden?«

Ich drückte die Hand meiner Freundin.

»Nein, nein, ich hatte zwar furchtbare Angst, aber sie haben mir nichts getan. Doch Kate, was sind das für Leute? Was machen sie in diesem Haus?«

Kate wusste darauf keine Antwort. Im Laufe des nächsten Tages, wir waren wieder ins ›King Henry‹ zurückgekehrt, klärte sich jedoch alles auf.

Ich hatte mich inzwischen als Besitzerin von Durkham Manor und als Tochter von Lady Marian zu erkennen gegeben. Mrs. und Mr. Clifton waren zuerst sprachlos, dann überschlugen sie sich in Freundlichkeit. Es war ihnen peinlich, dass sie sich zuerst geweigert hatten, ins Haus zu gehen, und sie versuchten nun, es wieder gutzumachen.

Die Polizei besuchte mich mehrmals, und nach und nach erfuhr ich, was sich in meinem Haus die letzten Jahre abgespielt hatte.

Tom und seine Freunde waren eine seit langem gesuchte Diebesbande, die in London ihr Unwesen getrieben hatte. Sie waren vor zwei Jahren gerade noch einer Verhaftung entgangen und hatten auf der Flucht Durkham Manor gefunden. Geschickt hatten sie den Einwohnern des Dorfes die Komödie eines Spukhauses vorgegaukelt, sie wussten wohl Bescheid über die Naivität und den Aberglauben der einfachen Menschen auf dem Lande. Tom und seine Freunde ließen nachts Lichter im Haus aufblitzen, es machte ihnen einen Höllenspaß, durch schrille Schreie, Stöhnen und Krach jeden sich nähernden Besucher zu vertreiben.

Mich ging die Bande nichts an, das war Sache der Polizei. Mich beschäftigte einzig die Frage, was nun mit Durkham Manor geschehen sollte? Ich wollte mit Mr. Morison sprechen, vielleicht könnte ich das Haus verkaufen. Aber wer würde es wollen? Ein Haus, in dem so viel Unheimliches geschehen war!

Eine Woche blieben wir noch in Durkham. So lange brauchte die Polizei, um alle Ermittlungen abzuschließen. Tom und seine Freunde waren ins Gefängnis nach London gebracht worden. Ich nützte die Tage, um mich von meinem Erlebnis zu erholen. Kate und ich machten lange Spaziergänge in den Hügeln der Cotswolds. Diese liebliche, ruhige Landschaft half mir, wieder zu mir zu finden. Aber ich begann, Cornwall zu vermissen. Ich sehnte mich nach dem Moor und der rauen Küste und nach Landhydrock Hall. Wie sollte jetzt alles weitergehen?

Auf einem unserer Spaziergänge erzählte ich Kate alles von meiner Mutter, auch, dass Simon nicht mein Bruder war.

»O Cellie«, rief sie aus, »das ist ja wunderbar! Du musst es ihm sofort sagen!«

Ich schüttelte den Kopf.

»Das kann ich nicht. Ich laufe ihm nicht nach. Wenn er mich nicht als Schwester liebt, wie kann er mich dann als Frau lieben?«

»Aber er hat es doch getan!«

»Es hatte zumindest den Anschein, Kate. Ach, ich weiß einfach nicht, was ich tun soll. Außerdem ... soll ich etwa nach London fahren und Simon suchen? Nein! Vielleicht ist er ja schon längst mit dieser Germaine verheiratet.«

Wie bitter, wie traurig meine Stimme klang. Kate erkannte es und nahm mich stumm in ihre Arme.

»Irgendwie werden wir eine Lösung finden!«, murmelte sie.

Als wir nach Landhydrock Hall zurückkehrten, erwartete uns eine Überraschung. Nachdem die Kutsche durch das Pförtnerhaus gefahren war, kam uns Mrs. Williams aufgeregt entgegen.

»Miss Celeste, Miss Celeste, wie gut, dass Sie zurück sind!«, rief sie, kaum dass ich ausgestiegen war, und fuchtelte wild mit beiden Händen durch die Luft. »Mylord ist zurück. Er ist furchtbar krank. Wir wissen nicht mehr, was wir tun sollen!«

Mein Herz schien einen Moment lang auszusetzen.

»Was sagen Sie, Mrs. Williams? Lord Simon ist da?«

Sie nickte heftig.

»Ja, ja, seit drei Tagen. Aber es geht ihm gar nicht gut.«

»Was fehlt ihm?«, fragte ich aufgeregt. »War schon ein Arzt da?«

»Ja, Dr. Davison aus Bodmin, aber er ist ratlos. Es ist ein Fieber, Mylord hat es aus London mitgebracht.«

Wir hatten inzwischen die Halle betreten. Ich streifte rasch meine Handschuhe ab und warf sie achtlos hin.

»Ich gehe zu ihm«, sagte ich, »ist er in seinem Zimmer?«

Mrs. Williams bejahte.

»Der Arzt ist bei ihm, Miss Celeste.«

Schnell lief ich die Treppe hoch. Atemlos blieb ich vor Simons Tür stehen. Ich hatte Angst vor dieser Begegnung.

Auf mein Klopfen erfolgte ein kurzes »herein«, und ich öffnete die Tür. Meine Bedenken waren umsonst gewesen, Simon lag im Bett und schlief. Sein Gesicht war hochrot und schweißnass.

»O Simon!«, rief ich und lief zu ihm. Da erst bemerkte ich den Mann, der neben dem Bett saß. »Dr. Davison, nehme ich an? Ich bin Celeste Hawk, Lord Simons … Schwester.«

Der Arzt erhob sich und schüttelte meine Hand. »Ah, Miss Celeste! Ich darf Sie doch so nennen, nicht wahr? Lord Simon verlangt immer wieder nach Ihnen!«

»Nach mir? Aber … was fehlt ihm denn?«

Der Arzt warf einen Blick auf seinen Patienten.

»Können wir uns draußen unterhalten? Ich habe ihm ein leichtes Schlafmittel gegeben, Schlaf ist wahrscheinlich das Beste.«

Wir begaben uns in den Salon, ich klingelte nach Tee und bat Dr. Davison, mir alles zu erzählen.

»Nun, ich wurde vor zwei Tagen zu Lord Simon gerufen. Er war am Vortag von London gekommen, die Reise hat seine letzten Kräfte gekostet. Er fiebert seitdem stark und leidet anscheinend unter Alpträumen. Immer wieder ruft er Ihren Namen, Mylady, und er berichtet von einem Kampf. Ich kann eigentlich organisch keine Krankheit feststellen. Auch habe ich mich erkundigt, ob in London ein Virus aufgetreten ist. Ich warte noch auf Antwort, aber die Symptome sind nicht typisch für eine Viruserkrankung.«

»Was kann ich tun?«

»Ich glaube, es wird dem Lord gut tun, dass Sie hier sind. Er hat durchaus Momente, wo er seine Umgebung wahrnimmt.«

»Wie ... wie ernst ist es?«, fragte ich mit banger Stimme. Dr. Davison zuckte die Schultern.

»Da ich nicht weiß, um was es sich handelt, kann ich es nicht beurteilen. Nur das Fieber darf nicht steigen. Wir müssen alles tun, es zu senken.«

Wenig später saß ich an Simons Bett. Sein Atem ging unruhig und er wälzte sich von einer Seite auf die andere. Der Abend war schon angebrochen, als er erwachte. Ich ergriff seine Hand und rief leise seinen Namen. Seine fieberglänzenden Augen blickten auf mich. Ungläubiges Staunen schien sich in ihnen abzuzeichnen. Simon versuchte, sich aufzurichten, doch ich drückte ihn sanft in die Kissen zurück.

»Es wird alles wieder gut, Simon. Du wirst wieder gesund.« Das wusste ich zwar nicht, aber ich wollte, ich musste daran glauben.

»Cellie«, flüsterte er mit leiser Stimme, dann fiel er in eine tiefe Ohnmacht.

Schnell rief ich Dr. Davison, der mir versprochen hatte, diese Nacht im Haus zu verbringen.

»Lord Simon hat mich erkannt, nun ist er bewusstlos!«, berichtete ich dem Arzt.

Er untersuchte Simon kurz, dann wandte er sich mit einem Lächeln zu mir.

»Das ist gut, das ist sehr gut. Der Lord schläft zum ersten Mal tief und fest und wahrscheinlich auch traumlos. Das braucht er, um zu genesen. Ich bin guter Hoffnung.«

Nun war es umgekehrt. Hatte Simon vor gar nicht so langer Zeit an meinem Krankenbett gesessen, so wachte ich jetzt Tag und Nacht an seinem. Ich gab ihm zu trinken und kühlte seinen heißen Kopf. Wenn die Alpträume wiederkehrten, hielt ich ihn und sprach beruhigend auf Simon ein. Manchmal wirkte es, er erwachte und erkannte mich. Kate sorgte dafür, dass ich genügend aß, und nur von ihr ließ ich mich manchmal ablösen, um etwas zu schlafen. Die Krisis kam nach zwei Tagen. Das Fieber stieg noch einmal so hoch, das ich glaubte, Simon müsse verbrennen. Er nahm von seiner Umgebung nichts mehr wahr und die Träume peinigten ihn stark. Immer wieder rief er meinen Namen, aber ich hörte auch »Germaine«, »Mörder«, und immer wieder sagte er »… es war ein Unfall«.

Nach dieser Nacht war das Schlimmste vorbei. Dr. Davison meinte, dass Simon jetzt das Fieber überstanden hätte. Er sei nur sehr schwach, und es würde noch einige Zeit dauern, bis er das Bett verlassen könnte.

Endlich kam auch ich etwas zur Ruhe. Wenn Simon tief und traumlos schlief, legte ich mich hin, wenn er wach war, wich ich nicht von seiner Seite. Wir sprachen nicht viel, von seiner Unfreundlichkeit mir gegenüber war nichts mehr zu spüren. Es war fast so zwischen uns wie vor der Testamentseröffnung.

Als es Simon so gut ging, dass er für einige Minuten das Bett verlassen konnte, erzählte ich ihm von meinem Erlebnis in Durkham Manor. Das Tagebuch verschwieg ich, mir schien der richtige Zeitpunkt dafür noch nicht gekommen.

Simon war erschüttert.

»Cellie, o Cellie, was hätte dir alles geschehen können!«

»Wenn mir etwas geschehen wäre, hättest du Landhydrock für dich allein gehabt«, sagte ich knapp. Ich glaube, es klang etwas bitter.

Simon starrte mich an.

»Celeste!«, rief er. »Du kannst nicht glauben, dass ich das wollte!«

Ich zuckte mit den Schultern und sah an ihm vorbei. Da waren sie wieder, meine Zweifel, meine Ängste, wenn ich an die ›Unfälle‹ dachte, die mir in diesem Haus zugestoßen waren.

»Es gab eine Zeit, da hättest du mich gern losgehabt«, sagte ich leise.

Simon ging zu einem Lehnstuhl und setzte sich.

»Ich glaube, wir müssen darüber sprechen. Ich habe dir sehr viel Wichtiges zu sagen. Komm, setz dich zu mir und gib mir deine Hand.«

Langsam legte ich meine Hand in die seine. Nein, wie er meine Hand hielt, das war wirklich nicht sehr geschwisterlich, aber ich genoss es, denn ich wusste ja, dass wir nicht miteinander verwandt waren.

Mit leiser Stimme begann er zu sprechen:

»Cellie, als damals unsere Mutter starb, fiel ich in ein

tiefes, schwarzes Loch. Ich habe sie sehr geliebt, aber da warst du an meiner Seite, und ich wollte mit dir als meiner Frau wieder glücklich werden. Du musst mir glauben, dass bei der Testamentseröffnung der größte Schlag für mich war, wir seien Geschwister. Nicht, dass du Mitbesitzerin von Landhydrock Hall bist.«

»Das hast du aber gut verborgen«, warf ich dazwischen.

»Ja, du hast Recht. Ich habe mich scheußlich benommen. Aber ich wurde einfach mit dieser Situation nicht fertig. Erst verlor ich meine Mutter und dann die Frau, die ich liebte und heiraten wollte. Ich konnte nicht anders handeln, als meine Gefühle hinter einer rauen Fassade zu verbergen. So steigerte ich mich in eine Wut, die sich gegen dich richtete, regelrecht hinein. Manchmal hasste ich mich selber dafür, aber ich habe es nie geschafft, dich nur mit brüderlichen Augen zu betrachten.«

»Du meinst also, wenn es irgendwie möglich wäre, würdest du mich immer noch heiraten?«, fragte ich mit bangem Herzen.

»Sofort«, rief er spontan aus.

»Was ist mit den Klassenunterschieden? Bin ich nicht mehr die kleine Dienstmagd, die versucht hat, das Familiensilber zu stehlen?«

»O Cellie, das wirst du mir wohl nie verzeihen! Ich glaube, ich bin in den letzten Monaten wirklich erwachsen geworden. Einzig und allein zählt die Liebe, die ich für dich empfinde. Außerdem – inzwischen glaube ich, dass du damals nichts stehlen wolltest.«

Den letzten Satz sagte er mit einem Zwinkern in den Augen, so dass ich wusste, er wollte mich nur auf den Arm nehmen. Aber ich blieb ernst. Etwas lag mir schwer auf dem Herzen.

»Und Germaine …?«

Simons Blick verfinsterte sich, sein Körper schien ein wenig zusammenzusinken.

»Celeste, ich muss es dir sagen. Ich muss endlich mit jemandem darüber sprechen, ich werde damit nicht fertig. Ich lege jetzt mein Leben in deine Hand, denn ich habe, Cellie, ich habe Germaine getötet.«

Ich sprang auf und starrte ihn an.

Langsam sprach Simon weiter, mir schien, mehr zu sich selbst.

»Nach unserem Streit folgte ich Germaine nach London. Wir lebten in meinem Haus, aber täglich kamen mehr Bekannte von Germaine zu uns, so dass es bald eher ihr Haus als meines war. Sie gab mein Geld mit vollen Händen aus und unterhielt halb London damit. Mir war erst alles egal, doch als Germaine wieder und wieder vom Heiraten sprach, kam ich in die Realität zurück. Ich würde diese Frau niemals heiraten, das war mir klar, und genauso sagte ich es ihr.

›Was, du willst mich nicht heiraten?‹, schrie sie mich an. ›Ich habe dir beinahe dein kostbares Landhydrock wieder ganz verschafft und zum Dank dafür lässt du mich sitzen!‹

›Was sagst du da?‹, fragte ich sie, ich wusste wirklich nicht, wovon sie sprach.

›Ja, Simon, beinahe hätte es geklappt. Deine Schwester muss einen guten Schutzengel haben, dass sie die Unfälle überstanden hat. Aber hätte sie das Haus nicht verlassen, wäre mir schon noch etwas eingefallen, dass sie es diesmal nicht überlebt hätte. Und du wärst wieder Herr über ganz Landhydrock Hall gewesen.‹

Ich konnte es nicht fassen. Ich packte Germaine und schüttelte sie.

›Was meinst du?‹, schrie ich sie an. ›Du bist für die Unfälle, die Celeste zugestoßen sind, verantwortlich?‹

Sie lachte laut und höhnisch.

›Simon, du wolltest doch das Haus für dich. Am einfachsten hättest du es gekriegt, wenn deine kleine Schwester gestorben wäre, oder?‹

In diesem Moment setzte es bei mir aus. Ich umklammerte Germaines Arme und schüttelte sie, so fest ich nur konnte. Angst stand in ihrem Gesicht und das gefiel mir. Sie wollte dir, Cellie, wehtun und jetzt wollte ich ihr wehtun. Was dann geschah, habe ich nicht beabsichtigt, das musst du mir glauben! Germaine begann zu schreien.

›Simon, lass mich los! Lass mich sofort los!‹

Ich stieß sie von mir, dass sie durchs Zimmer taumelte und beim Fallen mit dem Kopf auf eine Tischecke aufschlug und zu Boden sank. Sie regte sich nicht mehr und aus einer tiefen Wunde sickerte Blut.« Simons Stimme war immer leiser geworden, er verbarg sein Gesicht in den Händen.

Ich umarmte ihn und streichelte sein Haar.

»Ich weiß, dass du das nicht wolltest. Ich glaube dir. Germaine also! Sie wollte mich umbringen! Und ich dachte …!« Das letzte hatte ich mehr zu mir gesagt, doch Simon hatte es verstanden. Er starrte mich an, Erschrecken in seinem Blick.

»Cellie, du hast doch nicht geglaubt, ich hätte etwas damit zu tun? Ich hätte dich töten wollen?«

»Nein, nein, natürlich nicht«, sagte ich schnell. Warum sollte ich Simon jetzt noch mit meinem Verdacht belasten?

»Was hast du dann getan, Simon?«, fragte ich. »Ich meine, als das mit Germaine passiert war?«

»Ich tat das Dümmste, was man in so einer Situation tun kann – ich flüchtete. In Panik suchte ich einige Sachen zusammen und kam hierher. Schon auf der Fahrt wurde ich krank und das Geschehene kehrte im Traum immer wieder zurück. Ich wundere mich nur, dass die Polizei mich noch nicht aufgesucht hat. Das Personal muss Germaine gefunden haben und ich war aus London verschwunden. Da müssen sie doch vermuten, dass ich hier in Landhydrock bin.«

Ich hatte nachgedacht. Simon hatte Recht. Wenn Germaine tot war, würde der Verdacht natürlich auf ihn fallen.

Wenn … ja, wenn!

»Simon, bist du sicher, dass Germaine tot war?«

Er blickte erstaunt auf.

»Nun, sie rührte sich nicht mehr und dann das Blut …«

»Aber du hast nicht nach ihr geschaut oder ihren Puls gefühlt?«

»Nein, nein. Ich war so verwirrt, ich dachte nur noch an Flucht!«

Ich ergriff Simons Hand.

»Vielleicht ist sie nicht tot, vielleicht nur verletzt. Sie wird dich bestimmt nicht anzeigen, denn sie hat dir ja gestanden, dass sie selbst einen Menschen töten wollte. Verstehst du, Simon, Germaine lebt, sonst wäre die Polizei schon längst hier!«

Simon zweifelte an meiner Theorie, aber ich war davon überzeugt. Wir waren uns in diesem Moment so nah wie niemals zuvor. Fast hätte ich ihm nun von dem Tagebuch erzählt, aber ich zögerte noch. Erst musste die Geschichte mit Germaine aus der Welt sein.

Wir beschlossen, Mr. Morison einzuweihen. Er hatte sich immer als loyaler Anwalt der Familie erwiesen. Zu meiner Freude teilte Mr. Morison meine Ansicht. Er schlug Simon vor, mit ihm nach London zu fahren und Germaine zu suchen. Auch er war überzeugt, sie verletzt, aber am Leben zu finden. Auf der Rückfahrt wollten sie dann Station in Durkham Manor machen. Ich hatte mich noch nicht entschieden, was mit dem Haus geschehen sollte, so nahm ich Simons Angebot, es sich einmal anzuschauen, dankbar an.

Kate, der ich natürlich von Germaine nichts erzählt hatte, konnte es nicht verstehen, dass ich immer noch so tat, als sei ich Simons Schwester.

»Cellie, du musst es ihm sagen. Jede Geste, jeder Blick den er dir zuwirft, lässt erkennen, dass er dich liebt! Aber nicht so, wie ein Bruder seine Schwester liebt. Ihr beide werdet nie mit einem anderen Partner glücklich werden können. Ihr seid füreinander bestimmt. Cellie, mach ihn und auch dich nicht länger unglücklich.«

Vielleicht hatte sie Recht, vielleicht aber auch nicht. Es war eine schwere Entscheidung, die ich nun zu treffen hatte. Aber in einem Punkt hatte Kate sicher Recht: Ich würde nie im Leben an der Seite eines anderen Mannes glücklich werden können. Ich hatte Angst, Simon das Tagebuch zu geben. Erbarmungslos würden seine Lebensvorstellungen zerstört werden, wenn er erführe, dass auch er ein unehelich geborenes Kind war.

Wie würde er reagieren, wenn er wusste, dass er der Sohn eines Dienstmädchens war? Konnte ich ihm das antun? Wäre es für Simon nicht besser, weiter zu glauben, Lady Marian wäre seine Mutter gewesen?

Und doch war das Tagebuch die einzige Möglichkeit, Simon zu beweisen, dass wir keine Geschwister waren.

Jeden Tag bis zu Simons Abreise nach London grübelte ich nach. Simons Genesung war so rasch vorangeschritten, dass Dr. Davison verwundert den Kopf schüttelte und fast an seiner ärztlichen Kunst zu zweifeln begann. Wir sagten ihm natürlich nicht, dass Simon nur die Schuld, die auf ihm lag, lösen musste, um wieder gesund zu werden.

Endlich war es soweit. Nach dem Frühstück fuhr die Kutsche vor, die Simon und Mr. Morison nach London bringen sollte. Simon verabschiedete sich von mir, doch bevor er in die Kutsche stieg, fasste ich einen Entschluss. Ich gab ihm das Tagebuch meiner Mutter. Fragend sah er mich an.

»Bitte, Simon«, sagte ich, »versprich mir, es erst zu lesen, wenn alle Probleme in London geklärt sind. Wenn du in Durkham Manor bist, dann ist der richtige Zeitpunkt dafür.«

»Aber …?«

»Bitte, versprich es mir!« Fast flehend klang meine Stimme.

»Gut, ich weiß zwar nicht, um was es sich handelt, aber ich verspreche dir, dieses Buch erst in Durkham Manor zu lesen.«

Er umarmte mich noch einmal, und dabei flüsterte ich ihm zu:

»Simon, vergiss bitte niemals, wie sehr ich dich liebe, mehr als irgendetwas anderes auf dieser Welt.«

Er stieg ein. Schnell gab ich dem Kutscher ein Zeichen, loszufahren, bevor Simon noch etwas sagen konnte. Mit Tränen in den Augen blickte ich dem Gefährt nach. Kate trat zu mir, nahm stumm meine Hand und drückte sie. Nun lag meine Zukunft ganz in Simons Händen.

Nachspiel

Heute blühen längst wieder die Hortensien in Pantray's Court. Noch immer liebe ich die blauen Blüten am meisten. Und noch immer ist es mein Lieblingsplatz. Es ist ein milder Spätsommertag und die letzten Strahlen der Nachmittagssonne erreichen mich. Meine Stickarbeit habe ich in den Schoß sinken lassen, meine Finger machen eben nicht mehr richtig mit, und ich spüre in den letzten Monaten immer öfter ein taubes Gefühl in den Händen. Mein Blick schweift zu Simon hinüber. Seine Zeitung ist zu Boden gefallen, denn er ist schon seit geraumer Zeit eingeschlafen. Ich lausche seinen Atemzügen. Simon kann beruhigt schlafen, Landhydrock Hall ist in guten Händen. Unser ältester Sohn William ist mit seinem Sohn, unserem Enkel Simon, seit dem Morgen auf den Gütern unterwegs. Er scheint zum Führen eines Gutes geboren zu sein.

Simon und ich sind alt geworden, unsere Haare grau und unsere Bewegungen langsam, doch danke ich Gott jeden Tag aufs Neue für diesen wunderbaren Mann. Sechs Kinder waren uns vergönnt, zwei Jungen und vier Mädchen. William, unser Ältester, hat Landhydrock Hall übernommen. Er heiratete eine bezaubernde Frau aus Cornwall und sie schenkten uns bis jetzt drei Enkel.

Marian, unsere älteste Tochter, ist auch in Cornwall geblieben. An der Südküste ist sie Herrin eines großen Haushaltes geworden. Unser Sohn Derek hat Durkham Manor übernommen und daraus wieder ein respektables Gut geschaffen. Wegen der Entfernung sehen wir ihn und seine Familie leider viel zu selten, ebenso wie unsere beiden Töchter Rosanne und Diana. Rosannes Mann ist in der Politik, ein enger Mitarbeiter des Premierministers. Dies macht einen dauernden Aufenthalt in London unumgänglich. Diana hat einen Lord in Norfolk geheiratet. Zwischen uns besteht ein reger Briefwechsel.

Noch heute kann ich nur mit Schmerzen an unsere vierte Tochter denken. Sarah wurde uns im zarten Alter von zwei Jahren durch Typhus genommen. Fast täglich besuche ich das kleine Grab auf dem Familienfriedhof. Und noch jemanden, der mir sehr nahe stand, habe ich dort vor einigen Jahren begraben müssen: Kate, die gute, alte Kate. Sie war stets meine allerliebste Freundin, und als sie starb, ging auch ein Teil von mir verloren. Kate hat nie geheiratet. Liebevoll half sie, unsere Kinder und später die Kinder unserer Kinder, aufzuziehen. Auch für Kate war Landhydrock Hall der einzige Ort, wo sie leben und schließlich auch sterben wollte. Wir haben sie an einem schattigen Platz unter einer alten Eiche begraben.

Noch ein Schatten fiel auf unser Glück. Trotz aller Bemühungen war es Simon und mir nicht gelungen, in Erfahrung zu bringen, was aus Sam, dem Schmied geworden war. Ich hätte den Mann, den ich jahrelang für meinen Vater gehalten habe, gern wieder gesehen. Simon setzte sogar Anwälte ein, und ihnen gelang es, Sams Spur bis nach Oregon zu verfolgen. Dort war er Schmied in einem großen Siedlertreck gewesen, doch vom gesamten Treck hörte man irgendwann nichts mehr. Vermutlich ist er feindlichen Indianern in die Hände gefallen. So schmerzlich es für mich war, schließlich fand ich mich damit ab, dass dieser große, starke Mann tot sein musste. Aber ich danke Simon für seine Bemühungen, Sam zu finden.

Überhaupt hat Simon damals alles in Durkham Manor für mich geregelt. Ich wäre dazu nicht in der Lage gewesen. Er hat sich sehr verändert. Natürlich ging das nicht von heute auf morgen. Die jahrelange strenge und auf falscher Moral aufgebaute Erziehung seines Vaters saß zu tief in seinem Herzen. Lord Abraham Elkham muss der Ansicht gewesen sein, durch eine harte Erziehung den ›Makel‹ seiner Herkunft vertuschen zu können. Nie sollte irgendjemand ahnen, dass Simons Blut nicht ganz blaublütig war. Heute wissen wir, dass es der falsche Weg war. Simon hat längst erkannt, dass menschliche Werte, Ehrlichkeit und Anstand viel mehr zählen als der Zufall, unter welchem Dach man geboren worden ist.

Zwei Monate dauerte es damals, bis Simon nach Landhydrock Hall und zu mir zurückkam. In dieser Zeit fühlte ich mich hin- und hergerissen. War es richtig gewesen, Simon das Tagebuch meiner Mutter zu geben? Wie würde er damit leben können, ein außerehelich geborenes Kind, ein ›Kind der Liebe‹, zu sein?

Kate war für mich auch in dieser Zeit eine große Hilfe. Wie immer fand sie die richtigen Worte und ich selbst glaubte fest an Simons und meine Liebe. Sie würde schließlich siegen, dessen war ich sicher. So wartete ich Tag für Tag.

Als Simon dann in den Hof ritt, sah ich ihn vom Fenster meines Zimmers. Mein Herz begann wie wild zu schlagen. Wenig damenhaft raffte ich meine Röcke zusammen und eilte, nein, ich flog die Treppe hinunter. Gleichzeitig öffneten wir die Tür. Atemlos und mit geröteten Wangen stand ich ihm gegenüber. Einen Moment lang herrschte Schweigen, dann sagte Simon: »Du siehst bezaubernd aus.«

Er strich mir eine Haarsträhne aus der Stirn, damit war der Bann gebrochen. Wir fielen uns in die Arme und drückten uns, als würden wir uns niemals mehr loslassen wollen.

»Du hast Recht gehabt, Cellie, du hast mit allem Recht gehabt«, sagte er mit einem glücklichen Lächeln. »Germaine ist am Leben. Sie war nur verletzt, nicht einmal schwer. Sie wird mich in Ruhe lassen. Da ich weiß, dass sie dich töten wollte, könnte ich mein Wissen gegen sie benutzen. Mr. Morison hat lange mit ihr gesprochen. Wir werden nie wieder von ihr hören. Wenn du mich, trotz allem, immer noch willst – hier bin ich. Ich liebe dich mehr als irgendetwas sonst auf dieser Welt, Celeste.«

Es bedurfte keiner Antwort. Meine Lippen, die sich endlich mit Simons zu einem Kuss trafen, sagten mehr als alle Worte.

Die Sonnenstrahlen erreichen nun Pantray's Court nicht mehr und es ist kühl geworden. Der Innenhof liegt im Schatten. Sanft wecke ich Simon und wir verlassen untergehakt das Haus zu einem Abendspaziergang. Langsam gehen wir durch das Pförtnerhaus die lange Allee hinunter. Irgendwann bleiben wir stehen und wenden uns um. Landhydrock Hall liegt im letzten Sonnenlicht. Die grauen Mauern scheinen rot zu erglühen, und das Licht spiegelt sich tausendfach in den Fenstern. Irgendwo singt einsam eine Amsel.

Simon hält mich fest umschlungen. Gemeinsam schauen wir auf unser Schloss und haben beide denselben Gedanken: Möge Gott uns noch viele gemeinsame und glückliche Jahre schenken!